마법사가 곤란하다

임대운
소설집

마법사가 곤란하다

초판1쇄 인쇄　2012년 2월 20일
초판1쇄 발행　2012년 2월 25일

지은이　　임태운

펴낸이　　박대일
편집　　　이문영 · 임수진 · 임유리
교정　　　문정
마케팅　　송재진
디자인　　오피스덴(표지) · 이윤미(일러스트)

펴낸곳　　파란미디어
출판등록　2004년 9월 14일 제313-2004-00214호

주소　　　121-886 서울시 마포구 합정동 387-18 현화빌딩 2층
전화　　　02. 3141. 5589(영업부) 070. 7798. 5589(편집부)
팩스　　　02. 3141. 5590
전자우편　paranbook@gmail.com
블로그　　paranbook.egloos.com
트위터　　@paranmedia

ISBN　978-89-6371-038-9(03810)

마법사가 곤란하다
임태운 소설집
새파란
상상

마법사가 곤란하다

목
차

마법사가 곤란하다　　　　　　　7

마법사가 피 마른다　　　　　　131

가을 반점　　　　　　　　　　275

이빨에 끼인 돌개바람　　　　　337

작가의 말　　　　　　　　　　382

마법사가 곤란하다

ㅇ

마법사의 존재를 모르는 인간들이 흔히 품고 있는 환
상과 달리 우리도 똥을 싸지. 인간들의 소설이나 영화에서처럼
빗자루를 타고 우아하게 달빛을 가로지르는 대신 초록색 마을
버스를 이용한다거나 말이야. 뭐, 카드 잔액은 가끔 환영 마법
으로 속이기도 하지만…….

박쥐나 부엉이를 데리고 다니지도 않아. 세상에 박쥐라니,
그 끔찍한 동물을 왜 아직까지 마법사와 결부시키는지 모르겠
어. 유행이 지나도 한참 지났다고! 인간이 동굴에서 튀쳐나온
지가 언제인데! 그래, 안 그래? 배트맨이 히트 쳐서 그런 건가?

또 뭐가 있지? 그래, 고깔모자! 참내, 그렇게 촌스러운 걸
어떻게 쓰고 다니냐? 마법사 아카데미에서 왕따가 되고 싶다
면 내 추천하지. 뭐, 조합에서 나오는 월급의 태반을 MLB 모

자 신상품에 쏟아 붓는 동료 마법사는 알고 있어. 암, 트렌드를 아는 놈이지.

무엇보다 신참인 너희들이 1초라도 빨리 깨달아야 할, 마법사에 대한 가장 큰 오해는 마법사가 마법 쓰는 일을 자랑스럽게 생각할 거라는 믿음이야.

턱없는 소리거든.

지하철역에서 깡통 줍는 공익 근무 요원에게 이렇게 말해 봐. 깡통 주워서 참 자랑스러우시겠어요. 달리는 지하철에 깔리는 수가 있어.

깡통 줍는 일이나 마법으로 혈투 끝에 악수惡獸를 때려잡는 일이나 마찬가지야. 깡통 줍는 공익 근무 요원의 마음속에 지하철 환경 미화에 이바지한다는 자부심이 넘쳐날까? 아니거든. 마법사에게 악수 퇴치는 그런 일인 거야. 할 줄 알기 때문에 할 수 없이 하는 일. 영광스럽거나 보람찬 일이라고는 할 수 없지. 결계에 포위된 채 소멸되고 있는 악수를 향해 활을 겨누고서 내가 늘 중얼거리는 말이 있어. 미안, 그냥 재수가 없었다고 생각하렴. 나도 마법이랑 엮인 걸 재수 없었다고 생각하거든.

생명을 위협당하는 박봉의 비정규직 노동자! 이게 마법사의 실체야. 영원한 젊음? 그거야 사탕발림이지. 늙지 않는다고 해서 악수의 발톱이 튕겨 나가는 건 아니잖아. 가끔 경계를 뚫고 나와 난동을 피우는 상급 악수들과의 전투 중에 작고하신 선배님들이 꽤 많다고⋯⋯. 자, 2초간 묵념.

게다가 조합의 특성상 때때로 하등 쓸데없어 보이는 일도

해야지, 지켜야 하는 규칙은 왜 그리 많은지……. 인파가 몰리는 백화점에서는 결계를 치면 안 된다거나 비가 오는 날에 전격계 마법을 방류하면 안 된다거나……. 주인 있는 고양이에게 말이라도 걸어 봐. 오, 마이 갓!

재능이 있어서 일단 정규 마법사로 발탁되어 등록된 후에는 조합에서도 이래라저래라 하지 않지만 몇몇 규율을 어겼을 경우에는 큰 위험을 감수해야 해.

지금 내가 들고 있는 이 알약도 포함해서 말이야. 그냥 종합 감기약처럼 생겼다고? 하긴, 외양만 봐서는 보잘것없어 보이지. 쌍화탕이랑 훌륭한 궁합을 자랑할 것 같지만……, 큰 오산이야. 이 바닥 생활을 조금만 하다 보면 저절로 터득하게 되는 진리가 있어. 바로 사기꾼처럼 생긴 사기꾼 없고, 마법사처럼 생긴 마법사 없다는 거야. 뭣하면 아카데미 차석 조교인 내 얼굴을 보라고. 이 얼굴이 어딜 봐서 32년식 마법사야? 이제 막 수능을 마치고 용돈 벌이하는 편의점 알바생처럼 생겼잖아.

뭐, 내가 좀 어리고 만만하게 생겼기로서니 그렇다고 저기 구석의 아저씨처럼 졸고 앉아 있으면 이렇게 되는 거야. 이크! 너무 세게 던졌나? 오랜만이라 힘 조절에 실패했네. 거기 뒷자리의 너! 회복 마법 지망이지? 저 친구 이마에 박힌 분필 좀 빼 줘. 살살 조심해서……. 나중에 양호 조교를 찾아가 봐. 만드라고라 반창고라도 붙여 주겠지.

이 친구들, 갑자기 꼬았던 다리를 풀기 시작하네. 허참! 너희들이 그러니까 내가 꼭 겁주려고 그런 것 같잖아. 그나마 내가 저격 마법사라 다행인 줄 알아. 옆 강의실의 도화선 선배는 전공이 폭탄 마법이라고! 딴짓하던 친구들 여럿 터져 나갔다대.

자! 다시 본론으로 돌아와서……. 이 알약 말이야. 실은 조합에서 간부급 마법사들이 70년 동안 연구에 연구를 거듭해 만든 거거든. 꼰대들의 어마어마한 시간과 노력의 결정체라 이거야. 지금부터 너희들의 우려 섞인 질문에 대한 대답을 해 주지. 이 알약을 먹어야 하는 상황이 왔을 때 조합의 명령을 거부하면 어떻게 되는지 말이야.

교본은 전부 집어넣는다. 실시! 그건 집에 가서 훑어보든지 아니면 냄비 받침대로나 써. '마춘대 조교의 마법사 금기론'이란 수업명은 장로들이 알아서 정한 거지 입시 학원처럼 딱딱하게 수업할 생각은 없으니까 거기 편히들 앉으라고. 분명 이야기가 길어질 테니까. 대신 다리 꼬면 알지?

영국에 있는 마법사 조합 본부에 가면 로비에 떡하니 무슨 말이 적혀 있는 줄 알아? 그래, 맞아. 마법사 셋이 모이면 누구도 그들을 곤란하게 할 수 없다. 초대 영국 본부장이었던 데니스 포핑턴이 남긴 격언이지. 각기 다른 분야에서 일정 수준에 도달한 마법사 셋이 모이면 그 어떤 물리력도 그들을 간섭할 수 없다는 속뜻이 담겨 있어. 뭐, 마법사 특유의 못 말리는 자부심이랄까. 그런데 말이야, 위대하신 포핑턴 나리의 말도 항상 맞아떨어지는 건 아니야.

마법사를 곤란하게 하는 것들은 의외로 여기저기에 숨어 있거든.

서울은 마법 도시다.

물론 콘크리트 빌딩 사이로 늑대 인간들이 은빛 갈기를 휘날리며 뛰어다니지는 않는다. 마법 양탄자가 손님을 태우기 위해 홍대 앞에 줄지어 서 있지도 않고, 지하철 의자에 앉아 마법 수정구로 어젯밤의 드라마를 보며 킥킥거리는 사람도 찾을 수 없다. 도시의 새벽을 단장하는 거리의 청소부들이 일을 마친 뒤 방금까지 도로를 쓸던 빗자루를 타고 집을 향해 날아오르는 풍경을 기대했다가는 주변으로부터 정신과 상담을 권유받게 되기 마련이다.

하지만 누군가가, 운명이 허락한 시간과 우연이 준비한 장소를 지나치게 된다면 그는 서울의 하늘을 가로지르는 마법을 훔쳐볼 수 있을지도 모른다. 그리고 눈에 보이는 것만이 진실은 아니라는 것을 알게 될 것이다.

누군가는 잠들고 누군가는 깨어 있고 누군가는 꿈을 꾸는 서울의 깊은 밤, 마법은 기이한 존재들과 격돌하고 인간이 알아차릴 수 없는 불꽃과 소용돌이가 도시 곳곳에서 일어나고 또 잦아든다.

오늘도 마찬가지다.

자정이 약간 넘은 시각의 종로3가, 서로 경쟁하듯 솟아 있는 고층 빌딩 숲 속에서도 단연 돋보이는 높이의 한 빌딩 옥상에 '무언가'가 서 있다. 옥상 난간에 위태롭게 발을 디디고 올라선 그것은 얼핏 보아도 인간은 아니다. 3미터는 되어 보이는 키와 파충류 특유의 주황색 피부는 차치하고서라도 그 흉흉한 붉은 눈동자는 보는 이로 하여금 그 생물체가 지구상의 어떤 생물도 감에도 수록되어 있지 않은 기묘한 존재임을 각인시켜 준다.

악수惡獸.

차원의 경계를 슬쩍 넘어 인간계에 저주와 파멸과 탐욕의 씨앗을 퍼트리는 존재, 혹은 인간 그 자체의 생명을 노리는 어둠의 존재.

악수는 한껏 숨을 들이쉬고는 까마득히 낮은 곳에서 발걸음을 놀리는 인간들을 바라보았다. 팔짱을 끼고 웃음꽃을 피우며 걸어가는 연인들, 얼큰하게 취한 채 심오한 알코올의 세계로 또다시 몸을 내던질 곳을 물색하는 직장인들, 이어폰을 꽂고 영어 단어장을 손에 들고 보면서도 신기하게 넘어지지 않고 걷는 여고생…….

악수는 인간의 생태를 전혀 모른다. 관심도 없다. 그러므로 이 녀석이 종로의 밤거리를 걷는 이들의 사소한 사정을 추측할 수 있을 리는 만무하다. 가로등 불빛의 강물 아래를 유유히 헤엄치는 인간들의 모습을 보며 악수가 느끼는 감정은 오로지 하나, 그것은 바로…….

"보고만 있어도 배가 부르지?"

등 뒤에서 들려오는 청명한 목소리에 악수는 재빨리 뒤를 돌아보았다. 분명히 잠겨 있는 옥상이건만 한 남자가 재킷 주머니에 손을 넣은 채 자신을 쳐다보고 있었다. 10대 후반과 20대 초반의 경계를 줄타기하고 있는 듯한 얼굴, 강마른 외양이지만 단단해 보이는 체격, 전체적인 분위기는 무언가에 가볍게 심통이 나 있는 것 같다. 마주해 오는 심드렁한 시선에 악수는 잠시 의아함을 느꼈다.

'내 모습을 보고도 공포심을 느끼지 않는 인간이라니……, 뇌세포에 질환이라도 있는 건가?'

악수는 곧 중대한 사실을 간과한 것을 깨달았다. 신음처럼 악수의 입에서 말이 새어 나왔다.

"키륵. 너, 내 모습이 보이는 건가?"

인간 세계에 나온 지 얼마 되지 않은 악수는 가시광선으로는 파악되지 않는다. 즉, 인간은 결코 그 모습을 볼 수 없다. 극도의 예민함을 갖춘 몇몇 인간만이 아지랑이처럼 느낄 수 있을 뿐.

남자는 악수의 입에서 말이 나오자 눈을 크게 떴다.

"얼씨구. 말도 하네? 하급 악수 쿤다(Kunda)라기에 별 기대를 안 했건만……. 예상 밖의 월척이 걸려든 건가, 이거?”

“어떻게 된 건지 알겠군. 키륵. 너…….”

악수 쿤다는 난간 위에 선 채 남자를 내려다보았다. 붉은 눈동자에 적의가 충만했다.

“마법사로군.”

남자는 악수의 말에 활짝 웃었다. 퀴즈 정답을 맞춘 학생을 바라보는 교사의 눈빛이었다.

“그래. 너 잡으러 왔어. 덩치를 보아 하니 예사 놈은 아닐 테고, 벌써 사람 고기 맛을 본 놈이겠군. 그럼 자비를 베풀 수는 없겠네.”

“무슨 말인가? 키륵.”

“그냥 돌려보내 줄 수는 없다는 거지. 오늘부로 어깨 위가 가벼워지도록 도와줄게.”

쿤다가 고개를 갸웃하자 마법사는 답답하다는 표정을 지었다.

“못 알아들었구나? 머리를 날려 주겠다는 뜻이었어. 툭! 사뿐하게…….”

쿤다가 콧방귀를 뀌었다.

“겁을 상실한 인간이로군. 키륵. 감히 혼자서 날 잡겠다는 건가?”

“응, 그럴 생각이야. 재수 없게도 내가 오늘 당직이거든. 물론, 그와 동시에 너에게는 불운이지. 생존 확률이 터무니없이 낮을 테니까.”

마법사의 대답에 쿤다가 갑자기 포효했다.

“건방지다아아아아아!”

마법사의 머릿결이 휘날릴 정도로 강렬한 바람이 불어닥쳤다. 고막은 그다지 아프지 않았지만 다른 문제가 있었다. 마법사가 코를 틀어막는 시늉을 하며 말했다.

“기가 막힌 입 냄새군. 그쪽 세계에서 대체 뭘 삼키고 다니는 거야? 식단이 꽤 부실한 모양이구먼. 하긴, 그러니 인간 고기에 환장하겠지.”

쿤다는 더 이상 대화를 나누고픈 마음이 없는 모양이었다. 녀석은 금방이라도 덤벼들 듯 상체를 낮췄다. 악수의 새카만 손톱이 달빛을 흡수하는 것처럼 흉흉한 기운을 발했다.

마법사는 그제야 웃음기를 지우고 주머니에서 손을 뺐다. 쿤다의 시선이 자연스레 그의 왼팔로 향했다. 마법사의 왼팔에는 기묘한 장치가 되어 있었는데, 황금빛 막대가 손등에서 팔꿈치까지 자리를 잡고 있었다. 막대의 좌우로는 조금 더 얇은 금속 막대가 부채꼴을 이루고 있었다.

쿤다가 그것을 손으로 가리켰다.

“그거, 활인가? 키륵.”

마법사는 충직한 애마愛馬를 바라보는 듯한 눈빛으로 활을 바라보았다.

“복합궁複合弓이라는 거야. 내 하나뿐인 아티팩트(Artifact)지. 이걸로 네 동족들깨나 못살게 굴었어.”

악수는 코웃음을 쳤다.

“그렇다면 실수한 거다, 마법사. 멀리서 날 보자마자 쏴 버렸어야지. 키륵. 이렇게 가까이 다가오다니⋯⋯."

실실거리던 쿤다가 웃음을 거두고 느닷없이 오른손을 휙 하고 뿌렸다. 손가락에서 분리된 손톱이 단검처럼 날아갔다. 둘 사이의 거리는 고작 10미터 남짓이었고 마법사가 피할 수 있는 방법은 없어 보였다. 그리고 마법사는 피하지 않았다.

팅!

경쾌한 파공음이 빌딩 옥상에 울려 퍼졌다. 쿤다는 입을 쩍 벌린 채 바닥을 나뒹구는 자신의 구부러진 손톱과 왼팔을 내밀고 있는 마법사를 번갈아 쳐다보았다. 마법사가 눈에 보이지도 않는 동작으로 활을 쏘아 쿤다의 손톱을 튕겨 낸 것이다. 파르스름하게 빛나고 있는 마법사의 오른쪽 동공에는 푸른색의 복잡한 도형이 각인되어 있었다.

"마, 말도 안 돼! 키륵. 그런 게 가능할 리가 없다!"

"이런 놈들 가끔 있더라. 못 믿겠으면 한 번 더 해 봐."

쿤다는 잠시 이를 갈고는 이번에는 손톱 세 개를 마법사의 얼굴을 향해 날렸다.

그때 마법사의 눈, 마안魔眼이 발동되었고 순간 마법사를 둘러싼 세계가 모두 포물선으로 화했다. 쿤다가 던진 손톱이 그려 내는 포물선은 마법사에게 하품이 나올 만큼이나 느리게 보였다. 마법사는 왼손을 들어 복합궁으로 날아오는 손톱을 겨냥했다. 손톱의 포물선과 궤도를 모두 꿰뚫고 있으니 장전된 은화살로 맞히는 것은 식은 죽 먹기다.

팅팅팅!

세 번째 손톱이 은 화살에 튕겨 쿤다의 오른쪽 팔뚝을 스치고 지나갔다. 두 번이나 신묘한 마법을 목격한 쿤다의 턱은 덜덜 떨리고 있었다. 마법사는 은 화살을 다시 장전하며 으름장을 놓았다.

"한 가지 고백하자면 말이야. 내가 '사랑과 전쟁'을 아주 재미나게 보던 도중 여기에 왔거든. 이제 막 마누라랑 불륜녀가 만날 참이었는데 너 때문에 못 봤잖아. 머리끄덩이 격투 신을 꼭 봐야 하니까 후딱 끝내자."

쿤다는 마법사의 방자한 말에도 으르렁거리기만 할 뿐 덤벼들지 않았다. 은 화살이 몸에 박히면 끔찍한 고통에 사로잡힐 것이다. 머리에 적중되기라도 하면 회생의 여지없이 죽게 될 것이다. 함부로 달려들 수 없는 것이 당연했다.

쿤다는 검은 손톱을 다시 재생시키며 생각했다. 저 인간 마법사는 어쩔 수 없이 혼자 온 것이 아니었다. 자신이 있었기에 단신으로 나타난 것이다.

"키르르르르르륵!"

쿤다가 훌쩍 뛰어올랐다. 순간 흉흉한 몸이 달을 배경으로 밤하늘을 갈랐다. 쏘아진 포탄처럼 자신을 향해 달려드는 악수를 향해 마법사는 거침없이 은 화살을 날렸다.

카각!

다른 상황이었다면 마법사는 휘파람을 불었을 것이다. 쿤다가 날아오는 은 화살을 입으로 낚아챈 것이다. 쿤다는 은 화살이 턱 전체를 녹여 버리기 전에 재빨리 내뱉은 뒤, 공중에서 날카로운 손톱을 휘둘렀다. 마법사는 잽싸게 바닥을 나뒹굴며 맹공을 피했다. 잘린 머리카락이 옥상에 흩날렸다. 쿤다는 마법사의 등 뒤편으로 날아갔다.

악수에게 등을 보이는 것은 위험천만한 일. 마법사는 땅을 몇 번 구르고는 벌떡 일어났다. 일어나는 동작과 복합궁을 들어 올리는 동작은 거의 동시였다. 발동된 마안이 쿤다의 궤적이 그리는 포물선을 좇았다. 그런데 그 궤적이 예상했던 것과 너무 다르다.

"어? 어디 가, 인마?"

쿤다는 꽁무니가 빠지도록 달아나고 있었다. 다리보다 긴 팔로 땅을 박차는 그 뜀박질은 오랑우탄의 그것을 연상케 했다. 쿤다는 멈추지 않고 달려 옥상의 끝에서 훌쩍 날아올랐다. 감탄이 나올 만한 묘기였다.

마법사와 쿤다가 있던 빌딩보다 조금 더 낮은 옆 건물 옥상에 착지한 쿤다가 관성으로 몇 걸음 더 나아가더니 등을 홱 돌려 마법사를 올려다보았다.

"어리석은 인간! 키륵. 쫓아올 테면 쫓아와 봐라!"

옥상 난간으로 털레털레 걸어온 마법사는 까마득히 먼 곳에서 의기양양해 있는 악수를 쳐다보았다. 빌딩과 빌딩 사이에는 4차선 도로가 자리 잡고 있었다.

마법사는 혀를 쯧쯧 찼다. 결코 자신의 처지에 대한 한탄은 아니었다. 악수라는 것들의 멍청한 머리에 대한 안타까움의 발로였을 뿐……

‘저 녀석들에게도 뇌가 있다면 아마 주름이 하나도 없을 거야. 도대체 저놈은 내가 문 잠긴 옥상에 어떻게 올라왔다고 생각하는 걸까?’

마법사는 조용히 마음속으로 무언가를 불러내었다. 언제나 주변에 있지만 마법사의 부름이 있어야만 그 형체를 보일 수 있는 존재, 재능 있는 마법사가 기연을 만나야만 획득할 수 있는 영혼의 동료를……

그의 발아래에서 작은 회오리바람이 몰아쳤다. 회오리가 나타났을 때처럼 순식간에 수그러든 자리에 큼직한 거북이가 고개를 쳐들고 있었다. 마법사는 절친한 친구 사이에 그런 것처럼 양해도 구하지 않고 거북이의 등껍질 위로 올라탔다. 거북이가 얌전히 기다란 앞다리를 움직이기 시작했다.

공중으로 솟구치는 마법사를 보고 쿤다는 오한을 느꼈다. 마법사의 친구, 생령生靈은 오직 불러낸 당사자의 눈에만 보이므로 악수의 눈에는 마법사가 스스로 날아오른 것처럼 보였다.

마법사는 공중에 붕 뜬 채로 투덜거렸다.

“야, 이 자식아! ‘이혼 찬성’에 투표해야 한단 말이다. 이제 발악은 그만하고 순순히 잡혀!”

쿤다는 그의 협박을 잠자코 들어줄 생각이 없는 모양이었다. 날렵하게 몸을 돌린 악수는 고층 빌딩 위를 질주하기 시작했다. 마법사는 한숨을 한 번 쉬고는 스케이트보드를 타듯이 몸을 낮추었다. 이런 비유를 생령 거북이 알았더라면 아마 상당히 불쾌했을 것이다.

"차, 쿤다 몰러 나간다!"

경쾌한 마법사의 외침과 함께 거북은 허공을 향해 돌진했다.

서울의 밤바람이 마법사의 얼굴을 때린다. 복합궁의 왼팔은 살짝 늘어트리고 마안이 발동된 시선으로 정면을 주시한다. 쿤다는 어느새 육안으로는 찾을 수 없을 만큼 멀리 달아나 있었다. 그러나 마법사는 초조해 하지 않고 오로지 주변을 감싸고 있는 무수한 포물선들의 궤적을 분석한다.

부드러운 곡선을 그리고 있는 가을바람의 궤적……, 넘긴다. 자동차들의 헤드라이트가 만들어 내는 용솟음……, 역시 통과. 미세하지만 서울의 하늘을 가득 수놓고 있는 라디오와 핸드폰들의 전파들……, 머릿속에서 지운다. 그 모든 방해물에 아랑곳없이 마법사의 마안은 오직 하나만을 좇고 있다.

상사의 윽박에 어쩔 수 없이 야근을 하고 있던 샐러리맨은 약속에 늦었다고 화를 낼 애인의 얼굴을 떠올리며 한숨을 푹푹 쉬고 있었다. 그 순간, 창문에서 울려 퍼진 진동음에 샐러리맨은 흠칫 놀랐다. 뭐지? 여기는 37층인데? 으스스함을 느끼면서 창가로 다가간 샐러리맨은 놀라운 광경을 목격했다. 한 뼘 정도 되는 짧은 화살이 창문을 꿰뚫고 있었다. 하지만 금속 화살촉이 박혀 있는 창문에는 한 가닥 금도 가지 않았다. 얼마나 강력한 힘이기에 이런 광경을 만들어 낸 걸까? 등 뒤로 오한을 느끼는 샐러리맨의 머릿속에서 어느새 애인의 얼굴은 점점 흐려져 갔다.

딸의 여섯 번째 생일 선물인 곰 인형을 조수석에 앉힌 채 싱글벙글하던 아빠는 신호등을 보며 고개를 갸웃거렸다. 분명히 방금 신호등이 삐거덕거리는 것을 본 것 같은데……, 아닌가? 그의 시선이 다시 곰 인형으로 향하지 않고 조금만 더 신호등에 머물렀다면 그는 신호등 위에서 반짝이는 물체를 알아챘을 것이다.

종횡무진 도시를 질주하는 쿤다를 내려다보던 마법사는 복합궁에서 손을 떼었다.

'골치 아픈데……. 저 녀석 일부러 인간들을 방패 삼아 달리고 있잖아. 뇌에 주름이 한두 줄은 있나 보군.'

쿤다의 모습이 점차 실체화되기 시작하면 제때에 악수를 처리하지 못한 문책을 받을 것이 뻔했다. 그렇다고 무작정 고도를 낮출 수도 없는 일…….

쿤다는 등과 오른쪽 허벅지에 은 화살을 달고서도 속도를 늦추지 않았다. 유리로만 이루어진 빌딩의 벽을 타고 달리던 악수는 순간 지면을 향해 뛰어내렸다. 그러나 쿤다가 착지한 곳은 도로가 아니었다. 도심 속에 만들어진 인공 녹지였다.

청계천의 바위에 앉아 다정하게 속닥이던 커플들은 느닷없이 불어 닥친 강풍에 깜짝 놀랐다. 한 여자가 그 와중에 커피 잔을 놓쳐 버렸다. 커피 잔이 풀밭에 나뒹굴며 장렬한 최후를 맞이하는 순간 쿤다는 인파 속으로 뛰어들었다.

"이런!"

마법사는 청계천 상공에서 비행을 멈출 수밖에 없었다. 악수가 인파 속으로 숨은 이상 무턱대고 은 화살을 날리는 것은 불가능하다. 날카로운 눈빛을 발하며 터널을 빠져나오는 사람들의 얼굴을 살폈다. 하지만 어디에서도 쿤다의 모습은 찾을 수 없었다.

떠올리고 싶지 않은 생각이 마법사의 머리를 파고들었다.

"인간으로 변장했군. 하급 악수 주제에 그런 것도 가능하단 말이야?"

쿤다는 도망칠 수 없다는 것을 직감하고 인간 모습으로 위장한 것이다. 그렇게 되면 육안으로는 악수를 구별해 낼 수가 없다. 마법사는 자신이 탐색 마법에는 문외한임을 겸허히 인정했다. 하지만 쿤다에 대한 추적을 포기했다는 뜻은 아니다.

왼쪽 눈을 감자 마법사의 시야에 포물선들의 무도회가 펼쳐졌다. 마법사는 쿤다의 흔적을 찾는 방법을 과감히 바꾸었다. 마법사에게는 악수의 뒤를 좇을 다른 수단이 준비되어 있었다. 쿤다의 몸을 구성하고 있는 물질 중 유일하게 마법사의 마안에 반응하는 은 화살, 마법사는 은 화살의 궤적을 찾아내자마자 지체 없이 몸을 날렸다. 마법사가 다시 쿤다와 마주한 곳은 조금 의외의 장소였다.

인적이 드문 을지로의 뒷골목, 셔터를 내린 상가들 사이에서 비행을 멈춘 마법사가 천천히 거북에서 내리자 거북은 별다른 기척도 없이 자연스레 바람으로 화해 사라졌다.

마법사는 어깨를 으쓱였다.

"그래, 도망치면서 기껏 생각해 낸 게 인질극이냐?"

마법사의 눈앞에는 칙칙한 옷을 입은 사내가 대학생으로 보이는 젊은 여자의 목에 칼을 들이대고 있었다. 사내는 눈을 희번덕거리며 외쳤다.

"다가오지 마! 찔러 버린다!"

'어디서 본 건 있어 가지고 말이야. 대가리를 잘 굴리는군. 저놈, 사실 쿤다계의 아인슈타인일지도 몰라.'

시답잖은 생각을 하며 마법사는 복합궁에 은 화살을 메겼다.

"아까 내 솜씨 봤잖아. 그 칼이 움직이기 전에 내 화살이 먼저 네 이마에 박힐걸."

"이, 이 여자의 목숨이 아깝지 않아? 모험을 해 보겠다는 거냐?"

마법사는 대답 대신 왼팔을 들어 올렸다. 사내의 칼을 든 손이 부들부들 떨렸다. 마법사의 차가운 눈빛과 마주한 사내가 결심한 듯 팔을 휘둘렀다.

무시무시한 파공음과 함께 마법사의 팔에서 은빛 화살이 쏘아져 나갔다.

"키륵!"

사내는 칼을 떨어트리고 휘청이더니 이내 바닥에 쓰러졌다. 마법사의 눈앞에는 칼끝에 부들부들 떨던 여대생만이 홀로 서 있었다. 여대생의 눈은 놀란 듯이 부릅떠져 있었다. 자신의 이마에 박혀 있는 은 화살 때문이었다.

여대생이 털썩 무릎을 꿇었다. 그녀의 입에서 쇠를 가는 듯한 소리가 튀어나왔다.

"어, 어떻게……?"

"어떻게 변장을 눈치 챘냐는 말이지?"

여대생의 모습이 서서히 쿤다의 모습으로 변해 갔다. 은 화살이 막힌 쿤다의 미간에서는 노란 체액이 흘러나오고 있었다. 마법사는 쿤다의 코앞까지 걸어갔다. 쿤다가 무릎을 꿇고 있었기 때문에 둘의 눈높이는 엇비슷해져 있었다.

마법사의 복합궁이 철컥거리는 소리를 내며 줄어들더니 이윽고 평범한 금색 손목시계로 변했다. 본래의 모습으로 돌아간 것이다. 잠시 손목시계를 만지작거리던 마법사가 어깨를 으쓱하며 말했다.

"인간에게 연기를 시키려면 그럴듯하게 암시를 걸었어야지. 쿤다가 키득키득거리지 않다니 이상하잖아?"

쿤다는 한마디 대꾸도 하지 못했다. 마법사가 자신의 영리함을 다 뽐내었을 때쯤에는 이미 한 줌의 재로 흩어진 지 오래였기 때문이다. 쿤다의 시체가 풍화되는 것을 흐뭇하게 바라보던 마법사는 잠시 후 무언가를 떠올리고는 인상을 찌푸렸다.

"아차, 사랑과 전쟁! 또 재방송 봐야겠네."

2

하급 악수이기는 했지만 단독으로 쿤다를 때려잡은 저
격 마법사 마춘대는 포상 휴가까지는 무리더라도 동원 훈련의
면제는 따 놓은 당상이라고 확신하고 있었다. 하지만 그것은
터무니없는 오산이었다.

'긴급 동원 훈련이라니……, 말도 안 돼!'

춘대는 지금 조합에 대한 불만으로 잔뜩 볼이 부어 있었다.

사실 마법사의 동원 훈련이라는 건 대강 해도 상관없는, 형
식적인 훈련이다. 일정 기간 이상 임무에 투입되지 않은 마법
사들이 실전 감각을 잃지 않도록 하는 것이 목적이기에 일주
일 이상 임무를 쉬게 될 때면 으레 한 번씩 거치는 코스인 것
이다.

하지만 마춘대는 엊그제 달밤의 추격전 끝에 쿤다 한 마리

를 때려잡은 참이었다. 그런데 어제 춘대의 집 창 밖에 소집 통보문을 입에 문 고양이가 방문한 것이다. 어이가 없었다. 그런 과업을 수행한 그가 동원 훈련이라니……. 게다가 춘대는 내로라하는 중견 마법사인데 말이다. 훈련 담당 치프(Cheif)라면 모를까.

게다가 편지에 적힌 소집 장소는 더욱 황당하기 그지없었다. 스릴이 없어진 문명사회에서 인공적으로 스릴을 소비하는 공간, 잠실 롯데월드! 그래, 그 놀이공원 말이다. 주기적으로 악수의 입김과 발톱을 마주해야 하는 마법사들에게 놀이공원이란 심심하기 짝이 없는 곳이다. 보통 그런 곳에서는 훈련하지 않는다. 대개는 인적이 드문 산골짜기나 결계가 쳐진 분지에서 하는데, 마법과 마법사의 존재가 일반인에게는 엄중히 지켜져야 할 비밀이기 때문이다. 사람들이 바글바글 모여드는 롯데월드에서 마법사들의 동원 훈련이라니 뭔가 요상한 느낌이 들었다.

"뭐야, 이거 진심이야?"

춘대는 마법사들의 전령인 고양이를 오랫동안 쏘아보았지만 콧등에 점이 있는 고양이는 그의 시선에 아랑곳없이 담벼락 아래로 도도하게 사라졌다. 춘대는 서울 지부 마법사들에게 지령을 내리는 환수의 얼굴을 떠올렸다.

'천둥트림이 미친 게 아니라면 누군가 몹쓸 장난을 치는 건가? 만약 그렇다면 호된 대가를 각오해야 할 거야.'

아침 일찍 잠실역 개찰구를 통과한 춘대는 동료 마법사들을 기다렸다. 보통 동원 훈련이란 두 명의 마법사가 짝을 이루어 치프와 함께하는 것이 관례이기에 동원 훈련에 소집된 마법사가 적어도 한 명은 더 있을 것이다. 동원 훈련이란 각자의 마법 구사 능력이 녹슬지 않았는지 점검하는 지루한 일인 것이다.

개찰구를 빠져나온 사람들이 바쁜 걸음으로 롯데월드로 향했다. 그 얼굴들에는 하나같이 일탈의 영역에 들어선 사람들 특유의 설렘이 가득했다.

"어라? 선배도 소집된 겁니까?"

고개를 돌려 보니 저 멀리 머리를 바싹 민 사내가 깜짝 놀란 얼굴로 걸어오고 있었다. 결계 마법이 전공인 함정수다.

"이상하지 말입니다. 본부 방문도 없는 긴급 소집이라기에 간소할 줄 알았는데 춘대 선배가 제 상대라니 이거 훈련이 빡세지는 거 아닙니까? 29년식 이상이신 선배님을 불러내다니……, 전 제가 12년식이니까 누구든 제 쪽이 위일 줄 알았지 말입니다."

자동차에 출고된 시점을 기준으로 연식年式이 붙여지는 것처럼 마법사에게도 연식이 붙는데 당연히 나이를 뜻하는 것이 아니라 정식 마법사가 된 해를 기준으로 경력을 헤아리는 일종의 지표다.

"두고 봐야 알겠지. 그것보다 그 말투는 도저히 안 고쳐지는 거야?"

"하하. 시정하고 싶어도 잘 안 되지 말입니다."

정수는 절도 있는 동작으로 뒤통수를 긁는 기묘한 재주를 선보이며 대꾸했다.

육군 지뢰 탐지병으로 복무하던 중 마법사로 각성한 함정수는 일병 시절의 말버릇을 오랫동안 못 고치고 있는 중이었다. 반듯한 눈매를 가진 쾌남형의 얼굴에서 나오는 모든 말의 어미가 '다나까'로 끝나다니 해괴망측했다. 소년 시절 이미 마법사가 된 춘대에게 정수의 말버릇은 괴이할 뿐이었다. 그러나 말투는 어눌해도 정수의 마법 결계를 탐지하고 구축하는 능력은 마법사 조합 내에서도 따라올 자가 없었다.

어쨌든 정수의 걱정은 아직 이른 것이었다. 훈련에 동원된 마법사는 둘만이 아니었다. 두 번째로 나타난 마법사의 얼굴은 둘의 눈을 의심하게 만들었다. 잘못 봤을 가능성도 없는 것이 그 마법사의 떡 벌어진 어깨와 험상궂은 얼굴은 서울 지부 최고의 돌격 마법사 골곽찬의 것이 틀림없었기 때문이다.

곽찬 역시 춘대를 알아보고 어처구니가 없다는 표정을 지었다.

"누가 날 불러낸 건지 설명해 봐라, 마춘대."

춘대는 어깨를 으쓱했다.

"글쎄요. 천둥트림이 교육도 덜 된 길고양이를 전령으로 보냈기에 저는 그 비만 고양이가 드디어 돌았구나 하고 쾌재를 불렀지 뭡니까. 그런데 김샜네요. '어금니' 곽찬 선배까지 불러내다니 이건 예사 훈련이 아닌가 봅니다."

한국 지부의 어금니! 처음 들으면 무슨 의미인지 다소 의아하지만 닿는 것은 모조리 부숴 버린다는 살벌한 뜻이 담겨 있는 35년식 마법사 곽찬의 별명이다. 척추와 경추에 악마의 화석이 이식되어 있는 그와 마주한 악수는 대부분 먼저 이빨을 드러낸다. 공포의 대상일 뿐, 공포를 느낀 적은 없는 악수들이 곽찬의 박력에 짓눌리지 않기 위해서 반사적으로 드러내는 행동이었다. 무엇보다 곽찬은 서울 지부에서 최고 포획률을 기록하여 훈장까지 보유한 사내였다.

정수가 끼어들었다.

"전 오늘 아침까지도 그 고양이가 툭 던지고 도망간 편지가 스팸이길 바랐지 말입니다. 훈련은 두 명이 해도 충분한데 어째서 세 명이나 불러낸 거랍니까? 마법사 셋이 모이면 누구도 그들을 곤란하게 할 수 없다고 하지만, 그래도 이건 인력 낭비이지 말입니다."

그때 누군가를 발견한 곽찬이 백화점으로 향하는 길을 노려보았다. 그리고 싸늘한 목소리를 내뱉었다.

"셋이 아니라 넷이군."

그의 말에 춘대와 정수의 고개가 홱 하니 돌아갔다. 늘어선 옷가게와 화장품 매장들 사이로 액세서리를 파는 잡화점에서 익숙한 덩치가 고양이 열쇠고리를 든 채 헤벌쭉 웃고 있었다. 백 킬로그램이 넘는 거구의 남자가 헬로키티 열쇠고리를 얼굴에 부비며 행복감에 젖어 있는 모습은 일견 괴기스럽기까지 했다.

"이럴 수가! 헬로키티 열쇠고리 13번이 여기 있을 줄이야! 내 연식과 똑같은 모델 넘버잖아. 단종된 줄 알았는데……. 아아아, 역시 꿈은 포기하지 않을 때 가장 아름다운 법이었어."

세 마법사는 잠자코 그의 등 뒤로 다가갔다. 춘대는 헬로키티의 다른 모델도 있느냐며 직원을 다그치는 남자의 모습에 한숨을 내쉬며 정수를 향해 말했다.

"함정수, 제발 저 녀석이 서울 지부의 탐색 마법사가 아니라 그냥 지나가던 뚱땡이라고 말해 줘."

안타깝게도 정수는 고개를 가로저었다.

"헬로키티 티셔츠에 헬로키티 손목시계입니다. 양말이나 속옷은 안 들춰 봐도 뻔하지 말입니다. 민감해가 확실합니다. 저 친구 헬로키티를 모으기 위해서라면 사족을 못 쓰지 않습니까."

전선에서 희생될 일이 별로 없는 후방 지원형 마법사임에도 불구하고 헬로키티 신상품을 위해서라면 뇌룡雷龍의 입속에도 뛰어들지 모른다는 소문의 민감해가 헬로키티 열쇠고리 13번의 상자를 감싸 안은 채 돌아섰다. 만족감에 젖은 그 얼굴이 세 마법사를 발견하자 어리둥절함으로 돌변했다.

잡화점 앞에서 동그랗게 둘러선 네 명의 마법사는 서로 눈치만 보고 있었다. 말수가 거의 없는 곽찬이 팔짱을 낀 채 춘대를 물끄러미 쳐다보았다. 무슨 말이라도 꺼내라는 무언의 압력이었다. 춘대가 할 수 없이 어깨를 으쓱하며 입을 열었다.

"이게 뭔 일이래? 진짜 동원 훈련 맞아? 듀리엘(Duriel)도 때려잡겠어."

감해가 춘대의 말에 동조하며 고개를 끄덕였다.

"곽찬 선배의 사슬과 춘대 선배의 저격 마법이라면 듀리엘과 붙어도 79퍼센트는 승산이 있어요. 언뜻 봐도 이 구성원, 서울 지부에서 연식이 꽤 높은 마법사만 골라 모은 것 같지 않아요? 구사할 수 있는 전투 대형이 아홉 가지나 돼요."

숫자에 관해서는 누구보다 정확한 민감해의 말에 마법사들 모두 황당하다는 표정을 지었다. 공식 임무에도 마법사를 넷이나 투입시키는 일은 드물었다. 분명 희한한 일이기는 하지만 상황을 가만 두고 볼 수만은 없기에, 춘대는 일단 감해를 입 다물게 한 뒤 그에게 복제 마법으로 자유이용권 네 장을 준비하게 했다. 뭐가 어떻게 돌아가는 일인지는 롯데월드 안에서 기다리고 있다는 훈련 담당 치프를 만나 보면 자연히 알게 될 테고, 어쨌든 그곳에 오래 머물러 있는 것도 좋지 않았다.

마법사가 외출할 때는 자신의 마법 시전 도구인 아티팩트를 얼마나 자연스럽게 숨기느냐가 중요하다. 물론 영화에서처럼 지팡이나 수정구를 들고 다니는 마법사는 없다. 정말로 그런 걸 아티팩트랍시고 가지고 다녀 보라. 아마 동료 마법사들이 쉰내가 풀풀 난다면서 반경 백 미터 이내로 접근조차 하지 않을 것이다. 지팡이는 그렇다 쳐도 수정구가 얼마나 무거운데 그걸 가지고 다니겠는가. 뭐, 수정구의 조각을 목걸이로 만들어 갖고 다니는 몇몇 마법사들은 있지만…….

대부분의 마법사들은 아티팩트를 생활용품으로 위장해서 가지고 다니는 경우가 태반이다. 조합 본부에서는 선글라스나 머리띠, 만연필, 우산 같은 모양으로 아티팩트를 가공해 주는데 지포라이터 모양의 아티팩트를 가진 화염 마법사 태운하가 그 대표적인 예다. 춘대는 그가 그 인상적인 담뱃불로 악수들을 지져대는 것을 몇 번 본 적이 있다.

어쨌든 그런 연유로 마법사가 아닌 사람이 아티팩트를 알아볼 가능성은 극히 적지만 마법사들의 아티팩트가 둘 이상 모이면 일반인들에게 알 수 없는 불안감과 피로감을 가져다주기 때문에 마법사 여럿이 일반인들의 장소에 오래 머무르면 언제나 말썽이 일어나곤 한다. 예를 들어 네덜란드 지부의 마법사 셋은 공항에서 악수를 추격하던 중 테러범으로 오인당하기도 했다.

게다가 칙칙한 남자 넷이 놀이공원에 오는 경우가 몹시 드물다는 것 또한 문제였다. 춘대는 다시금 남자로만 이루어진 한국 지부 마법사들의 성비에 분통을 터트렸다. 혈기왕성한 시절에는 한국 지부에서도 여성 마법사를 뽑아야 한다고 본부에 시위를 한 적도 있었다. 아시아에서는 대만과 홍콩, 티베트를 제외하고는 여성 마법사가 활동하는 지부가 생겨날 수 없다는 해괴한 불문율에 단번에 묵살당했지만……. 물론 그 나라들의 마법사 조합에는 한국과는 반대로 여성 마법사들만 존재한다고 했다.

춘대가 이런저런 잡생각을 하는 동안 자유이용권 한 장을 끊어 온 감해가 사람들이 오가지 않는 으슥한 구석에서 헬로키티 가방 ― 마법사 조합에서 특별 개조하여 시중에는 존재하지 않는 특대 사이즈 가방 ― 속에 든 헬로키티 빗을 꺼내 들었다. 빗이 자유이용권 위를 훑고 지나가자 티켓이 한 장에서 네 장으로 늘어났다.

그때 춘대의 등 뒤에서 잔뜩 쉰 목소리가 들려왔다.

"그거 한 장 더 뽑게나."

"에에에엑!"

네 마법사는 펄쩍 뛰며 황급히 목소리가 들려온 쪽을 바라보았다. 하지만 정면에는 허공뿐이었다.

"아랠세, 아래."

춘대는 목소리를 따라 무릎 뒤쪽을 내려다보았다. 춘대의 혁대를 살포시 붙잡고 있는 초등학생, 입고 있는 반바지와 앙증스러운 멜빵은 마치 학예회 사회를 보는 아이를 연상시켰지만 네 마법사 중 그 겉모습에 속는 이는 없었다.

네 마법사 중 최고참인 골곽찬이 아이를 향해 꾸벅 머리를 조아렸다.

"여긴 어쩐 일이십니까, 길후 선배?"

환영 마법사 신길후는 양손으로 멜빵을 붙잡은 채 헤벌쭉 웃었다. 지부장을 제외하고는 그 누구도 그의 연식과 본래 나이를 알지 못했다. 환영 마법으로 본모습을 가린 채 늘 어린아이 모습으로 다니기 때문이다. 그저 길후의 입에서 나오는 이야기들로 그 나이를 추측할 뿐이었는데, 그는 3·1운동에 참여했던 이들의 술버릇을 떠올리며 치를 떨었고 거북선이 내뿜는 화포를 떠올리며 우수에 잠기곤 했다. 4백 년식에 육박하는 지부장에게도 가끔 말을 놓으며 맞먹는 것을 보면 그 연식이 무시 못 할 정도라는 것만큼은 확실했다. 티셔츠에 그려진 수십 마리의 아기 곰들이 아무리 귀여워도 그 옷을 입은 사람의 정체를 알고 있는 춘대로서는 그 아기 곰들이 마냥 귀여워 보이지만은 않았다.

길후가 입을 열었다. 얼굴은 초등학생이지만 목소리는 마법으로 바꿀 수가 없었기에 90세 노인의 가래 뱉는 소리도 길후의 목소리에 비하면 영롱하게 느껴질 정도였다.

"확실히 나 정도 연식이 되면 훈련 통보는 가뿐히 무시해 버리는 게 당연하지. 그런데 호기심이 동하더라고. 롯데월드라니, 작전이나 훈련이 아니면 내가 언제 이런 최신식 놀이공원에 와 보겠는가? 자, 앞장서게."

최신식이라니……. 색이 바래다 못해 쉰내가 느껴지는 롯데월드의 놀이 기구들을 떠올린 민감해는 황당한 기분이었다. 하지만 말을 꺼낸 인물이 인물이니만큼 겉으로 드러내지는 않았다.

마법사들은 신속하게 이동했다. 곽찬과 길후가 나란히 걸으니 부잣집 도련님과 그를 납치해 몸값을 두둑이 뜯어내려는 인질범처럼 보여 곽찬이 멀찍이 떨어져서 걸어온 것 말고 별다른 문제는 없었다. 입장권을 끊고 에스컬레이터에 올라타 실내파크에 들어서니 엄청난 인파가 뿜어내는 소음과 기운들이 예민한 마법사 춘대의 감각을 아찔하게 만들었다. 마치 수백 배로 확장한 찜질방에 들어선 기분이랄까?

춘대는 놀이공원이란 곳에 발을 디딘 것이 난생처음이었다.

커플티를 입고 다니는 연인들, 뛰어다니다가 사람들과 부딪혀 아이스크림을 떨어뜨리는 꼬마들, 그런 꼬마들의 꽁무니를 쫓아다니는 아줌마들, '스고이', '조또마떼'를 연발하는 일본 관광객들, 지방에서 단체로 놀러 온 중학생들까지……. 이 정도로 수가 많으면 사람들이란 말은 어울리지 않는다. 인간들이라고 해야지. 그 어마어마한 인간들 틈에서 어떻게 치프를 찾아낼지 막막하던 차에 함정수가 춘대를 툭 치더니 위를 가리켰다.

"선배, 아무래도 저기인 것 같지 말입니다. 스스로 마법 좌표를 발산하고 있습니다. 이동식 마법구로 보이지 말입니다."

위를 올려다보니 까마득히 높은 실내파크의 천장 아래 기묘하게 큰 '너구리 머리'가 떠다니고 있었다. 헬륨가스의 힘으로 공중에 떠 있는 광고판, 애드벌룬이었다. 물론 그것은 겉모습일 뿐, 실은 마법사들이 임무에 나설 때 참호처럼 사용하는 대형 아티팩트였다.

춘대가 눈을 빛내었다.

"저걸 지급받았다면 이건 확실히 훈련이 아니네. 저 정도 사이즈면 실전 임무용이잖아?"

다른 마법사들도 그의 말에 동의하는 듯 사뭇 진지한 얼굴을 했다. 곧이어 어떻게 애드벌룬까지 올라가야 할지에 대한 짧은 토론이 벌어졌다. 물론 함정수의 순간 이동 마법을 쓰면 간단하지만 인간들의 이목을 피해야 했다. 그때 롯데월드를 세 번이나 와 봤다고 밝힌 민감해가 특정한 놀이 기구를 추천했다.

"사람들에게 순간 이동하는 모습을 들켰다가는 큰일이죠. 사람들의 시선으로부터 완벽한 자유를 보장하고 빛과 소음으로부터도 92퍼센트의 효율적인 차단이 가능한 놀이 기구가 있어요.”

마법사들은 질서정연하게 민감해를 따라 이동했다. 그리고 잠시 후 마법사들은 신길후의 걸걸한 환호성을 들을 수 있었다.

“오호! 이거 제법 실감나는걸!”

길후는 뱃머리의 가장 앞에서 상기된 얼굴로 주변을 두리번거렸다. 목소리를 제외한다면 난생처음 아빠 손을 잡고 롯데월드를 방문한 꼬마의 모습을 실감나게 재현하고 있었지만, 아빠 역을 맡은 후배 마법사들은 삼두룡三頭龍을 베껴 만든 마네킹이 삐걱대는 모습을 보며 한숨을 내쉴 뿐이었다.

아마 그날 ‘신밧드의 모험’ 도우미들은 아찔했을 것이다. 배 한 대가 텅 빈 채 도착 지점에 당도했을 테니 말이다. 놀래려고 요동치는 것도 시원찮아 안전벨트도 없는 그 놀이 기구가 마법사들을 물속에 빠트리기라도 했으면 어쩌나 식겁했을지도 모른다. 물론 그때 이미 마법사들은 함정수의 솜씨로 공중의 애드벌룬 속으로 순간 이동을 마친 뒤였다. 반로환동返老還童이라는 말의 표본을 보여 주겠다는 듯 길후의 흥분은 그때까지도 가라앉지 않고 있었다.

“인간의 솜씨로 삼두룡을 만들 생각을 하다니 기특하기 짝이 없구먼. 비늘 색깔을 황록색으로 바꾸고 크기를 세 배 정도만 키웠더라면 제법 진짜와 비슷했을 텐데…….”

애드벌룬 속엔 마법 결계로 만들어진 임시 훈련 본부는 교실 하나 크기의 회색 공간이었는데, 마법 문양이 새겨진 기둥이 중앙에 우뚝 서 있는 것을 제외하고는 회색의 원형 벽만이 자리 잡고 있는 밋밋한 곳이었다.

임시 훈련 본부에는 한 명의 남자가 마법사들을 기다리고 있었는데 훈련을 소집한 담당 치프임에 틀림없었다. 기둥에 살짝 기대서 있다가 자세를 바로잡은 치프 마법사는 20대 초반이라 하기에는 과분하고 후반이라고 하기에는 좀 억울한 정도의 겉모습을 하고 있었다. 하지만 외관으로만 따져서 마법사의 연식을 짐작해서는 안 된다. 각성이 일어나는 나이가 천차만별인 데다 마법사가 되면 쉽게 노화하지 않는 체세포를 가지게 되기 때문이다. 마법구로 올라온 다섯 마법사 중에서 치프보다 더 나이가 많아 보이는 이는 골곽찬뿐이었다.

"어서 오십시오. 기다리고 있었습니다."

다섯 마법사 중 가장 연식이 짧은 함정수가 그를 보고는 기가 차다는 얼굴로 말했다. 20년식 이상의 숙련된 마법사가 맡는 것이 관례인 '치프'라고는 도저히 기대할 수 없는 이가 나와 있었기 때문이다.

"저 녀석, 수습 아닙니까?"

치프 마법사는 춘대에게 매우 낯익은 얼굴이었다. 그는 다름 아닌 변신 마법으로는 방글라데시의 나즈무나하 압둘라에 비견될 만한 귀재라며 이름을 떨치고 있는 위장중이었다. 춘대는 천재가 탄생했다고 떠들썩했던 그의 아카데미 졸업식을 직접 진행하기도 했었다.

감해가 1연식 후배인 정수의 어깨를 툭 쳤다.

"그냥 수습이 아냐. 영국 조합 본부에서 인정한 앙팡 테리블 이잖아."

아카데미를 조기 졸업한 마법사에게만 부여되는 호칭인 앙팡 테리블, 감해의 말대로 장중은 해외 임무에 투입되는 경우가 더 잦을 정도로 희소가치가 있는 마법사였다. 그렇기 때문에 수습 마법사의 일에는 관심이 없는 정수는 그에 대해 잘 알지 못했던 것이다.

"너였어? 이 말도 안 되는 소집을 실행한 게? 롯데월드에 이동식 마법구라니, 어떻게 된 거야?"

춘대의 질문에 장중은 어깨를 으쓱하고는 휑한 임시 훈련 본부를 가리켰다.

"질문은 하나씩 해 주세요. 일단 훈련 준비가 먼저이지 않겠습니까?"

3

여름 방학 미술 숙제를 하는 초등학생, 대기업과 거래를 성사시키려는 바이어 그리고 마법사들의 입에서 공통적으로 회자되는 말이 있다.

"젠장, 세상에 쉬운 게 없군."

맞다. 마법은 어렵다. 주문 몇 개 살라살라 중얼거리고 눈 좀 부라려서 마법을 구동시킬 수 있으면 참으로 좋으련만 현실은 그렇지 않다.

일단 각성을 한 마법사는 조합의 눈에 띄어 몇 년에 걸친 재능 발굴에 들어간다. 그 다음에는 마법에 대한 상성을 키우기 위한 명상 훈련을 마치고 나서야, 비로소 본부에서 만들어 준 아티팩트를 받고 아카데미에 들어갈 수 있게 된다. 하지만 아카데미에 들어갔다고 몇 년 버티면 자동으로 수습 마법사가 될 수 있다고 생각하면 오산이다. 실전에 가깝도록 피 터지는 훈련이 견습 마법사들을 기다리고 있는 것이다.

그럼 아카데미에서는 무엇을 가르칠까? 바로 마법사의 육체를 마법에 동화시키는 방법과 요령이다. 자, 마법사의 육체를 술잔이라고 가정해 보자. 그렇다면 마법은 무엇일까? 마법은 술잔에 따르는 술이다. 마법의 목적은 세상의 물리 법칙을 취하게 해서 슬쩍 무너뜨리는 것이다. 그로부터 생기는 균열을 조정하는 것이 마법의 첫 단계인데, 그러려면 술잔에 술을 딱 맞춰 따르는 기술이 필요하다. 술의 양이 넘치면 마법사의 육체가 견디지 못하고, 부족하면 법칙을 취하게 만들 수 없기 때문이다.

그런 작업 중에서도 가장 까다로운 것이 바로 변신 마법이다. 정령계 마법사 하면 대부분 최고의 단계로 포획한 악수나 계약한 환수를 불러내 조종하는 소환 마법사를 뽑는다. 하지만 마법력을 조절해야 한다는 면에서는 소환 마법사의 바로 아래 단계인 변신 마법사가 몇 배나 더 어렵다.

대부분이 치프급인 소환 마법사에게는 촉매가 필요 없지만 변신 마법사에게는 촉매가 필요한데 그것은 바로 마법사 자신의 육체다. 변신 마법사는 악수나 환수의 일부분만 자신의 껍질로 끌어들임으로써 인체의 한계를 뛰어 넘는다. 악수와 동일한 능력을 가진 채 일대일로 육탄전을 벌일 수 있게 되는 것이다. 하지만 그 정도가 아주 약간이라도 지나치면 마성魔性에 먹혀 버리고 만다. 이성을 잃고 날뛰는 또 하나의 악수가 되는 것이다. 반대로 마법력이 부족하면? 어중간한 악수에게도 당해 버린다. 한 방울만 더 떨어트리면 넘칠 것 같지만 절대로 바닥에 흐르지는 않는 아슬아슬한 술잔, 그것을 조절하는 것이 변신 마법사들이다.

그렇기 때문에 변신 마법사들은 놀랍도록 예민하다. 그리고 철저하고 냉철하다. 자신의 제어력에 대해 절대 과신하지 않으면서 상황을 통제할 능력이 있는 준비된 지휘관인 것이다. 또한 전장에서 등을 맡길 수 있는 가장 듬직한 동료이기도 하다.

춘대는 장중과 서너 번 함께 임무에 나선 적이 있었다. 대부분의 변신 마법사들이 코카트리스(Cockatrice)나 늑대 인간 정도로 변신하는 데 반해 장중은 수습 마법사이면서도 그 단계를 훌쩍 넘어선 걸물이다. 춘대는 작년, 장중과 처음으로 함께 임무에 나섰던 때를 떠올렸다.

두 사람이 처음 만난 곳은 사람들이 드나들지 않는 폐공장이었다. 악수의 출몰을 예지한 천둥트림이 그들을 그곳으로 보낸 것이다. 폐공장에는 기능을 상실한 채 녹슬어 가고 있는, 굵고 가는 각종 파이프들이 보이지 않는 곳까지 빼곡히 펼쳐져 있었다.

"후방 지원을 맡을 마춘대다. 네 얘기는 많이 들었어."

폐공장의 입구에서 춘대는 미리 와 기다리고 있던 장중을 만났다. 아카데미에 입학했을 때부터 서울 지부를 떠들썩하게 만들고 있는 장본인이라기에 콧대가 하늘을 찌를 줄 알았는데 예상외로 장중은 예의바른 태도로 선배의 인사를 받았다.

"변신 마법을 익히고 있는 07년식 위장중입니다. 선배에게 누가 되지 않도록 열심히 뛰겠습니다."

오만한 대답을 해 오면 가차 없이 몇 마디 쏘아 줄 작정이었던 춘대는 장중의 깍듯한 인사에 잠시 주춤했다. 장중의 행동이 능청인지 아니면 진짜 겸손인지 파악하기 위해 그의 곱상한 얼굴을 물끄러미 째려보고 있었기에 춘대는 장중이 자신의 이름을 밝힐 때 살짝 쑥스러워하는 것을 놓치지 않았다. 춘대는 경계를 풀고 후배 마법사의 어깨를 툭 쳤다.

"법명이 아직은 어색한가 보지? 처음엔 다 그래. 적성에 맞춘답시고 조합에서 붙여 주는 이름, 촌스러워하고 질색하기 마련이지. 걱정 마. 곧 인간 시절의 이름은 잊게 될 거다."

장중은 잠자코 고개를 끄덕이더니 말했다.

"선배도 그렇군요. 인간일 때의 이름이나 하던 일, 살던 곳을 묻는 선배 마법사가 한 명도 없던데……, 왜 그런 거죠?"

"지난 일이잖아. 아니, 정확히 말하면 이제 더 이상 상관이 없어진 일이지. 도마뱀을 생각해 봐. 자기가 끊고 버린 꼬리를 그리워하는 도마뱀이 있을까? 오랫동안 악수들과 뒹굴다 보면 마법을 쓰기 이전의 일은 깨끗이 잊게 마련이야. 저절로 거리를 두게 된다고. 각성이 일어난 순간 평범한 인생으로는 다시 돌아갈 수 없으니까."

"그런가요……? 전 아직 그렇게 되기엔 미련이 많은가 봅니다."

춘대는 장중에 대해 잘 알고 있었다. 모른척하려 해도 워낙 조합 내에서 화제의 중심에 있는 인물이었기 때문이다. 게다가 오늘 임무에 나서기 전에 천둥트림의 수정구에서 장중의 인생사를 재빨리 훑기까지 하고 나온 길이었다.

인간이었던 장중은 엠티에서 야유를 받지 않을 정도의 노래 실력과 화가 난 여자 친구를 두 시간 안에 달랠 수 있을 정도의 괜찮은 화술을 지닌 청년이었다. 여자 아이돌 중에서는 청순한 캐릭터를 좋아한댔나? 물론 춘대가 가장 주의 깊게 본 점은 장중이 대학을 졸업하기 전에 재능을 발견하고 각성한 뒤, 믿을 수 없는 속도로 실력을 키워 나가고 있는 수습 마법사라는 점이었다.

순간, 어째서 장중의 반응이 어색하게 느껴지는가를 생각하던 춘대는 원래 장중 정도의 경력으로는 자신과 함께 임무에 나설 수 없다는 사실을 떠올렸다. 언제나 닳고 닳은 마법사들과만 협동 작전을 폈던 춘대에게 수습 마법사 장중의 고뇌가 생경하게 느껴지는 것은 당연했다. 춘대는 속으로 실소했다.

'어쭈, 어수룩한 게 좀 귀여운데……. 재능은 뛰어나지만 속은 아직 풋내기란 건가?'

그로부터 정확히 한 시간 뒤, 춘대는 그 생각을 완전히 철회했다.

폐공장에 출몰한 거대 사마귀 맨티스 크루거(Mantis Kruger)는 춘대를 약 올리는 데 성공했다. 일정 거리에서 도망가지도 않고 얼쩡거리고만 있으니 그것은 분명한 도발이었다. 얼굴이 붉어진 춘대가 은 화살을 쏘면 맨티스 크루거는 다리를 잽싸게 놀려 살짝 피하거나 앞발로 여유롭게 튕겨 내었다. 방금 전 장중에게 수습의 도움 따윈 필요 없다고 큰소리쳤던 춘대는 붙잡히지 않는 악수가 얄미울 수밖에 없었다.

허리에 두른 화살을 절반 정도 소모했을 무렵 장중이 나섰다.

"저 녀석 빠르네요. 제가 발을 묶겠습니다. 그때 선배가 저격해 주세요."

춘대는 급격한 마력 소모에 갓 백 미터를 뛴 육상 선수처럼 씩씩거리며 대꾸했다.

"발을 묶다니, 어떻게?"

인도의 전설적인 변신 마법사 나즈무나하 압둘라는 전사할 때까지 백여덟 마리나 되는 변신 악수 기록을 남겼다고 한다. 장중의 변신 가능 악수의 수는 그 절반에도 미치지 못한다. 하지만 그를 유명하게 만든 특기는 따로 있었으니, 춘대는 그날 그것을 두 눈으로 직접 목격했다.

장중의 아티팩트인 오른쪽 귀걸이가 빛을 냈다. 그 푸르스름한 빛이 포물선을 그리며 장중의 양팔로 옮겨 갔다. 빛이 사라진 자리에 남은 건 인간의 팔이 아니라 야차의 단단한 팔뚝이었다. 비사문천毘沙門天의 금강팔뚝을 자신의 몸에 불러들인 것이다.

춘대는 감탄했다.

"신체의 일부만 변신하는 건가? 와우, 발가락으로 바늘을 집어 실을 꿰는 거나 마찬가지군."

그러나 장중의 영창은 계속 이어졌다. 춘대가 그 모습에 의아해 하고, 무언가를 직감한 맨티스 크루거가 공격 자세를 바로잡았을 때 장중의 왼쪽 귀걸이가 다시 빛을 내뿜었다. 마력을 내뿜는 그 빛은 장중의 양다리로 옮겨 갔다. 그 다리의 정체를 깨달은 순간 춘대는 맨티스 크루거를 동정할 수밖에 없었다.

단순히 빠르기로만 따졌을 때 맨티스 크루거의 각력을 넘어서는 악수는 몇 되지 않는다. 굳이 따지자면 신속神速의 야크시니(Yakshini) 정도일 것이다. 장중은 정확히 그 점을 이용하기로 한 모양이었다. 야크시니의 눈처럼 흰 털이 장중의 허리 아래에서 흩날렸다.

'이거야 원. 완전히 묘기잖아. 한 발가락으로는 바늘에 실을 꿰고 다른 발가락으로는 피아노 건반을 쳐서 베토벤 교향곡을 연주하는 셈이군.'

춘대는 지부장 영감탱이가 이번 임무에 장중을 붙인 이유를 납득할 수밖에 없었다.

"그럼, 시작하겠습니다."

춘대가 고개를 끄덕이려는 순간, 장중은 이미 한 줄기 빛이 되어 쏘아져 나가고 있었다. 맨티스 크루거는 다급하게 거미줄처럼 얽혀 있는 폐공장의 파이프들 사이로 몸을 숨겼다. 아무리 빠르다 한들 예측하기 힘든 방향으로 꼬여 있는 철 파이프들의 숲으로 파고들기는 무리일 거라고 생각한 모양이었다. 하지만 장중은 무서우리만큼 침착하게 거대 사마귀의 뒤를 따라

붙었고 결국에는 격돌했다.

킹!

맨티스 크루거의 무시무시한 앞발이 뒤로 휘둘러졌지만 장중의 금강팔뚝이 막아 냈다. 지상 5미터의 파이프 위에서 악수와 마법사가 격렬한 공격을 주고받았다. 맨티스 크루거의 앞발은 집요하게 장중의 목과 가슴을 노렸지만 번번이 비사문천의 팔놀림에 가로막혔다. 하지만 장중 역시 막아 내기에만 급급할 뿐 악수를 밀어붙이지는 못하고 있었다.

"하지만 붙잡아 둘 수는 있지."

조용히 읊조린 장중은 사신의 낫처럼 좌우에서 날아오는 사마귀의 앞발을 붙잡았다. 곤충의 날카로운 무기가 정확히 장중의 목젖 앞에서 멈춰 있었다. 마법사와 악수의 힘겨루기가 이어졌다. 여기서 약간이라도 밀리면 장중은 목으로 호흡하는 처지가 될 터였다. 하지만 춘대도 가만히 구경만 할 생각은 추호도 없었다.

'선배의 체면을 생각해서라도 뭔가 화끈한 걸 보여줘야겠군.'

춘대의 눈동자에 각인된 마법 문양이 발동되었다. 상황은 그다지 좋지 않았다. 한숨을 내쉬고 싶은 심정이었다. 맨티스 크루거의 머리를 노릴 수 있는 직선 경로가 존재하지 않았다. 은 화살이 거대 사마귀의 숨통을 끊으려면 대치하고 있는 장중의 등을 관통해야 하는 위치에 춘대가 서 있었기 때문이다.

망설일 틈이 없었기에 춘대는 다급히 생령을 불러냈다. 생령은 표정이 없기에 '귀찮게 왜 불러내고 난리야!' 하는 기색은 없었지만 춘대는 미안함을 느꼈다. 지금부터 시도할 일이 마법사의 육체는 물론 생령에게도 적지 않은 부담을 줄 것이기 때문이었다.

"미안. 웬만해선 쓰지 않는 건데 상황이 웬만하지가 않다."

춘대가 생령 거북에 올라타 고개를 끄덕이자 생령이 놀라운 속도로 회전하기 시작했다. 곧 춘대가 서 있는 지점을 원심축으로 인간 소용돌이가 만들어졌다. 눈앞의 사물이 뱅글뱅글 돌다가 무수한 가로줄로 변하기 시작했다. 하지만 처음부터 춘대의 정신은 맨티스 크루거에 집중되어 있었다. 멈추지 않는 가속은 곧 정점에 이르렀다. 평범한 인간이었다면 실신할 것이 분명한 육체의 혹사였지만 춘대는 버텨 냈다.

"지금이야!"

맹렬하게 회전하던 인간 소용돌이에서 번쩍이는 빛 한 줄기가 쏘아져 나갔다. 마법사의 복합궁에서 발사된 은 화살은 곧 물리 법칙을 깡그리 무시한 궤적을 그리기 시작했다. 나선을 그리며 날아간 것이다. 그 궤적은 마치 공중에 스프링을 늘인 장면을 고속카메라로 촬영한 것처럼 보였다. 생령의 회전축과 마법사의 회전축이 교묘히 결합해 만들어 낸 일종의 변칙. 은 화살은 춘대와 장중의 사이에 위치한 파이프들을 아슬아슬하게 비켜 나가며 허공을 갈랐다.

맨티스 크루거는 자신의 가는 목이 은 화살에 관통되어 분해되는 순간에도 의아함을 느낄 수밖에 없었다. 자신과 으르렁거리고 있는 인간의 오른쪽 어깨 뒤에서 휘어져 날아온 은 화살의 존재를 전혀 알아채지 못했기 때문이다.

허물어져 가는 거대 사마귀의 육체를 지켜보던 장중은 등 뒤에서 춘대의 기척을 느끼고 등을 돌렸다.

"아아. 이거 몇 번만 더 했다가는 뇌가 젤리처럼 돼 버릴 거야."

허공을 선 채로 날아오는 춘대가 어지럽다는 듯이 양손으로 머리를 부여잡고 있었다. 장중은 해맑은 미소로 선배를 맞이했다.

"멋진 솜씨였습니다, 선배. 소문이 사실이었군요. 서울 지부의 마춘대가 태양을 쏘아 떨어트리지 않는 이유는 한 가지 때문이라지요?"

"태양까지 가던 도중 은 화살이 녹아 버릴 테니까? 꼭 실없는 녀석들이 그런 허풍을 퍼트리고 다니지. 너야말로 엄청나던걸. 동시에 악수 두 마리로 변신하다니, 그런 게 가능하다고는 생각도 못 했어."

말을 마친 춘대는 장중이 서 있는 파이프 위로 내려섰다. 장중의 다리와 팔은 어느새 인간의 모습으로 되돌아와 있었다.

"나야 변신 마법에 대해서 잘 모르지만 그거 무진장 치밀한 계산과 평정심이 없으면 엄두도 못 낼 것 같은데, 마법과 칼날이 오가는 전장에서 어떻게 그토록 침착하지? 까딱 중심을 잃으면 마력이 폭주할 수도 있는 거 아닌가?"

"등을 맡긴 동료가 있잖습니까."

장중은 인간으로 돌아온 팔을 휘둘러 보면서 웃었다.

"만약 제가 맛이 가 버린다 해도 틀림없이 선배가 붙잡아 줄 텐데요, 뭘."

4

마법사들은 열심히 술잔에 술을 들이붓고 있었다. 다시 말해 롯데월드의 공간 법칙을 격렬하게 쥐어짜고 있었다는 뜻이다. 저 아래 놀이공원에서 환호성인지 비명인지 분간할 수 없는 소리를 지르며 열중하고 있는 인간들은 상상조차 할 수 없을 것이다. 여섯 명의 마법사가 공중에 떠 있는 애드벌룬의 내부를 훈련 본부로 개조하고 있다는 것을······.

물리적으로 그 많은 마법사들과 설비들이 집 한 채 크기도 안 되는 풍선 안에 들어가 있을 수는 없다. 하지만 바깥에서 보는 것과 달리 애드벌룬 내부는 차원의 경계면을 확장하는 마법의 힘 때문에 전혀 다른 공간이나 마찬가지다. 냉장고 문을 열고 들어갔더니 빙상 경기장이 나오는 효과랄까? 그것이 가능하게 만드는 것은 결계 마법사의 능력이었다.

“일단 마법구의 공간 안정을 시켜야 하지 말입니다. 시작하겠습니다.”

속을 알 수 없는 장중 때문에 표정이 굳어 있기는 했지만 함정수는 자신의 역할을 충실히 수행했다. 그가 가방에서 다섯 개의 팽이를 꺼내자 주변을 둘러싸고 있던 마법사들이 조금씩 뒤로 물러났다. 모양도 색깔도 제각각인 팽이 다섯 개를 바닥에 대충 흩뿌려 놓은 정수가 주문을 영창하기 시작했다.

“저 푸른 초원 위에 그림 같은 집을 짓고……”

정수의 결계 마법에 지정된 영창은 남진의 ‘님과 함께’였다. 정수의 절도 있는 노랫가락이 마법구 안에 울려 퍼졌다.

한국 마법사들의 영창이 모두 트로트로 이루어져 있다는 사실은 얼핏 괴팍하고 의아해 보이지만 그에 합당한 이유가 있었다. 일반인들에게 영창하는 모습이 노출되어도 의심의 눈초리를 받지 않을 수 있을 뿐 아니라 가사 자체가 지닌 강력한 힘이 마법 발동에 발군의 효력을 발휘하기 때문이다. 바람의 제왕이여, 무한의 창공을 가르는 그 힘으로 어쩌고저쩌고 하면 폼이야 나겠지만 정신병자 취급을 당하기에 딱 좋은 것이다.

“사랑하는 우리 님과 한 백 년 살고 싶어.”

영창이 끝나자 다섯 개의 팽이가 맹렬하게 돌기 시작했다. 처음엔 제자리에서 회전하는 것 같던 팽이들은 차츰 서로 조화를 이뤄 가며 푸르스름한 빛줄기를 흩뿌리며 움직였다. 커피 한 모금을 마실 시간 동안 복잡한 도형을 바닥에 그려 낸 팽이들은 할 일을 끝내자 예고 없이 쓰러졌다. 지탱하고 있던 실이 끊어진 인형처럼 나뒹구는 팽이들을 정수가 다시 주워 담았다.

"성공했습니다. 이제 이 마법구 안은 물리적으로도 단단한 요새나 마찬가지이지 말입니다."

장중은 흡족한 듯 고개를 끄덕였다.

"수고하셨습니다. 이번엔 민감해 선배의 솜씨를 기대해도 될까요? 롯데월드 구석구석을 관찰할 수 있는 눈들이 필요해요."

"물론 가능. 67초 정도 걸릴 거야. 그런데 이것도 훈련인 거야?"

미심쩍다는 듯한 감해의 질문에도 장중은 담담한 시선으로 마주할 뿐 아무런 대꾸도 하지 않았다. 감해는 무의식적으로 길후를 내려다보았고 길후는 싱긋 웃으며 고개를 끄덕였다. 현장 지휘자인 치프를 언짢게 할 수도 있는 행동이었지만 장중은 잠자코 있었다.

감해는 모든 마법사들의 호기심의 대상인 헬로키티 가방을 뒤적여 가방 안에서 여덟 개의 손거울을 주르륵 쏟아 냈다. 손거울에는 하나같이 헬로키티의 앙증맞은 얼굴이 절묘하게 세공되어 있었다. 이 역시 조합의 솜씨일 텐데, 동료 마법사들을 닭살 돋게 만드는 감해의 취향이 의외로 조합의 아티팩트 제작 팀에게는 적지 않은 환영을 받는 모양이었다. 늘 신선한 자극과 영감의 원천이라는데, 원래 고양이는 마법사와 떼려야 뗄 수 없는 영물이기 때문이라나?

"종로로 갈까요, 영등포로 갈까요. 차라리 청량리로 갈까요."

감해의 목소리는 몸통 전체에서 진중하게 울려 나와 마치 성

가대의 합창을 연상케 하는 면이 있었다. 태도 역시 진지하기 짝이 없었다. 이토록 미세한 음정과 박자까지 신경 쓰는 마법사는 아마 전 세계를 통틀어서도 민감해가 유일하지 않을까?

"많은 사람 오고 가는 을지로에서 떠나 버린 그 사람을 찾고 있어요."

탐색 마법에 썩 잘 어울리는 설운도의 '나침반'. 영창이 끝나자 헬로키티 손거울들이 마법구의 천장 한가운데로 모여들었다. 거울 면을 바깥으로 해 다른 손거울들과 옆면을 맞대어 팔각형을 이룬 손거울들이 마법구를 둘러싼 외벽에 영상을 투영하기 시작했다. 그러자 희고 매끄러운 벽면일 뿐이었던 마법구의 내부에 롯데월드 곳곳의 전경이 나타났다. 저마다 다른 놀이 기구들을 집중 조명하고 있는 마법 창문들을 보는 것은 마치 잠자리의 눈으로 롯데월드를 바라보는 것처럼 느껴졌다.

춘대는 그 모든 광경에 아무 관심이 없다는 듯 위장중의 일거수일투족을 놓치지 않고 있었다. 물론 장중 정도의 실력과 경력이라면 훈련 치프를 맡는 것이 결코 불가능한 일은 아니다. 꽤나 파격적인 조치이긴 하지만……. 그러나 바로 얼마 전에 해외 원정 임무에서 돌아왔으니 장중은 지금쯤 휴가를 즐기고 있어야 마땅했다. 그런 그가 어째서 급작스럽게 조합으로 복귀했으며, 게다가 이 수상쩍은 동원 훈련을 담당하고 있는지 의문이 쌓여 갔다. 춘대는 장중이 이 상황에 대한 명쾌한 답을 내려 주기만을 초조하게 기다리고 있었다.

"춘대 선배. 이제는 시선이 화살촉이 될 만큼 마력이 높아지신 겁니까? 눈초리가 따가워요.”

장중은 그런 춘대를 마주 보며 씨익 웃어넘겼다.

한 달 가까이 외국에 나가 있었던 탓일까? 춘대는 후배 마법사의 그 웃음이 낯설었다. 장중의 아티팩트인 귀걸이가 양 귓가에서 반짝거리고 있었다. 그가 변신을 결심하는 순간 악수들은 자신들에게 글자가 없어 유언을 적어 놓지 못한다는 사실을 한탄하게 될 것이다.

“일단 앉아서 얘기하세나.”

길후가 일자로 자른 앞머리를 찰랑거리며 끼어들었다. 주름 하나 없이 매끈한 아이의 손이 휙 하고 휘둘러지자 마법구 중앙에 원탁과 의자가 솟아났다. 별다른 영창도 없이 이뤄 낸 그 솜씨에 민감해가 순수하게 감탄했다. 모든 마법사가 자리에 앉은 후에도 골곽찬은 고집스럽게 길후의 등 뒤에 서 있었다.

“앉아 있으면 감이 무뎌진다.”

곽찬은 곧 입을 꽉 다물고 자신이 경계 태세에 들어갔다는 사실을 몸으로 보여 주었다. 떠드는 일은 너희들이 해라, 난 불침번을 서겠다는 의미였다.

‘하여간 융통성 없는 양반……’

춘대는 고개를 가로젓고는 정색을 하고 장중을 노려보았다.

“좋아. 이게 평범한 훈련이 아니란 건 알겠어. 이제 납득할 만한 설명을 해 봐.”

장중 역시 웃음기를 지운 표정으로 대꾸했다.

“맞습니다. 비상소집은 위장입니다. 실은 조합에서 특별 임무가 떨어졌어요."

"특별 임무?"

"얼마 전 해외 임무 중에 우연히 기밀 정보를 입수했습니다."

장중은 잠시 뜸을 들이더니 말을 이어 나갔다.

"안드라스(Andras)가 한국에 들어온 모양입니다. 지금 여기, 이 롯데월드에……."

애드벌룬 안이 급속도로 얼어붙었다.

'짓궂은 농담인가? 안드라스라니……. 그건 마신魔神급 악수 잖아.'

춘대는 신음을 흘리려는 자신을 가까스로 억제했다. 표정의 변화가 거의 없는 곽찬 역시 눈썹을 꿈틀댔다.

안드라스는 지부의 절반을 동원해야만 겨우 감당할 수 있을 정도의 거물이다. 이 대책 없이 난폭한 악수가 샌프란시스코에 서 사상자가 80명에 달하는 대참사를 일으킨 적도 있다는 것 을 마법사들은 잊지 않고 있었다.

감해가 황당하다는 듯 물었다.

"보통 미국 북서부에서나 나타나는 놈이잖아. 안드라스가 아시아에 출몰한 건 지난 120년 동안 단 두 차례뿐이었어. 일 본과 태국이었지. 토벌에도 실패했었고……. 어쨌든 확률로 따 지면 겨우 0.003퍼센트라고……. 무엇보다 한국에 나타난 경 우는 조합의 기록에도 전례가 없어."

"그럼 그 전례가 오늘 깨지겠군요."

침착한 장중의 대답에 정수가 참지 못하고 끼어들었다.

"아니, 그것보다 안드라스를 겨우 우리만으로 어쩌자는 겁니까? 하루살이가 벌에게 달려드는 꼴이지 말입니다."

다나까로 말을 끝내야 하는 것은 그 대상이 아랫사람이어도 변하지 않는 모양이었다. 장중은 고개를 저었다. 걱정할 것 없다는, 자신감 넘치는 표정이었다.

"현시대의 안드라스는 퇴화기에 접어들었다고 합니다. 발버둥 친다 해도 중급 악수 이상의 위력은 발휘하지 못할 거예요. 무방비 상태라면 춘대 선배의 저격 마법으로 원거리에서 무력화시킬 수 있어요."

장중은 화살촉 모양으로 세공된 마법 약물을 테이블 위에 올려놓았다. 조합 내에서도 구하기 힘든 퇴마용 화살촉이었는데 춘대는 강력한 대對 악수 마법이 압축되어 있을 것이라고 짐작했다. 감해가 그것을 들어 유심히 살펴보았다. 황록색 액체가 불길한 기운을 내뿜고 있었다.

장중이 그런 감해를 잠시 쳐다보다가 말을 이어 나갔다.

"하지만 중요한 건 그게 아닙니다. 퇴화기에 접어든 몇몇 악수는 생명을 연장하기 위해 인간과 짝짓기를 시도하곤 하지요. 한데 바로 이곳에 와 있는 안드라스가 번식을 위해 인간을 물색하고 있다는 천둥트림의 신탁이 내려왔어요."

그제야 훈련 본부 내의 모든 마법사들이 고개를 끄덕였다. 퇴화기의 악수가 인간계에 나타나는 것을 포착한다는 것은 굉장히 희귀한 일이었다. 조합이 어째서 이번 일을 공개적인 정식 임무로 공표하지 않았는지 마법사들은 재빠르게 눈치 챘다. 연약해진 안드라스에 대한 정보를 행여 아시아의 다른 지부에서 알게 되면 너도나도 그 유체에 군침을 흘릴 것이기 때문이다.

"퇴화기라 해도 대형 악수 토벌은 해당 지부에 특혜가 내려오지. 먼저 줍는 놈이 임자란 말이렷다. 안드라스라……, 거 기똥찬 놈이 그물에 걸려들었구먼."

길후가 싱글벙글거렸다.

춘대는 무의식적으로 뒤로 손을 뻗어 은 화살이 든 작은 가죽 힙색을 어루만졌다. 썩어도 준치, 아무리 퇴화기라지만 토벌 대상이 안드라스라면 작전 도중에 팔다리가 날아간다고 해도 이상할 것이 없다.

'젠장, 그냥 훈련이라 생각해서 다섯 발밖에 안 가져왔는데…….'

뭔가가 생각났다는 듯 함정수가 손을 번쩍 들었다.

"그럼 혹시……, 이 안드라스를 잡으면 아티팩트의 개조도 가능한 겁니까?"

아티팩트의 개조, 그것은 전쟁에 나가는 군인에게 중장비가 지급되는 것과 마찬가지로 엄청난 혜택이었다. 특급 임무에서 공을 세우면 연봉이 훌쩍 올라감과 동시에 아티팩트의 개조가 이루어지기도 한다. 금전적인 욕심을 암시 마법으로 차단당하는 마법사에게 있어 연봉은 아무래도 상관없지만 목숨과도 직결되는 아티팩트의 기능 향상은 군침을 흘릴 만한 일임에 틀림없었다.

"운이 좋다면 그것도 가능하겠지요."

장중이 절도 있게 고개를 끄덕이자 방금 전만 해도 투덜거리던 정수와 감해의 입에서 짧은 환호성이 흘러나왔다. 곽찬 역시 주먹을 불끈 쥐었고, 의자 위에서 짧은 다리를 까닥까닥거리는 길후의 얼굴에서도 흥분의 기미를 찾을 수 있었다. 춘대는 더 이상 장중을 붙잡고 괴롭힐 이유를 찾지 못했다. 오히려 힘을 보태 시간 낭비를 줄여야 할 판이었다.

"그래서, 목표물은 지금 어디에 있지?"

춘대가 묻자 장중은 몸을 약간 틀어 마법 창문 중 하나를 가리켰다. 그러자 창문 여섯 개가 한 개로 스르르 합쳐지더니 롯데월드 내의 어떤 장소를 포착해 보여 주었다.

회전목마와 후룸라이드 사이에 있는 테라스였다. 입장객들이 삼삼오오 모여 간식을 즐기고 있는 평화로운 광경, 그 속에서 마법 창문이 주목해 보여 주는 테이블에는 네 명의 남녀가 서로 마주 보고 앉아 있었다. 두 명의 남자 중 하나가 가벼운 농담을 던졌는지 여자 둘이 입을 가리고 조신하게 웃는 모습이 눈에 들어 왔다. 청춘 남녀가 만나서 펼쳐지는 아주 자연스러운 장면이었다. 저런 풍경에 갖다 붙일 수 있는, 적절하고도 유서 깊은 단어를 신길후가 입 밖으로 내뱉었다.

"얼레리꼴레리로군."

마법사들이 의아한 표정으로 장중을 바라보자 변신 마법사는 엄숙하게 말했다.

"저들 중 한 명이 안드라스로 추정됩니다."

5

마법 창문은 원거리에서도 선명한 영상을 투영시킬 수 있다. 탐색 마법의 민감해는 특정 완구에 대해 과도한 노스탤지어를 가지고 있다는 점을 제외하면 썩 훌륭한 마법사다. 그의 마법을 수행하고 있는 헬로키티 손거울들은 장해물에 상관없이 감해가 원하는 곳의 풍경을 볼 수 있게 해 주었다. 롯데월드의 허공에 수십 개의 소형 카메라가 떠 있는 셈이다. 그리고 그 카메라들은 눈에 보이지도 않으며 소리까지 재현해 낼 수 있다. 덕분에 마법구 내의 마법사들은 네 명의 남녀를 바로 옆에서 관찰하는 것처럼 지켜볼 수 있었다.

"이쪽저쪽 사방팔방 둘러보아도 어쩌다 닮은 사람 한두 명씩 오고 갈 뿐. 아~ 내가 찾는 그 사람은 어디 있나요."

감해의 영창이 음정의 굴곡을 타고 넘을 때마다 마법 창문은 네 남녀의 모습을 다양한 각도에서 비춰 주었다. 장중의 말에 따르면 조합에서 내려온 신탁이 그들을 지목하긴 했지만 그네 명 중 누구인지까지는 지목하지 못했다고 했다.

"천둥트림이 내리는 신탁이 늘 그 모양이지 뭐. 비만 고양이같으니……."

마법사들은 몇 마디 투덜거리고는 결국 현장에서 밝혀내는 수밖에 없다는 결론을 내렸다. 마법사들은 두 쌍의 남녀를 구분하기 위해 그들이 마시고 있는 음료수의 이름을 따서 일종의 암호를 만들었다.

"그렇게 교수님한테 엄청 깨지고 나서 과외를 하러 갔죠. 그런데 그만 제 학생에게 보낼 문자를 교수님께 잘못 보낸 거예요. 이번 중간고사 한 문제 틀릴 때마다 볼기짝 한 대다."

가무잡잡한 피부에 적당히 탄탄한 몸, 키가 작은 게 흠이지만 그걸 커버하려고 활달한 말솜씨를 내세우는 것 같은 남자의 암호명은 레모네이드.

"그래서 저 녀석은 우리 학교 역사상 처음으로 교수님께 볼기짝 열여섯 대를 맞고야 말았죠. 군대를 다녀와도 변함이 없는 놈이에요."

상대적으로 말수가 적지만 적당히 여자들의 말에 맞장구를 쳐 주면서 드러내는 수줍은 미소가 인상적인 남자의 암호명은 마끼아또. 둘은 절친한 친구처럼 보였는데 서로의 치부를 적당히 드러내면서 여자들의 웃음을 사는 솜씨가 매우 능숙했다.

"두 분 입에서 군대 얘기가 나오니까 되게 어색하네요. 워낙 동안이시라……."

누가 들어도 돼먹지 못한 칭찬을 던지며 눈웃음을 짓는 여자는 딸기 파르페. 짧은 단발머리를 얼굴 쪽으로 말아 넣어 애써 어려 보이려는 티가 역력한 그녀의 애교는 과반수의 마법사들에게 불편한 심기를 선물했다.

"교수님도 얼마나 당황하셨을까요? 생각만 해도 아찔하네요."

딸기 파르페에 비해 소탈해 보이는 단정한 차림의 여자는 코코아. 그녀는 종종 딸기 파르페의 오두방정을 능숙하게 컨트롤해서 남자들의 점수를 따내는 것 같았다.

춘대는 네 남녀에 대한 판단을 대충 끝내고는 상황을 정리해 보았다.

일주일 전 2 대 2 소개팅으로 만나서 이제 막 친해지기 시작한 두 쌍의 남녀가 친목을 다지기 위해 놀이공원으로 더블데이트를 온 것이다. 그런데 파트너는 아직 정해지지 않은 모양, 과연 누가 누구에게 호감이 있는 것인지 사랑의 짝대기는 어디를 향해 있는 것인지부터 밝히는 것이 시급했다. 마법사들은 원탁에 모여 진지한 자세로 격론을 벌였다.

"안드라스는 재빨리 마계로 돌아가려 할 겁니다. 가장 적극적인 사람이 놈이지 말입니다."

서두를 던진 것은 함정수였다.

"글쎄……. 다음 세대를 위한 마신급 악수의 번식이야. 숙주를 대충 고르진 않을 거야. 가슴 사이즈나 엉덩이, 뭐 이런 걸

꼼꼼히 따지지 않을까? 분명 신중할 거야.”

춘대가 정수의 말에 제동을 걸었고, 감해는 대화의 흐름을 바꾸었다.

“그런데 남자일까요, 여자일까요?”

“틀림없이 남자일 걸세. 안드라스는 남성 아닌가.”

길후가 입을 열자 줄곧 침묵을 지키고 있던 곽찬이 고개를 저었다.

“인간으로 위장할 때 다른 성으로 둔갑하는 걸 즐기는 악수들이 꽤 있습니다. 확신은 금물입니다.”

결국 짜증 섞인 목소리로 춘대가 투덜거렸다.

“하지만 씨를 뿌린다는 개념으로 보면 남자 쪽이 편하지 않겠어? 먹고 튀는 거지. 아무래도 인간계에 오래 있으면 위험하잖아.”

이 말에 감해가 어깨를 으쓱이며 대꾸했다.

“그런데 여자가 아이를 떼어 버리면? 그럼 인간계에 한 번 더 나와야 하잖아요. 엄청난 부담이라고요. 아니, 애초에 콘돔을 쓰자고 하면? 제 생각에는 여자로 위장하는 게 훨씬 유리해요. 콘돔 없이 하자고 하면 환장하는 쪽은 보통 남자들이니까. 콘돔 착용을 꺼리지 않는 남자는 9퍼센트에 불과해요.”

이야기의 방향이 다소 지저분한 쪽으로 향하고 있을 때 토론을 일단락 지은 것은 함정수였다. 마법사가 되기 전, 군인이 되기도 전인 민간인이었던 시절, 꽤 반반한 얼굴 덕에 정수는 자신이 이쪽 분야에서 둘째가라면 서러웠다고 자신했다. 정수는 오랜 경험에서 우러나온 직감으로 볼 때 이러한 경우에 한 커플은 다른 커플을 맺어 주기 위해 분위기를 만들어 주는 서브 커플일 확률이 높다고 주장했다.

"그러니까 메인 커플이 누구인지 판정할 수 있으면 범위는 반으로 줄어들지 말입니다."

그때 타깃들이 자리에서 일어났다. 레모네이드의 목소리가 마법구를 통해 울려 퍼졌다.

"자, 충분히 쉬었으니까 다시 몸을 움직여야죠. 뭐 탈까요?"

그러자 코코아가 말을 받았다.

"바이킹은 지금 줄이 기니까……, 후룸라이드 어때요?"

세 사람이 모두 그녀의 말에 흔쾌히 고개를 끄덕였다. 애드벌룬 안의 마법사들도 덩달아 고개를 끄덕였다. 바이킹은 한 줄로 타는 놀이 기구다. 누가 누구와 짝인지 알 방법이 묘연하다. 하지만 후룸라이드는 다르다. 한 배에 앞뒤로 짝을 지어 네 명이 탑승하는 놀이 기구이니 마법사들의 목적에 정확히 부합하는 코스라 할 수 있었다. 그런데 놀랍게도 그들은 줄을 서서 기다리는 중에 벌써 전혀 망설이지 않고 파트너를 정했다.

레모네이드와 딸기 파르페, 그리고 마끼아또와 코코아. 자연스럽게 둘로 나뉘는 그들의 모습을 마법사들은 놓치지 않았다.

후룸라이드의 아찔한 고공 낙하로 인한 물세례를 받고 나서도 그들은 서로의 젖은 옷을 바라보며 깔깔깔 웃어 대었다.

'저게 뭐라고 저렇게 시시덕대지?'

춘대는 도통 모르겠다는 얼굴이었다. 소년 시절 짝사랑을 한 번 겪어봤을 뿐 사춘기를 거치기도 전에 마법사로서의 길만 우직하게 걸어 왔기 때문인지 춘대의 눈에는 불타오르는 20대의 열기가 잘 공감이 되지 않았다.

'위치 에너지 변경을 통한 찰나의 속도 체감이 과연 그렇게 즐거울까? 별로 빠르지도 않은데?'

춘대는 그들이 독각조獨脚鳥 날개에 10초만 매달려 보면 후룸라이드 따위는 경운기처럼 느껴질 거라고 장담했다.

"온 것 같습니다, 찬스가."

마법 창문을 미세 조정하던 감해가 밝은 목소리로 말했다. 마법사들은 그가 가리키는 창문을 유심히 들여다보았다. 얼굴에 물이 튄 여자들이 화장을 고친다는 이유로 화장실에 들어가고 있었다. 함정수는 또다시 자신했다. 아무래도 같은 성끼리 나뉘면 좀 더 깊은 속내를 드러내게 될 거라나? 아니나 다를까, 화장실 거울 앞에서 그녀들은 자연스럽게 상대방의 진도를 체크하기 시작했다.

딸기 파르페가 화장을 고치며 물었다.

"야, 좀 어때? 손은 잡았어?"

"손은 무슨……. 중학생이니, 후룸라이드 타면서 손 잡게?"

"뭐, 어때? 놀이공원이잖아. 좀 유치해져도 돼."

그 말에 피식 웃는 코코아에게 딸기 파르페가 갑자기 얼굴을 들이댔다. 음흉한 표정이었다.

"그나저나 상규 씨 좀 미지근하다. 뭣하면 내가 도움의 손길을 좀 줄까?"

"아서라."

코코아가 손사래를 치자 딸기 파르페는 다시 화장을 고치는데 열중하며 말했다.

"너 남자랑 활어회의 공통점이 뭔 줄 알아? 너무 오래 간 보면 상한다는 거야. 어느 정도 신호를 줘야지, 안 그러면 툭 떨어져 나간다. 그쪽에서 성큼 파고들게 좀 더 틈을 보이란 말이야. 비명도 더 연약한 음색으로 꺅꺅 지르고……."

"알았어, 알았어. 꺅꺅. 됐니?"

여자들의 수다를 듣고 있던 마법사들이 알겠다는 듯 고개를 끄덕였다.

"89퍼센트의 확률로 마끼아또와 코코아로군요."

감해의 확신 어린 말에 다른 마법사들도 동의의 표정을 지었다.

하지만 춘대는 뭔가가 뒤통수를 묘하게 잡아당기는 듯한 기분을 느꼈다. 감해의 마법 창문은 신묘하게도 거의 그녀들의 코앞까지 비춰 주고 있었기 때문에 딸기 파르페와 코코아의 얼굴이 마법구를 가득 채울 듯 클로즈업돼 있었다. 그런데 자세히 보니 코코아의 얼굴이 어쩐지 낯이 익었다. 언젠가 스쳐 지나가면서 본 얼굴처럼……. 혹시 연예인인가 싶었지만 연상되는 이름조차 없었다. 그래도 혹시 몰라 최근에 본 드라마들의 목록을 떠올리고 있는데, 잠자코 상황을 지켜보던 장중이 모두를 주목시켰다. 행동을 개시하려는 듯한 표정이었다.

"타깃의 범위가 좁혀졌군요. 이제 안드라스의 가면을 벗겨
낼 차례입니다."

6

서로의 등 뒤에 불의의 일격을 가해야만 승리하는 비정한 놀이 기구……, 범퍼카.

그들이 신나게 전동차로 서로를 향한 육탄 돌격을 즐길 때, 마법사들은 구체적인 계획을 세우고 있었다. 마끼아또와 코코아를 다른 둘로부터 일정 시간 동안 확실히 격리시킬 필요가 있었다. 하지만 그들의 이동 경로를 예측한다는 건 쉽지 않은 일. 다양한 놀이 기구가 서로 경쟁하며 손짓하는 롯데월드 내에서 어디로 튈지 누가 알겠는가.

"강제적인 방법이 필요하겠군요."

장중이 제안한 방법은 위험했지만 그만큼 효과적이었다. 춘대의 화살촉에 최면 마법을 합성해 저격하자는 것이었다. 화살촉에 합성될 최면 마법은 하나의 욕망만을 강렬히 불러일으키도록 설정할 계획이었다. 일이 순조롭게 진행된다면 화살에 맞은 딸기 파르페는 영문을 알 리 없는, 풍선 비행에 대한 어마어마한 목마름에 시달리게 될 것이다. 물론 이 계획은 마끼아또와 코코아 둘 중 하나가 안드라스일 것이라는 확신 아래에서 나온 것이었다.

"그러면 무고한 일반인이 말려들게 되는 셈이지 않나?"

곽찬이 조용히 이의를 제기하자 장중이 어깨를 으쓱했다.

"심각하진 않습니다. 인명 피해가 일어날 일도 없고요."

하긴, 안드라스를 잡기만 한다면 간단한 최면 마법을 남용한 정도로 조합이 귀찮게 할 것 같지는 않았다. 춘대는 마음을 정한 뒤 고개를 끄덕였고, 즉시 작전에 대한 준비가 시작되었다. 춘대에게 먼저 다가온 것은 길후였다. 춘대는 그와 눈높이를 맞추기 위해 황급히 몸을 낮추었다.

"보통 은 화살 하나만 꺼내 봐."

춘대는 순순히 길후의 말에 따랐다. 아이의 얼굴을 한 환영 마법사가 매끈한 은 화살을 붙잡자 마치 연필을 쥐고 받아쓰기를 하려는 초등학생처럼 보였다. 그러나 마법을 쓸 때만큼은 길후의 얼굴은 진지했다.

"사랑의 콩깍지 씌어 버렸어. 나는, 나는 어쩌면 좋아."

구성진 길후의 영창이 시작되자 그의 티셔츠에 그려져 있던 아기 곰들 중 눈에 하트가 그려져 있는 아기 곰이 잠시 흔들리는 듯 보이더니 옷 밖으로 쑤욱 빠져나왔다. 아기 곰이 허공을 달릴 때마다 털이 빠지듯 빛 가루가 떨어졌다. 까르륵 웃는 소리도 들리는 듯했다. 환영 마법사답게 아티팩트가 시동되는 과정 역시 혼을 쏙 빼 놓을 정도였다. 아기 곰은 은 화살이 놓여 있는 원탁 위로 올라섰다. 그러고는 잠시 은 화살 주변을 뱅글뱅글 돌더니 빛 가루만 남긴 채 사라졌다.

길후가 흡족한 표정을 지었다.

"성공했네."

은 화살에는 분명 은은한 마법 기운이 감돌고 있었다. 춘대는 그것을 이리저리 만져 보다가 문득 깨달은 듯 길후에게 물었다.

"그러고 보니 최면 마법도 할 줄 아셨던 겁니까?"

"당연한 소릴 하고 앉았군. 최면과 환각은 모두 인간의 오감을 현혹시킨다는 점에서 일맥상통하지. 환영 마법사가 아니면 누가 이런 것을 해 내겠는가?"

고개를 끄덕이며 춘대는 무의식중에 길후의 옷에 그려진 아기 곰들을 바라보았다. 마냥 귀엽기만 한 저 아기 곰들이 전부 바깥으로 소환될 때 길후의 진면목이 발휘될 것이다. 춘대는 길후가 처음 마법을 구사했을 때 나눴던 대화를 떠올렸다.

'그 아기 곰들의 역할이 전부 제각각이라면 선배는 수십 개의 아티팩트를 가진 건가요?'

'아니지. 내 아티팩트는 이 티셔츠뿐이야. 이 아기 곰들은 아티팩트에 잠자고 있는 생령들이고.'

'그게 말이 됩니까? 생령은 마법사 자신에게만 보이잖아요. 그리고 마법사당 한 마리만 사육 가능할 텐데?'

'허허. 환영 마법사 앞에서는 마법사들도 자신의 마안을 맹신하면 안 된다네.'

그때 장중이 춘대에게 다가와 저격 지점을 설명했다. 이동식 마법구인 애드벌룬의 꼭대기였다.

"다른 곳은 일반인의 눈에 뜨일 수 있거든요."

장중은 춘대의 솜씨를 믿는다는 듯한 얼굴이었다. 치프의 신뢰를 받은 마법사다운 표정은 짓지 않았지만 춘대는 잠자코 복합궁을 발동시켰고 손목시계 모양에서 해방된 아티팩트는 순식간에 날렵한 활 모양을 뽐내었다. 춘대가 최면 은 화살을 장전하는 사이 함정수가 다가와서 애드벌룬 꼭대기와 연결되는 마법진을 그려 주었다. 복잡한 마법 결계인 애드벌룬 위쪽을, 잠수함의 해치처럼 일부분만 개방시킨 것이다. 춘대가 올라서자마자 결계가 발동되었다.

애드벌룬 위는 꽤나 높았다. 예상외의 바람이 춘대의 옷자락과 머리칼을 잡아채듯 마구 흔들어 댔다. 춘대가 너구리 애드벌룬의 정수리와 오른쪽 귀 사이에 자리를 잡고 엎드리자 골곽찬이 뒤따라 올라왔다. 워낙 과묵한 사내라 그저 아무 말 없이 춘대의 등 뒤에 서 있을 뿐이었지만 그의 배려를 읽을 수 있었다. 혹여 춘대가 떨어지면 붙잡아 줄 생각인 것이다.

"걱정은 고맙지만 선배, 제 생령은 날 수 있어요."

최대한 자제하려 했지만 목소리에 투정이 섞였다는 혐의를 벗을 수는 없었다. 곽찬은 살짝 코웃음 치며 대꾸했다.

"불러내는 데 시간이 걸리잖아. 행여 바닥과 입맞춤하기 직전에 그 거북이를 탈 수 있다고 쳐도 문제가 생긴다. 롯데월드 수천 명 입장객들의 구경거리가 되고 싶은 거냐?”

춘대는 졌다는 듯 어깨를 으쓱하고는 다시 앞을 바라보았다. 그리고 등 뒤의 일은 싹 잊기로 했다. 곽찬이 등 뒤를 맡아 준다는 것은 전쟁에서 초합금 탱크가 뒤를 봐 주는 것과 다름없었다.

정신을 집중한 춘대는 마안을 발동시켰다. 그리고 독수리의 시력보다 여섯 배 정도 뛰어난 조준력으로 ‘크레이지 범퍼카’라고 쓰인 간판을 찾아냈다. 그리고 그 아래에서 레모네이드의 팔을 은근슬쩍 붙잡고 웃어 대는 딸기 파르페가 춘대의 눈에 잡혔다. 그녀의 단발머리 아래로 드러난 목덜미도……. 저격 마법사의 복합궁은 풍향의 변수를 거의 무시할 수 있다. 고속으로 이동하지도 않는 평범한 인간이 과녁이라면 식은 죽 먹기였다.

춘대는 영창을 시작했다. 안다미의 ‘화살을 쏘고 간 남자’였다.

“당신의 화살이 나를 향해 날아올 줄 몰랐네. 내 가슴 한복판에 피하지 못하고 맞게 될 줄 몰랐네.”

춘대는 복합궁의 활대가 마안과 직선을 이루도록 왼팔을 들어 올렸다. 장전을 확인하고 시위를 튕기자 경쾌한 파공음과 함께 은 화살이 쏘아져 나갔다. 딸기 파르페의 목덜미에 은 화살이 명중하기 직전 은으로 이루어진 살과 화살촉은 허공으로 분해되었고 바늘처럼 고체화된 마법 침만이 하얀 목덜미를 파고들었다.

피슉!

명중이었다. 그녀는 벌레가 문 것 정도의 따끔함만 느꼈을 것이다.

춘대가 곽찬과 함께 애드벌룬 위에서 내려와 성공을 보고했다. 장중은 슬쩍 고개만 끄덕이고는 다시 마법 창문에 열중하기 시작했다.

마안 발동의 후유증으로 잠시 의자에 앉아 쉬고 있는 춘대의 뇌리에 다시 코코아의 얼굴이 떠올랐다. 아무래도 그냥 넘길 문제가 아닌 것 같았다. 아무리 기억해 내려 해도 머릿속에 장막이 쳐진 것처럼 답답하고 찝찝하기만 했다.

'어디서 봤을까?'

그때 정수가 밝은 목소리로 보고했다.

"풍선 비행 쪽으로 가고 있습니다. 작전이 제대로 먹힌 것 같지 말입니다."

네 남녀는 딸기 파르페의 강력한 주장 때문에 풍선 비행을 다음 코스로 정했다. 롯데월드에 대해 잘 알지 못하는 춘대가 대체 저 허름해 보이는 놀이 기구가 뭐가 그리 대단하냐는 둥의 질문을 던지자 감해가 친절하게 대꾸해 주었다.

"하루에 평균 1만 5천 명의 인파가 몰리는 이곳에서 48퍼센트가 연인들이에요. 한창 사랑이 무르익을 시기, 몸은 달아오르는데 롯데월드의 내부 구조상 둘만의 오붓한 시간을 가질 만한 곳은 마땅치 않아요."

말하는 도중에 감해는 살이 오동통 오른 팔을 들어 마법 창문이 그리고 있는 열기구들을 가리켰다.

"그러나 저 풍선 비행은 다르죠. 타인의 시선으로부터 완벽히 차단될 뿐 아니라 열기구끼리도 50미터의 간격을 두고 있으니까요. 탑승 시간도 13분 24초로 롯데월드 내 최장 시간을 자랑한다고요."

"13분이면 역사가 이루어지기에 충분한 시간이구먼."

여덟 살의 외모를 가진 길후가 음흉한 말투로 말하자 마법구 내의 공기가 살짝 서늘해졌다. 감해의 자세한 설명을 듣고도 춘대가 뚱한 표정만 짓고 있자 탐색 마법사가 의아한 듯 질문했다.

"감이 안 오는 겁니까, 선배?"

"어, 응. 그래. 발정 난 인간들 사이의 생식 활동 같은 건 내게 별 흥미가 없어. 아카데미 시절에 좀 삭아서 그렇지, 이래 봬도 사춘기 이전에 마법사가 되었단 말이야."

그 말이 충분한 설명이 되었다는 듯 감해는 더 이상 토를 달지 않았다. 다만 조금 안쓰럽다는 표정을 지었을 뿐……

그때 풍선 비행 쪽의 마법 창문을 관찰하고 있던 장중이 신음을 내뱉었다.

"이런! 문제가 생겼어요. 기다리고 있는 사람들이 너무 많은 모양입니다. 도우미들이 한 풍선에 네 명씩 태우기 시작했어요."

마법구 내의 공기가 급격히 바뀌었다. 네 명이 한 열기구에

타게 된다면 타깃들을 격리시켜 놓으려던 마법사들의 작전은 물거품이 되는 것이다. 네 남녀는 이미 입체영화관 근처에까지 도달해 있었다. 감해의 계산으로 2분 17초 정도 후면 열기구에 올라탈 참이었다.

"제가 어떻게든 해 보겠습니다."

앞으로 나선 것은 함정수였다. 고민할 틈이 없었기에 장중은 고개를 끄덕였고, 정수는 순간 이동을 위한 좌표 지정에 들어갔다. 결계 마법사의 팽이가 복잡한 문양을 바닥에 그리는 동안 다른 마법사들은 발을 동동 구르며 네 남녀의 일거수일투족을 지켜보았다. 시종일관 표정이 없던 곽찬마저 주먹을 불끈 쥐고 있었다.

마법을 발동한 정수는 애드벌룬 내에서 사라진 후 20초 정도 뒤에 핫도그점 옆에 위치한 화장실에서 뛰쳐나왔다. 풍선 비행 앞에서 줄을 선 대기인들을 흘깃 쳐다본 정수는 주변을 둘러봤다. 그러다가 곧 꺾이고 또 꺾인 사람들의 줄을 보며 난처한 표정을 지었다.

마법구 안에서 춘대가 혀를 찼다.

"결계를 칠 곳이 마땅치 않은가 본데……. 저런."

다행히도 장난감을 파는 매장의 한쪽 구석에 간신히 결계를 만들 공간이 있었던 모양인지 정수가 지체 없이 달려가 마법 팽이를 꺼내었다. 어려운 마법은 아닌 모양인지 결계 마법사는 두 개의 팽이만을 돌리기 시작했다.

장중의 표정은 어두웠다. 심기가 불편하다고 해야 할까? 이를 눈치 챈 춘대는 의아했다. 일반인을 상대로 결계를 친다는 것은 중대한 규율을 어기는 것이다. 혹여 안드라스를 놓치게 된다면 중징계를 피할 수 없을 터였다. 그러니 치프로서 마음이 무거울 것은 당연하다. 그렇지만 단순히 그 이유 때문만은 아니리라는 생각이 든 것이다.

이윽고 결계가 완성되어 가고 있었다. 눈에는 보이지 않았지만 두 개의 팽이를 축으로 그려진 결계가 대기를 분자 단위로 재편성하고 있었다. 팽이를 돌리는 정수의 손놀림은 현란했고 온 정신을 결계 그리기에 집중하고 있었다. 그랬기에 두 개의 뿔을 가진 심각한 위험 요소가 마법사에게 다가올 때까지 그것을 눈치 채지 못했다.

"우와! 되게 신기하다! 아저씨, 이거 얼마예요?"

신길후의 외양보다 더 어려 보이는 꼬마가 정수의 앞에 선 채 물었다. 머리에는 붉은 빛을 자동으로 깜박깜박 발하는 악마 뿔을 쓰고 있었다. 감해가 신음을 내뱉었다. 그는 저 또래의 아이들이 손쉽게 범국가적 재앙 덩어리로 변신한다는 것을 알고 있었다.

"낭패군요. 일반인이니까 마법 결계는 볼 수 없을 거예요. 하지만 팽이는……."

마법을 모르는 사람들이 봤을 때 변화무쌍하게 돌아다니는 마법 팽이는 그야말로 경이로운 존재다. 어쩌면 고가의 장난감이라고 생각할 수도 있었다.

정수의 얼굴은 긴장감으로 딱딱하게 굳어 있었다. 손의 속도는 꼬마의 시선을 의식해서인지 현저하게 느려져 있었다.

"으, 응? 이건 파는 게 아니란다."

"에이, 아저씨가 조종하는 거 맞잖아요. 무선이죠?"

"어어……, 그런데 이게 좀 비싸. 너처럼 어린애는 사기 힘들 거다."

정수는 꼬마를 설득해 쫓아내기로 마음먹은 듯했다. 하지만 마법사가 쭈뼛거리며 꺼낸 말은 소악마의 심사를 불편하게 만드는 역효과를 낳고야 말았다.

"치! 얼만데요? 별로 비싸 보이지도 않는데……."

"음……. 백만 원이야, 백만 원."

정수는 나름대로 어린아이의 입장에서 까마득히 비싸다고 생각되는 금액을 말했다. 완성 직전이긴 했지만 결계는 아직 그려지는 중이었고 네 명의 남녀는 점점 가까이 다가오고 있을 터인 급박한 상황이었다.

"헐! 뭐야, 말도 안 돼."

다행히도 꼬마는 그 액수에 움찔했다. 꼬마는 부모님을 부를까 말까 고민하기도 했지만 팽이 하나에 백만 원을 쏟아부을 위인들은 분명 아니었다. 급격히 시무룩해진 꼬마의 표정에 정수는 쾌재를 불렀다. 이제 그만 포기하고 제 갈 길 가겠지.

"그럼 한 번만 만져 볼래요!"

계산 착오였다. 집념의 꼬마는 팽이를 가지지는 못할지라도 호기심을 포기하지는 않은 것이다. 끈질긴 녀석은 정수의 대답을 기다리지도 않고 벌써 팽이에 손을 가져가고 있었다. 마법구 안의 모든 마법사들이 비명을 내질렀다. 정수는 다급한 나머지 사람들의 눈길이 집중되고 있다는 사실도 잊은 채 당수로 녀석을 기절시키려는 위험한 충동에 휩싸였다. 다행히 결계 마법사가 아동 폭행으로 입건되는 일은 일어나지 않았다. 팽이를 향해 뻗쳐 오던 꼬마의 손이 우뚝 멈춘 것이다.

"너구리?"

어디서 나타났는지 알 수 없는 너구리 인형이 팽이의 앞에서 춤을 추고 있었다. 크기는 사람의 주먹만 했다. 인형이라고는 믿기지 않을 만큼 현란하게 몸을 놀리던 너구리 인형은 갑자기 인파 속으로 사라져 갔다.

"앗! 거기 서라!"

악마 뿔의 꼬마는 어느새 팽이의 존재는 까맣게 잊고 너구리 인형을 쫓아 뛰어갔다. 그 광경을 멍하니 바라보던 정수의 머릿속으로 길후의 목소리가 파고들었다.

'뭘 멍하니 있나? 방해물을 치워 줬으면 결계를 완성해야지.'

정수는 화들짝 놀라 다시 팽이를 돌렸다. 갑자기 튀어나온 너구리 인형은 길후의 환영 마법이었던 것이다. 이윽고 결계가 완성되었다. 그리고 잠깐의 시간이 흐르자 풍선 비행 앞에서 기다리던 사람들에게서 격렬한 변화가 일어났다. 안색이 파래지고, 무언가에 질겁한 듯이 흩어지기 시작했다.

"휴, 성공이다."

정수는 팽이를 거두며 안도의 한숨을 내쉬었다. 마법 결계의 역할은 그들 모두의 대뇌변연계를 자극하는 것이었다. 이는 마치 강도 높은 고소공포증에 걸린 것과 같은 효과를 주었다. 도망치는 관람객들을 바라보던 풍선 비행 도우미들은 의아했다. 살충제에 노출된 개미떼들처럼 인파가 순식간에 해체되었기 때문이다. 정수는 사람들이 충분히 없어졌다고 생각되자 마법 결계를 해제시켰다. 결계 마법사 정수의 신속한 행동 때문에 네 남녀는 무사히 짝을 지어 풍선에 올라탈 수 있었다.

마법 창문의 포커스는 마끼아또와 코코아에게 맞춰져 있었다. 둘은 이제 어색함을 완전히 벗어던진 듯 다정하게 이야기를 나누고 있었다.

"그럼 이상형이 정말 요리 잘하는 여자예요?"

코코아의 질문에 마끼아또는 능숙하게 대답했다.

"네. 뭐, 외모를 전혀 안 본다면 거짓말이고, 예쁜 데다 요리도 잘하면 금상첨화죠."

잠자코 그 말을 듣고 있던 길후가 콧방귀를 뀌었다.

"흥! 예나 지금이나 수컷들이 좋아하는 건 똑같구먼. 밥 잘 주고 몸 잘 주면 땡이지."

장중이 불편하다는 듯 대꾸했다.

"그건 인간 남자들을 너무 단세포적인 동물로 보는 것 아닙니까?"

"남자는 단세포 맞아. 아무리 그럴듯하게 꾸미고 포장해 봤자 남자들이 여자한테 원하는 게 이 두 가지 말고 또 뭐가 있나?"

장중이 뭐라고 반박하려는데 정수가 다시 마법구 내에 모습을 드러냈다. 길후에게 꺼내려던 말을 삼킨 뒤 장중은 정수를 바라보며 고개를 끄덕였고, 길후는 자신까지 나서게 했다며 정수에게 핀잔을 주었다. 감해는 정수의 등을 토닥였고, 곽찬은 여전히 벽에 등을 기댄 채 묵묵히 그런 모습을 바라보고 있었다. 그리고 춘대는 오직 한 가지 생각에 골몰해 있었다.

'대체 어디서 봤더라?'

분명히 언젠가 마주쳤던 것 같은 코코아의 얼굴……. 춘대에게는 이 기시감을 그냥 넘겨서는 안 된다는 직감 비슷한 것이 있었다. 그때 너구리 인형에 심어 둔 아기 곰 생령을 회수하는 길후의 모습을 보고, 춘대는 퍼뜩 하나의 생각을 떠올렸다. 그리고 벌떡 일어나 환영 마법사에게 다가갔다. 마법구 내의 모든 마법사들은 마끼아또와 코코아의 다정한 모습에 집중하고 있어서 아무도 춘대에게는 신경 쓰지 않고 있었다.

"뭔가, 마춘대?"

"선배가 쓰는 최면 마법 말인데요. 사람의 기억에도 적용됩니까? 그러니까 분명히 알고 있는 얼굴인데 그게 누구인지 기억이 나지 않을 때 그걸 끄집어낼 수 있지 않을까요?"

길후는 어린아이의 모습답지 않게 호방한 웃음을 지었다.

"물론. 그런 거라면 내 아기 곰을 꺼내지 않고서도 가능하지."

춘대는 사정을 설명했다. 타깃 중 한 명인 코코아가 분명히 자신의 기억 속에 아른거리고 있는데 정확히 누구인지 떠오르지 않는다고……. 그러자 길후는 까치발을 들어 춘대의 이마에 손바닥을 올려놓더니 짧은 주문을 영창했다.

"미련 없이 내뿜는 담배 연기 속에 아련히 떠오르는 그 여인의 얼굴을 별마다 새겨 보는……."

최희준의 '진고개 신사'였다. 88년도 노래를 최신 가요처럼 생각하는 마법사는 길후뿐일 것이다. 낭랑하게 영창을 마무리 짓고 동안의 환영 마법사는 손가락을 한 번 튕겼다. 그 명쾌한 동작에 춘대는 코코아가 누구인지 기억해 낼 수 있었다.

머릿속에서 천둥이 쳤다.

춘대는 벌떡 일어나서 마법 창문 앞으로 달려가 장중의 멱살을 잡아챘다.

7

"이런, 개자식!"

느닷없이 잔뜩 흥분해 치프에게 달려든 춘대를 감해와 정수가 황급히 뜯어 말렸다. 하지만 춘대는 장중과 떨어지고 나서도 씩씩거림을 멈추지 않았다. 어처구니없는 황당함과 함께 장중에 대한 배신감이 밀려 왔기 때문이다. 장중은 춘대에게 잡혀 구겨진 옷매무새를 바로 하더니 춘대를 정면으로 직시했다.

"벌써 눈치 채셨군요. 이래서 선배를 넣을까 말까 고민했었는데……."

영문을 모르는 감해가 끼어들었다.

"왜 그래요, 선배? 무슨 일이에요?"

춘대는 벌게진 얼굴로 마법 창문을 가리켰다. 마끼아또가 풍선을 흔들며 장난을 치자 호들갑을 떠는 코코아의 얼굴이 그 안에 있었다.

"코코아가 누구인지 겨우 떠올렸어. 어디서 봤나 했더니……. 위장중, 네 인생사를 천둥트림이 축약해서 보여 준 수정구에서였어. 화가 난 여자 친구를 달래려고 장미꽃을 사다 주는 대목이었지, 아마? 어디 솔직히 말해 봐, 치프. 정말로 쟤들 중에 안드라스가 있는 거야?"

춘대와 장중을 제외한 모든 마법사들이 포핑턴 조각상처럼 굳어졌다. 마법사들이 설명을 요구하는 시선을 보내자 장중은 한숨을 내쉬더니 말을 꺼냈다.

"사실 코코아는……, 아니, 희수는 제 여자 친구였습니다. 대학 시절부터 자그마치 3년을 만난 사이예요. 그런데 며칠 전 갑자기 제게 이별을 통보했지요. 잦은 출장에 부쩍 비밀이 많아진 저를 못 견디겠다면서……. 그 소식을 접한 조합에서 강제 명령이 떨어졌습니다. '알약'을 삼키라더군요."

장중은 잠시 말을 잇지 못하고 침묵을 지켰다. '알약'이라는 말만 나왔을 뿐이지만 그것을 못 알아듣는 마법사는 없었다. 불길한 예감이 춘대의 뇌리를 스쳤다. 차마 떨어지지 않는 입술로 그가 말했다.

"명령을 따르지 않았군. 알약을 삼키지 않았던 거야. 제정신이냐, 위장중? 조합에서 그 사실을 알게 되면 어떻게 될지 몰라서 그런 거야? 마법사가 연인과 헤어지면 이유 불문하고 알약을……."

"시끄러! 당신이 뭘 안단 말이야!"

내내 냉정을 유지하던 장중이 원탁을 내려치며 언성을 높였다.

"그래서 감정을 죽여 버리라고요? 그 저주받을 알약으로? 물론 기억은 남겠죠. 하지만 싹을 잘라 낸 것처럼 아무 느낌도, 감정도 떠오르지 않을 거라고요. 한때는 모든 것을 공유했던 여자가 길바닥의 돌멩이나 다름없게 되어 버리는 거라고요. 춘대 선배, 선배라면 그 고통을 감당할 수 있겠어요?"

춘대는 갑자기 입속이 깔깔해진 것을 느꼈다.

"그게 규율이다, 위장중. 떠나간 사람은 떠나간 사람이야. 마법사가 마법에 젖어든 이상, 일반인과 어울린다는 건 불가능에 가까워. 뭣보다 이미 너와의 관계를 끝낸 여자의 뒤를 좇아 이렇게 감시하는 게 제대로 된 행동이라고 생각해?"

등 뒤로 마법사들의 신음과 탄식이 흘러나왔다. 훈련은 모두 거짓이었던 것이다. 안드라스는커녕 마법 창문이 주시하고 있는 네 남녀는 평범하기 짝이 없는 일반인인 것이다. 조합에서 이 사실을 알게 되면 공동 문책을 피하기 어렵다는 걸 모두가 알고 있었다.

장중이 살얼음 같은 목소리로 말했다.

"저는 아직 우리가 헤어졌다고 생각하지 않습니다. 잠시 서로에 대해 생각할 시간이 필요했던 거라고요. 그런데 그사이에 소개팅을 하다니……, 말이 된다고 생각해요? 3년을 넘게 만났는데! 이게 용납이 될 문제냔 말이야! 대체 어떤 자식과 소개팅을 한 건지 내 두 눈으로 확인하지 않고선 미칠 것 같은 기분이었어요!"

　운명의 여신 라케시스(Lachesis)의 장난인지 아니면 단순한 기계적 마찰 때문인지 때마침 풍선이 덜커덩 하고 흔들렸다. 코코아가 짧은 비명을 지르며 비틀거리자 마끼아또가 황급히 그녀의 어깨를 붙잡아 주는 모습이 마법 창문을 통해 생중계되고 있었다. 정수는 자신도 모르게 장중의 얼굴을 훔쳐보았다. 그리고 그는 확신했다. 장중이 만약 화염계 마법을 익혔더라면 그 시선만으로 마끼아또는 지금 잿더미가 돼 버렸을 것이라고…….

　마끼아또가 갑자기 코코아에게 바싹 붙었다.

　"이런 거 물어도 될까 모르겠는데……, 남자친구랑은 왜 헤어진 거예요? 오래 만났다면서?"

　마법 창문은 코코아의 얼굴이 어둡게 흐려지는 것까지 정확히 잡아내었다. 잠시 망설이던 코코아는 시선을 밖으로 둔 채 대꾸했다.

　"잠수병이 있었어요. 아무리 오래된 사이라도 곁을 지켜 주지 못하면 아무 소용 없잖아요. 갑자기 소식이 끊기고 잠수를 타 버리는 건 도저히 이해할 수 없는 문제였어요."

　장중으로서는 어쩔 수 없었을 것이다. 변신 마법사는 전 세계적으로 워낙에 희귀해서 장중의 임무 수행지가 해외로 배정되는 일은 흔했다. 하지만 마법사의 일을 일반인에게 언급하는 것은 최대의 금기이다. 인간이었던 시절 몇 번의 연애를 경험해 본 정수는 어렴풋이나마 장중의 고뇌와 쓰라림을 이해할 수 있을 것도 같았다.

'아무리 그래도 이건 스토킹이잖아.'

춘대는 골치가 아파 왔다. 조합의 허가 없이 마법을 사용했으니 대충 넘길 일이 아니었다. 그는 확인차 장중에게 물어보았다.

"마끼아또를 어쩌려던 거야? 마법이 담긴 내 은 화살로 쏘려 했잖아. 그러면 인간은 죽음을 면할 수 없다고."

장중은 고개를 저으며 최후의 순간에 안드라스에게 박힐 예정이었던 화살촉을 들었다.

"여기에 담긴 건 대 악수 마법이 아닙니다. 생명에는 아무런 지장이 없어요."

"그럼 뭔데?"

"설사약 10인분. 만약 둘이 모텔로 직행할 경우에 지체 없이 쏴 버릴 생각이었습니다."

그럴 상황이 아니었지만 감해가 참지 못하고 웃음을 터트렸다. 킥, 하고. 장중은 전 여자 친구의 소개팅 파트너에게 자비 없는 설사를 선물해 줄 계획이었던 것이다. 서울 지부 마법사 최강의 드림 팀을 편성해서 말이다.

구석에서 아무 말 없이 지켜만 보고 있던 곽찬이 장중에게 날이 선 목소리로 말했다.

"훈련으로 위장하기 위해 전령 고양이들을 속이고, 허가 없이 마법사를 소집한 건 크게 문책당할 일이야."

"알고 있습니다. 제가……, 다 떠안고 선배님들께는 피해가 가지 않도록 할게요."

곽찬은 그 말을 잠자코 듣더니 살짝 누그러진 투로 물었다.

"난 마법사가 된 지 오래돼서 가물가물한데……, 그게 그렇게 많이 쓰라리냐?"

한참 뒤에 장중이 살짝 고개를 끄덕였다.

곽찬은 시선을 돌려 춘대에게 눈빛을 보냈다. 그의 특기인 시선으로 말 건네기였다.

'어차피 이렇게 된 거 한 번 쏴 줘. 불쌍하잖아.'

장중도 씁쓸하고 처절한 시선으로 춘대를 쳐다보았다. 다른 후배 마법사들은 춘대의 의견에 따르겠다는 듯이 잠자코 있었고, 당최 속을 알 수 없는 길후는 이 상황이 재미있다는 듯 그저 싱글벙글이었다.

이를 악무는 마춘대.

"그럼 맹세해라, 위장중. 네 소원을 들어 주면 군말 없이 지부로 가 알약을 삼키겠다고."

장중은 한참을 망설이더니 결국 고개를 끄덕였다. 그리고 춘대는 긴 한숨을 내쉬었다.

"제기랄, 하루에 두 번이나 인간을 쏘게 생겼군. 난 책임 못 져, 저 친구가 탈수로 죽어버려도."

8

"생각할수록 분하네. 차라리 툭 까놓고 말을 하지 그랬냐, 골탕 먹이고 싶은 상대가 있다고?"

애드벌룬 위에 복합궁을 든 춘대와 장중이 서 있었다. 장중이 있었기에 이번에는 굳이 곽찬이 따라 올라오지 않았다. 복합궁과 마안이 겹쳐지는 부분을 점검하고 있는 춘대의 뒤통수 쪽에서 장중의 대답이 들려왔다.

"이것저것 잴 형편이 아니었어요. 어떤 놈을 만나는지 내 두 눈으로 일단 확인은 해야겠고, 혼자서는 불가능하고……. 아십니까? 오장육부가 서로 뒤틀려 비명을 내지르는 심정, 질투란 게 그런 거거든요. 차가운 머리로 생각할 수가 없더군요. 꼭 순간 이동 마법 같았습니다. 함정수 선배가 더 잘 알겠지만, 순간 이동 마법이라는 게 시간을 잠깐 멈추고 공간 좌표를 물리 법칙으로부터 속이는 거라지요? 희수도 그랬습니다. 나도 몰랐던 새에 어느덧 저만큼이나 멀어져 있었어요. 꼭 순간 이동 마법을 쓴 것처럼……."

'이 자식, 이거 중증이잖아. 조심히 다뤄야 되겠는데…….'

춘대는 말투를 좀 더 부드럽게 해야겠다고 마음먹었다.

"아무리 그래도……, 이렇게나 많이 부를 필요가 있었던 거야?"

그 말에 장중은 침묵을 지켰다. 훔쳐보기가 목적이었다면 공간계 마법사들만 불러도 충분했을 것이다. 서울 지부에서 최강의 화력을 갖췄다는 곽찬이나 닳고 닳은 베테랑인 길후를 끼워 넣은 것은 이해하기 힘들었다. 어쩌면 장중은 팀을 편성하는 그 순간에도 냉정을 찾지 못했던 걸까? 평정심이 제일 큰 장점인 변신 마법사가?

약간의 시간을 두고 춘대가 다시 물었다.

"코코아, 아니 희수 씨랑은 어땠어?"

잠시 뜸을 들인 뒤에 장중이 대답했다.

"아무 문제 없었다면 거짓말이죠. 희수는 수시로 남자의 사랑을 확인받고 싶어 했어요. 물론 그럴 만한 자격이 있는 여자고요. 그런데 조합에서 내리는 임무라는 게 언제 투입될지 알 수 없는 거잖아요. 악수라는 놈들이 둘만의 시간을 피해 나타나 줄 리도 없고……. 비번을 틈타 영화를 보거나 동물원을 산책할 때도 갑자기 명령이 떨어졌던 적이 부지기수예요. 아카데미에서 누군가 농으로 마법사는 고3보다 연애하기 어렵다고 했는데, 그걸 저만큼 절감한 사람도 드물 겁니다.”

“이번 해외 원정 임무가 치명적이었겠군.”

“그렇겠죠. 하지만 임무 도중에도 전 어서 돌아가 희수를 만나야지 하는 생각뿐이었어요. 가끔 떨어져 있으니 더 애틋한 기분이 들기도 했고요. 그런데 희수의 생각은 달랐나 봅니다. 모든 물리 법칙의 변수에 민감해야 하는 마법사가 여자 친구의 식어 가는 마음도 눈치 채지 못하다니 우습지 않습니까? ‘변신’ 마법사라는 녀석이 여자 친구의 ‘변심’을 알아채지 못했다는 게…….”

장중의 쓰디쓴 웃음소리 때문에 춘대는 가슴이 먹먹해져 오는 것을 느꼈다. 과연 마법사가 평범한 여자를 만나 순탄한 사랑을 할 수 있을까? 아카데미를 졸업하고 정식 마법사로 인정받은 순간부터 마법사의 육체는 늙지 않는다. 그렇기 때문에 인간과의 괴리는 점점 커질 수밖에 없다. 길후 선배와 같은 환영 마법사에게 부탁한다면 정기적으로 모습을 늙어 보이게 바꿀 수는 있지만 그것도 한계가 있다. 남녀가 서로 만나 사랑에 빠지는 것은 육체가 만들어 내는 일종의 화학 작용이라고 춘대는 배웠다. 그리고 분명히 그것에는 유통 기한이 있다.

그때 불현듯 장중이 말을 꺼내었다.

“어쩌면 춘대 선배는 제 맘을 이해해 줄 수 있을 거라고 믿었습니다.”

“응? 어째서?”

“선배들에게 들었거든요, 수습 시절의 춘대 선배가 한국 지부에도 여성 마법사를 뽑아야 한다며 영국 본부에 격렬히 1인 시위를 했다고. 그건 여성에 대한 열정이 있었기 때문 아닙니까?"

"아아, 그거 말이야?"

장중은 춘대에 대해 심각한 오해를 하고 있었다. 춘대가 여성 마법사를 원한 것은 남성들로만 임무를 수행할 때 느끼는 번거로움 때문이었지, 그 이상의 이유는 결코 없었다. 춘대는 당시를 회상하며 피식 웃었다.

"내 무용담이 그렇게 해석될 수도 있군. 하지만 그 시위는 소득이 없었어. 오히려 마법사들이 어떤 운명을 갖고 살아가야 하는지 절실히 깨닫게 되는 계기가 되었을 뿐이야. 만약 위장 중 네 녀석의 생각을 진즉 알았더라면 그때 내가 영국 본부장에게 받은 편지를 보여 주었을 텐데……."

당시 춘대는 세계 어느 마법사 지부에도 남녀가 함께 임무를 수행하는 지부는 없다는 것을 모르고 있었다. 자고로 무식은 용감함의 원료, 무모함의 부탄가스인 법. 춘대는 지속적으로 영국 본부에 항의를 했고 결국 영국 본부장 슬라이스 포핑턴 8세의 친필 편지를 받게 되었다.

"춘대 선배는 그 편지를 읽은 뒤 즉각 시위를 중단했다고 하더군요. 하지만 선배 외에 그 편지의 내용을 정확히 아는 이는 아무도 없고요. 왜죠? 엄청난 비밀이 있었나요?"

춘대는 고개를 가로저었다.

"아니, 그렇지 않아. 편지에는 의외로 정중한 태도로, 한국 지부 마법사들의 성별이 남성으로 지정된 것에 대한 구체적인 설명이 있을 뿐이었어. 마법사 교본을 심층적으로 파고들면 충분히 알 수 있는 내용이었지.”

여전히 복합궁에 손을 올린 채 춘대는 조용히 읊조리기 시작했다.

“마법을 이 땅에 전파한 것은, 박연-벨테브레라는 네덜란드 마법사였지. 그런데 한국에는 원래 초자연적인 존재를 느낄 수 있는 ‘무당’이란 사람들이 있었어. 그것은 여자들의 일이었지. 그럴 경우 본부에서는 전통적으로 반대의 성을 마법사의 성으로 채택한다더군. 마법사의 ‘각성’과 무당의 ‘신내림’은 비슷한 부분이 있어. 한국에서 여자가 마법을 쓰면 무당들이 해 오는 일의 균형이 일그러지고 말아.”

장중은 한국에서 박수무당이 극히 희귀하다는 것을 떠올렸다.

“유럽의 경우는 우리와 정반대지. 그곳에서 악령을 퇴치하는 일은 언제나 카톨릭계의 고위 신부들이 맡고 있잖아. 그렇기 때문에 마법사들은 전부 여성들로만 채워져 있어. 그래서 현대에 가까워질수록 마법사보다는 ‘마녀’라는 개념이 더 널리 퍼졌고……. 어쨌든 말이야. 본부에서도 마법사가 사랑에 빠지는 것만큼은 위험 요소로 간주하고 있다는 거야. 물론 당시에는 그 명분을 완벽히 납득할 수 없었지만…….”

‘지금은 좀 알 것도 같아.’

춘대는 장중의 얼굴을 힐끗 돌아보고는 생각했다. 마법사의 서열을 따지는 단어를 우리는 왜 ‘연식’이라 부르는가? 무의식중에 마법사를 '인간'이 아닌 '병기'로 취급하고 있기 때문이 아닐까?

그때 네 남녀가 회전목마 쪽으로 걸어 나오고 있다는 메시지가 애드벌룬 내부에서 전해져 왔다. 춘대는 서두르지 않고 마안을 발동시켰다. 그리고 아이스크림을 사기 위해 가판대 앞에서 지갑을 꺼내고 있는 마끼아또를 포착했다. 복합궁의 활대에 마안을 갖다 대는 데 1초, 장전하는 데 2초, 그리고 멈췄다. 시위에 은 화살을 메긴 채 춘대는 장중에게 물었다.

"마지막으로 마법사의 전 여자 친구를 넘보고 있는 마끼아또에게 남길 말은?"

장중이 잠시 주저하더니 대답했다.

"좆 까라, 마이싱이다."

마법사의 품위에 심하게 어긋나는 그 말을 신호로 화살이 시위를 벗어나 내쏘아졌다. 공기를 찢는 화살의 궤적을 만들어 내면서……. 내용물은 물론 평범한 설사약이지만 그것을 운반하는 경로는 마법이 지정한 것이다. 그러므로 마끼아또와 복합궁 사이의 직선거리에 방해물이 끼어들지 않는 한 빗나갈 일은 전혀 없었다. 예를 들어 느닷없이 청룡열차가 끼어든다거나 하는 일 말이다.

쒸우웅, 팍!

그건 춘대도, 장중도 예측하지 못한 상황이었다. 마끼아또의 뒷덜미를 향해 화살이 맹목적인 속도로 쏘아져 나간 그 직선거리에 후렌치 레볼루션의 레일이 깔려 있었을 줄이야.

애드벌룬 위에서도 그리고 내부에서도 기나긴 침묵이 무겁게 내려앉았다. 청룡 열차의 후폭풍처럼 탑승객들의 비명 소리가 밀어닥쳤다. 춘대는 복합궁의 활대를 잡고 한쪽 무릎을 꿇은 자세 그대로 굳어 버렸다.

'불발이라니……. 한쪽 눈을 잃고 발광하는 바하무트(Bahamute)의 날개도 적중시킨 나인데…….'

저격 마법사에게 방금 일어난 상황을 받아들이기란 쉽지 않은 일이었다.

그때 소리 없이 다가온 손길이 춘대의 어깨를 툭 쳤다. 어째서인지는 모르지만 평온을 되찾은 장중의 얼굴이 그를 내려다보고 있었다.

"이제 됐습니다. 설사약은 불발이었어도, 욕 한번 퍼부으니까 후련하네요. 내려가죠."

그리고 장중은 마법구 안으로 훌쩍 사라져 버렸다. 남겨진 춘대는 그 뒷모습을 멍하니 바라보다가 갑자기 쌀쌀한 바람을 느꼈다.

예고 없이 갑자기, 집으로 돌아갈 순간이 찾아온 것이다.

"모두들 죄송했습니다. 사실 오늘 있었던 일은 신탁을 비롯해서 전부 제가 꾸민 거니까 모든 책임은 저에게 있어요. 혹여 조합에서 추궁이 들어온다면 주저 없이 절 고발해 주십시오."

장중은 숙연하기까지 한 말투로 마법사들을 돌아보며 말했다. 다들 어리둥절한 모습이었다. 춘대는 갑자기 정신을 차린 장중의 모습에 어색함을 느꼈지만 가만히 따져 보니 그럴 수도 있겠거니 싶었다. 자기 떠나 딴 남자 만나겠다는 여자의 발목을 붙잡고 있는 한심한 자신의 모습을 깨달은 게 아니겠는가.

마법사들은 하나둘 조용히 짐을 챙기기 시작했다. 어금니라는 별명답게 무언가를 박살 내야 직성이 풀리는 곽찬만이 약간 불만 섞인 얼굴을 하고 있었다.

애초에 잡일과는 거리가 먼 길후가 멍하니 있는 춘대에게 다가왔다.

"두 번째 단계로 접어든 걸세."

"두 번째 단계요?"

춘대의 질문에 길후는 선배 마법사들에게 거듭 머리를 조아리고 있는 장중을 가리켰다.

"인간을 오래 지켜본 결과 내린 결론인데 말이야. 차인 남자들은 총 세 단계를 거치지. 분노, 슬픔, 그리고 그리움. 처음에는 자신을 버린 여자에 대한 격렬한 분노가 찾아왔다가 시간이 흐르면 용서가 되면서 진짜 이별을 실감하지. 여기가 바로 슬픔. 그리고 아련히 그리워하는 단계가 되면 비로소 어느 정도 치유가 됐다고 볼 수 있지."

자신도 모르게 고개를 끄덕이고 있는 춘대였다.

"그럼 위장중, 저 친구는 지금 분노인 겁니까, 슬픔인 겁니까?"

"넘어가는 단계 아니겠나? 사람마다 차이가 좀 있거든."

춘대가 길후에게 '차인 남자학 개론'을 듣고 있던 그때, 마법 창문을 떼어 내는 감해의 모습을 뒤에서 구경하던 함정수가 무언가를 발견하고 말했다.

"어라? 뭔가 이상하지 말입니다. 몇 분 전부터 놀이 기구를 타는 사람들이 현저히 줄어들었습니다. 아직 폐장 시간은 아닌 것 같은데 말입니다."

그러자 감해가 손가락을 튕기며 대꾸했다.

"퍼레이드! 퍼레이드가 시작되려는 거야. 대부분의 사람들이 행렬을 보려고 모여드는 거지."

춘대를 비롯한 마법사들이 아, 하고 고개를 끄덕였다.

'퍼레이드라……, 분명 이것저것 볼거리가 많을 테지.'

은근히 기대가 되는 것은 어쩔 수가 없었다. 그런 생각은 춘대 혼자만의 것은 아니었다. 놀이공원이라는 곳 자체가 마법사와는 별로 연이 없는 곳이니까. 설렘으로 상기된 길후의 눈동자는 볼만했다. 장중의 눈치를 보며 감해가 의견을 제시했다.

"저기 말입니다. 이렇게 전망 좋은 곳에서 저런 퍼레이드를 구경할 수 있는 기회는 두 번 다시 없을 테니까……, 에, 그러니까……."

장중이 알았다는 듯이 고개를 끄덕였다.

"퍼레이드는 보고 가자는 거죠? 그렇게 해요."

장중의 허락이 떨어지자 선후배 할 것 없이 모든 마법사가 설레는 얼굴로 의자를 끌고 와 마법 창문 앞에 앉았다. 늘 벽에 기대서 있던 곽찬마저 굳은 얼굴을 한 채 몇 걸음 앞으로 다가왔다. 길후가 그런 돌격 마법사의 모습을 보고는 피식 웃었다. 장중과 춘대도 맨 뒷줄에 앉아 퍼레이드가 시작되려는 롯데월드를 내려다보았다.

"정말 이걸로 괜찮은 거냐?"

장중은 잔잔한 웃음으로 대답을 대신했다. 타깃이었던 네 남녀가 인파에 파묻혀 웃고 있는 모습에는 시선도 주지 않는 장중의 모습에 춘대는 큰 감명을 받았다. 장중의 질투심을 병 속에 든 물에 비유한다면 굳건한 마개가 끼워진 듯한 느낌이었다. '체념'이라는 마개가…….

그때 하나둘 롯데월드 안의 불이 꺼지기 시작했다. 묵직하게 내려앉은 어둠, 그 속에서 넘실거리는 흥분감이 실내를 가득 채워 나갔다.

퍼레이드가 시작되었다. 형형색색으로 빛나는 퍼레이드 카와 그 옆에서 우아하게 춤을 추는 무용수들이 어둠 속을 천천히 가로질렀다. 춘대의 눈에는 마치 강물이 넘실거리는 것처럼 보였다. 국적을 알 수 없는 경쾌한 음악이 절로 어깨를 들썩이게 했다. 야광 치마를 입은 사자와 너구리가 서로 손뼉을 치며 뛰놀고 황금으로 치장한 전차를 몰고 가는 클레오파트라도 보였다. 사람들은 줄 너머로 바싹 모여든 채 감탄을 내뱉기에 바빴다. 트럼프에서 막 뛰쳐나온 듯한 키다리 신사들이 관객들을 향해 윙크하는 모습은 마법사 모두를 동심으로 돌아가게 만들었다.

마법이었다. 이들 마법사가 악마의 숨통을 끊어 놓기 위해 인공적으로 자연의 질서를 붕괴시키는 것과는 다른, 신비한 힘의 작용이 그곳을 가득 메우고 있었다. 춘대는 생각을 수정해야 했다. 놀이공원은 인공적인 스릴 외에도 다른 무언가를 갖고 있다고 말이다.

퍼레이드는 오랫동안 계속되었지만 전혀 지루하지 않았다. 남미에서 온 듯한 무용수들이 빼어난 굴곡의 몸매를 자랑하며 기예에 가까운 춤을 선보일 때는 모든 마법사들이 아이 같은 탄성을 내뱉었을 정도였다. 한참 넋을 놓고 너구리들의 춤을 바라보던 감해가 중얼거렸다.

"아, 나의 헬로키티도 저 안에 끼워 놓으면 대단할 텐데……."

감해는 오늘 구입한 헬로키티 열쇠고리를 만지작거리고 있었다. 뒤에서 물끄러미 그 모습을 바라보던 춘대가 물었다.

"민감해, 헬로키티의 어디가 그렇게 좋은 거냐?"

"어디라니요? 뭘 좋아하는 데 이유가 따로 있나요? 그냥 좋은 거지."

말을 마치고 헤벌쭉 웃는 감해의 모습은 연인의 칭찬을 늘어놓고 쑥스러워하는 이의 그것이었다. 문득 춘대는 MLB 모자를 광적으로 수집하는 동료 마법사를 떠올렸다.

인간 세계의 물건을 수집하는 취미가 있는 마법사는 감해뿐만이 아니었다. 탐색 마법사의 취향이 조금 유별난 것일 뿐 맹렬한 수집욕을 갖고 있는 마법사는 얼마든지 있었다. 춘대 역시 닌자 거북이를 모으던 때가 있었다. 거북 모양의 생령을 얻었기 때문인지 한때 춘대의 방은 닌자 거북이 피규어들로 넘쳐났었다.

무엇 때문일까?

춘대는 그것이 돈이나 물질적인 것을 탐할 수 없는 금기에 묶인 마법사들의 욕망이 다른 식으로 표출되는 것이라고 어렴풋이 생각하고 있었다. 하지만 그뿐일까? 춘대는 오늘 소동을 일으킨 마법사의 경우와 연결시키지 않을 수 없었다.

자신은 왜 '사랑과 전쟁'에 매료돼 있는 것인지, 치고 박는 인간들의 속된 감정에서 무슨 대리 만족을 얻고 있는 것인지, 물질적인 것에 대한 욕망 말고도 마법사에게 억압되어 있는 '다른' 것을 간과하고 있는지도 몰랐다. 춘대는 어느새 생각에 잠겨 퍼레이드에서 잠시 눈을 떼고 있었다.

그때 마법구 내의 누구도 예기치 못했던 상황이 발생했다. 정수가 얼빠진 목소리로 말했다.

"저기……, 마끼아또와 코코아가 사라졌지 말입니다?"

마법 창문은 자연스레 그 네 명을 포착하고 있었다. 그런데 구경꾼들 중앙에서 무용수들에게 손을 흔들며 좋아하는 딸기 파르페와 그 옆에서 사진을 찍어 대기 바쁜 레모네이드만 보일 뿐, 나머지 두 명이 어디론가 사라져 버린 것이다. 감해가 자리에서 일어나 마법 창문을 미세 조정하기 시작했다. 이윽고 마법 창문이 보여 주는 광경이 재빨리 바뀌었다.

"아, 저기 있네요."

감해가 그들을 찾아낸 곳은 퍼레이드 인파에서 한참 떨어진 한적한 벤치였다. 롯데월드 내에 있는 대부분의 전등이 꺼져 있었기 때문에 사람이 앉아 있는지 분간하기조차 힘든 위치였다. 마끼아또와 코코아는 어느새 손을 포개어 놓고 도란도란 얘기를 나누고 있었다. 하지만 퍼레이드 소리 때문에 정확히 무슨 말을 하고 있는지는 알 수 없었다.

얼굴이 약간 붉어진 감해가 뒤통수를 긁적이며 말했다.

"따, 딴 데로 돌려야겠네."

장중이 조용히 손을 들어 그를 제지했다.

"소리를 좀 증폭시켜 주십시오."

감해는 장중의 묘한 기세에 눌려 마법 창문이 들려주는 소리를 키울 수밖에 없었다.

'뭐지, 이 상황은?'

춘대는 오싹함을 느꼈다. 알 수 없는 불안감이 다시 고개를 쳐드는 순간, 꽉 닫힌 병이 격렬히 요동치는 소리가 들려오는 듯했다.

마끼아또의 목소리가 먼저 들려왔다. 한층 저음으로 변한 목소리는 느끼함을 담고 있었다.

"그럼 이전 남자 친구랑은 놀이공원에 놀러 온 적이 없는 거네?"

게다가 어느새 말을 놓고 있지 뭔가.

"네. 그런데 오빠, 이제 그 사람 얘긴 안 했으면 좋겠어요. 신경 쓰고 싶지 않아요."

오빠란 호칭은 또 언제부터 등장하기 시작한 거고? 춘대는 자신도 모르게 입술을 깨물었다. 사태는 점차 안 좋은 쪽으로 흘러가고 있었다. 이미 퍼레이드에 주목하는 마법사는 아무도 없었다. 길후의 얼굴에도 웃음기가 사라져 있었다. 장중은 표정 없이 그 둘의 모습을 뚫어져라 바라보고만 있었다.

"그래도 난 사람 마음이란 건 오래된 서랍장과 같다고 생각해. 긴 시간 동안 보관한 물건은 그 체취가 남기 마련이잖아."

마끼아또의 말에 코코아는 고개를 푹 숙이더니 뜸을 들였다. 마법사 모두는 그녀가 과연 어떤 말을 꺼낼지 짐작조차 할 수 없어 조마조마할 뿐이었다. 그런데…….

"하지만 지금은 서랍장이 텅 비어 있어요. 그러니 누군가 이 빈 자리를 채워 줘야죠."

마끼아또의 눈을 올려다보며 청초하게 말하는 코코아…….결정타였다. 춘대는 그러지 말아야 한다고 생각하면서도 장중의 옆모습을 훔쳐보고야 말았다. 숨도 쉬지 않고 그들을 노려보고 있는 변신 마법사…….그때 빠져들 것처럼 창문에 매달려 있던 마법사들의 숨 삼키는 소리가 춘대의 귓전으로 파고들었다. 무심코 장중의 얼굴에서 시선을 돌려 창문의 광경을 본 춘대의 심장이 철렁 내려앉았다.

코코아는 눈을 감고 있었고 마끼아또는 살포시 그녀의 오른쪽 어깨에 손을 얹고 있었다. 당연히 그들의 입술은 평행선상에 놓여 있었고…….

"안 돼!"

민감해가 비명을 질렀다. 다른 마법사들 모두 같은 마음이었다. 하지만 그것을 무참하게 비웃듯이 그들의 입술은 부드럽게 포개졌다. 마법 창문이 보여 주는 것이 로맨틱 코미디 영화였다면 그 위로 엔딩 자막이 천천히 올라갈 것 같은 훈훈한 장면이었다. 하지만 마법사들에게는 운석 마법(Meteor)이 날아오는 것과 다를 바가 없었다.

춘대는 참지 못하고 장중의 팔을 붙잡았다.

"위장중, 고개 돌리는 게 좋겠다. 지금의 너에겐 오히려 상처만……."

그런데 뭔가가 이상했다. 손에 느껴지는 팔의 감촉이 기이할 정도로 딱딱했다. 속이 텅 빈 플라스틱 장난감처럼……. 장중을 바라본 춘대는 경악할 수밖에 없었다. 장중의 변신 마법이 얼마나 뛰어난 경지를 이룩하고 있었는지를 실감하는 순간이었다.

"빌어먹을! 이거, 가짜잖아!"

장중은 미리 준비한 마법 마네킹을 자신의 자리에 세워 두고 아무도 모르게 애드벌룬 밖으로 빠져나간 것이다. 춘대는 황급히 마법구의 바닥을 노려봤다. 정수가 만들어 놓은 순간 이동 결계는 여전히 가동되고 있었다.

"초비상 사태예요!"

탐색 마법사 민감해는 보이지 않는 속도로 손을 놀려 창문들을 확대하고 또 동시에 축소시켰다. 롯데월드 어딘가에 있을 장중의 본체를 찾기 위해서였다. 춘대를 비롯한 다른 마법사들은 주먹을 불끈 쥔 채 그것을 주시하고 있었다. 어디로 사라진 걸까? 바이킹? 회전 바구니? 자이언트 루프?

"찾았습니다!"

장중은 그들의 예상보다 훨씬 높은 곳으로 이동해 있었다.

롯데월드 북쪽 벽에는 '파라오의 분노'라는 대형 놀이 기구가 있었다. 그리고 그 외벽에는 많은 이집트 조각상들이 새겨져 있었는데, 그중에서 당장이라도 포효를 내지를 것 같은 스핑크스의 머리 위에 장중이 서 있었다. 바람 때문인지 분노 때문인지 옷깃이 바람에 펄럭이는 그 모습이 정말로 진노한 파라오처럼 보였다.

"그런데……, 저 친구 눈이 원래 저렇게 노랬나?"

클로즈업된 장중의 얼굴을 보고 던진 길후의 질문에 아무도 대꾸하지 않았다. 길후 역시 몰라서 물어본 게 아니었다. 함께 임무를 수행해 본 춘대도 너무나 잘 알고 있었다. 눈동자의 변색은 변신 마법을 발동시켰다는 증거였다. 장중의 아티팩트인 귀걸이 두 쌍이 터질 듯 빛을 뿜어내고 있었다. 장중의 마법 영창이 마법구 내에 쩌렁쩌렁 울려 퍼졌다.

"사랑을 쓰려거든 연필로 쓰세요. 사랑을 쓰다가 쓰다가 틀리면……."

춘대는 의아했다. 장중의 영창은 이제껏 들어 본 적이 없는 것이었다. 게다가 마법 조합에도 등록되어 있지 않은 노래였다. 그렇다면 경우의 수는 두 가지, 장중이 한 번도 쓰지 않았을 만큼 약한 마법이거나…….

"……지우개로 깨끗이 지워야 하니까."

아니면 등록이 불가능할 정도로 위험한 마법인 것이다.

콰드득.

소름 끼치는 소리가 애드벌룬 내에 울려 퍼졌다. 장중의 등 뒤에서 거대한 검은색 날개 두 쌍이 튀어나오는 소리였다. 춘대는 변신 마법에 대한 자신의 지식이 얕다는 것을 처음으로 절감했다.

'뭐야, 저런 악수가 있나? 처음 보는 거잖아?'

하지만 이 자리에는 변신 마법사는 아니어도 소환 마법에는 일가견이 있는 최고참 마법사가 있었다. 마법사들은 자연스레 그에게로 시선을 모았다. 신길후의 얼굴은 새하얗게 질려 있었다. 자신에게 답을 구하는 후배들을 향해 그가 물었다.

"무식한 후배들에게 문제 하나 내겠네. 검은색 날개 두 쌍을 갖고 있으며 포악하기 짝이 없는 타락 천사의 이름이 뭐지?"

모두가 그 답을 알고 있었다. 하지만 감히 입 밖으로 낼 수 있는 배짱을 가진 마법사는 단 한 명뿐이었다. 곽찬이 침중한 말투로 그 문제에 답했다.

"악마왕 벨제부브(Beelzebub)로군요."

9

"저 자식! 완전히 미쳤어."

춘대가 발광하듯 외쳤다.

마법사들은 믿기 힘든 광경에 어쩔 줄 몰라 했다. 벨제부브로 변신하다니 자살 행위나 다름없었다. 예나 지금이나 변신 마법으로 악마왕을 통제할 수 있는 마법사는 아무도 없었으니까. 초대 본부장인 데니스 포핑턴이 되살아난다 해도 불가능한 수준의 마법인 것이다. 마법사가 능력을 벗어난 마법을 시전하면 이성을 잃고 폭주하게 될 뿐이다. 넘쳐서 깨져 버린 술잔 꼴이랄까?

"너무 빠르다 했지. 저 애송이, 아직 '분노' 단계인 거야. 여자에게 차인 남자가 울화통을 터트리는 데는 약도 없다고……. 사고를 치게 마련이지."

길후의 중얼거림이었다. '사고'란 단어에 가장 먼저 정신을 차린 건 골곽찬이었다.

"아티팩트 단단히 챙겨. 목숨이 날아갈 수도 있다."

곽찬의 아티팩트인 카모나이트(Kamonite), 악마의 화석은 이미 발동되어 그의 등 뒤에서 넘실거리고 있었다. 카모나이트가 깨어나면 곽찬의 온몸은 삽시간에 금속화된다. 옷을 찢고 나타난 곽찬의 상반신은 회색으로 빛나고 있었고 붉은 마법 회로들이 실핏줄처럼 가늘게 퍼져 있었다. 등에서 튀어나온 여섯 갈래의 뼈는 사슬처럼 움직이고 있었다. 그야말로 완벽한 임전태세였다.

그 광경을 본 춘대 역시 복합궁을 치켜들고 마법 창문을 노려보았다. 장중, 아니 벨제부브는 이미 인간 몸집의 다섯 배는 될 만큼 부풀어 있었다. 온몸에 난 검은 털은 마계의 유황만이 뿜을 수 있는 흉흉한 검은 연기를 피워 올리고 있었다.

장중이 없어졌으니 누군가는 치프가 되어 지시를 내려야 했다. 최전방 공격수인 곽찬은 무리……. 춘대는 길후를 쳐다보았으나 환영 마법사는 짧게 고개를 가로저었다.

'우두머리 역할은 질렸어.'

춘대는 고개를 짧게 끄덕인 뒤 큰 소리로 외쳤다.

"함정수! 롯데월드 전체에 결계를 쳐. 아무도 빠져나갈 수 없게 해야 해."

이 일이 외부에 새어 나가면 마법사들뿐 아니라 지부 전체가 위험하다. 관람객 모두의 기억을 조작하는 일이 있더라도 통제해야 했다.

"곽찬 선배가 최전선에 서 주세요. 길후 선배는 그 뒤를 바짝 따르고, 감해는 후방을 지켜. 그리고 본부에 지원 요청해."

마법사들의 표정에 비장함이 어렸다. 이미 한때의 장난 같은 훈련 상황이 아닌 것이다. 당연히 이 정도 인원으로 악마왕을 때려잡는다는 건 어불성설이다. 솔직히 춘대는 지원 인력이 도착할 때까지 버틸 수만 있어도 성공이라고 생각했다.

그때, 벨제부브가 날아올랐다. 녀석이 박차고 날아오른 부분의 벽이 부스러기가 되어 떨어져 내렸다. 천장에 닿을 만큼의 상승, 낙하지점은 마끼아또와 코코아가 앉아 있는 벤치였다.

아래쪽은 이미 난리도 아니었다. 갑자기 공중에 나타난, 콧김을 내뿜는 거대한 악수의 모습에 퍼레이드를 지켜보던 이들이 비명을 질러 댔다. 몇몇 어린아이들은 엄마의 품에서 정신을 잃고 픽픽 쓰러졌다. 악마왕이 그곳에 존재한다는 사실만으로도 마법력이 전무한 인간들은 제정신을 유지하는 것조차 힘들기 때문이다.

갈라진 목소리로 정수가 소리쳤다.

"23초 후면 공간 이동 좌표가 완성됩니다!"

가만히 앉아서 시간이 되기를 기다리고 있을 수는 없었다. 23초 후면 마끼아또는 이미 지구상에 뼛조각도 남아 있지 않을 테니까. 결단이 필요한 순간이었고 춘대는 지체 없이 결단을 내렸다. 악마왕이 노출된 판에 마법사 몇 명이 더 모습을 드러낸다고 달라질 게 뭐 있겠는가?

"마법구를 폭파시킨다! 벨제부브의 하강 곡선과 충돌할 거야. 준비해!"

정수는 즉시 마법 팽이 하나를 꺼내 바닥에 내리꽂았다. 애드벌룬 속을 채우고 있던 마력의 균형이 일시에 붕괴되며 마법사들은 롯데월드의 허공에 모습을 드러냈다. 하지만 춘대의 걱정은 기우에 불과했다. 너구리 얼굴의 애드벌룬이 증기 기관처럼 연기를 내뿜으며 폭발하는데도 악마왕의 흉흉한 모습에 정신이 팔린 사람들은 아무도 신경 쓰지 않았기 때문이다.

차원의 경계가 사라지자 마법사들은 순식간에 중력에 노출됐다. 춘대는 복합궁을 든 채 롯데월드 중앙의 빙상 경기장을 향해 곤두박질쳤다. 아찔한 자유 낙하, 하지만 기막힌 타이밍에 나타난 생령 거북이 춘대의 발밑을 받쳐 주었다.

곽찬은 맨몸으로 고대의 운석처럼 얼음 위에 처박혔다. 평범한 인간이라면 전신의 뼈가 작살났을 상황이지만 그는 얼음 조각을 툭툭 털고 재빨리 일어났다. 길후는 아기 곰 두 마리에게 양 팔을 잡힌 채 서서히 내려왔고, 감해는 헬로키티 낙하산에 매달린 채 아직도 허공에 둥실 떠 있었다.

그때 춘대의 등 뒤에서 아찔한 포효가 들려왔다. 조준이고 뭐고 할 틈이 없었다. 춘대는 동물적 감각에 의지해 뒤로 돌았고, 애드벌룬이 폭파되는 순간 이미 발동된 마안으로 정면으로 날아오는 벨제부브를 포착했다. 춘대는 복합궁에 은 화살을 장전하자마자 벨제부브를 향해 한 방 쏘았다.

팅!

은 화살이 정통으로 벨제부브의 오른쪽 가슴에 적중했다. 쓰러트리는 건 기대하지도 않았지만 역시나 악마왕은 살짝 비틀거리기만 할 뿐 멀쩡해 보였다. 그러나 돌진을 멈추는 데는 성공했다.

은 화살을 튕겨 낸 부분을 몇 번 쓰다듬은 벨제부브가 시선을 돌려 이제 막 땅에 착지한 춘대를 노려보았다. 그리고 솜사탕 가판대를 날려 버릴 정도의 포효를 내질렀다. 사자의 포효는 달콤한 허밍 정도라고 여겨질 정도의 박력과 존재감에 마치 악어의 위턱과 아래턱 사이에 머리를 집어넣은 것처럼 찌릿한 공포가 춘대의 피부 속을 파고들었다. 그때야 춘대는 외면하고 있던 사실을 깨달았다.

'저건 이미 마법사가 아니다. 그저 쓰러트려야 할 적일 뿐……'

10

"만약 맛이 가 버린다 해도 틀림없이 선배가 붙잡아 줄 텐데요, 뭘."

11

"온다!"

벨제부브가 날개를 접었다가 활짝 펴더니 춘대를 향해 육박해 왔다. 두 발째를 장전할 틈도 없었다. 벨제부브의 발톱에 스치기만 해도 춘대의 옆구리는 전기 톱날을 포옹한 것과 같은 꼴이 될 판이었다. 그 순간 왼쪽에서 날아온 회색 사슬이 벨제부브의 목을 휘어 감더니 호쾌한 곡선을 그리며 벨제부브를 반대편에 메다꽂았다. 그 바람에 산산조각 난 회전 바구니들이 허공에 붕 떠올랐다.

어느새 달려온 곽찬이 춘대의 앞을 가로막았다.

"뒤로 물러나라. 틈이 생길 때까지 대기하고 있어."

자존심 상하는 말이었지만 따를 수밖에 없었다. 평범한 은화살로는 악마왕에게 타격을 줄 수 없다는 사실은 이미 증명되었다. 춘대는 잠자코 뒤로 물러났다. 곽찬은 목을 좌우로 꺾었다. 너무나도 한가롭게 느껴지는 동작이었다. 춘대의 눈에는 회색 피부의 등만 보일 뿐이었지만 그는 장담할 수 있었다. 곽찬의 표정이 분명 생기로 가득 차 있을 것임을…….

'즐기고 있군, 이 상황을.'

이윽고 박살 난 회전 바구니들의 잔해 속에서 벨제부브가 날아올랐다. 그러고는 빙판의 정중앙으로 내려앉았다. 콧김을 내뿜는 악마왕의 시선은 명백히 곽찬을 향해 있었다.

곽찬이 앞으로 걸어 나가며 물었다.

"팔다리 하나쯤은 부러뜨려도 되겠지?"

돌격 마법사의 어이없는 허풍에 춘대는 자신도 모르게 실소했다.

"목이나 부러지지 마십시오, 선배."

곽찬은 양팔로 가드를 올린 채 서두르지 않고 전진했다. 그가 사정거리에 들어오자 벨제부브가 예고 없이 팔을 휘둘렀다. 검은 유황이 팔의 궤적을 따라 흩날렸다. 곽찬은 잽싸게 몸을 숙여 공격을 피한 뒤 주먹을 힘껏 뒤로 당겼다. 돌격 마법사의 오른팔에 그려진 마법 회로가 순간 번쩍 빛을 발했다.

복부를 정통으로 얻어맞은 벨제부브는 잠깐 주춤했다. 보통의 악수라면 체액을 흘리며 분해되었을 공격이었지만 벨제부브의 기세를 꺾지는 못했다. 악마왕은 양손을 깍지 끼고는 머리 위로 들어 올렸다. 불길한 느낌에 곽찬이 서둘러 주먹을 빼내려 했지만 벨제부브의 배 근육은 그것을 허락지 않았다. 거대한 주먹이 곽찬의 광배근에 내리꽂혔다.

콰드득.

곽찬은 빙판 깊숙이 파묻혔다. 벨제부브의 주먹에 실린 힘에 미뤄 볼 때 지구의 외핵과 뜨거운 포옹을 할 기세의 매서운 추락이었다. 이미 곽찬에게는 관심 없다는 듯이 벨제부브는 고개를 들어 두리번거렸다. 다음 제물을 찾는 것일까?

"여기다, 털북숭이!"

'작아서 발견 못 할 수도 있어.'

춘대의 우려와 달리 벨제부브는 정확히 신길후가 있는 위층을 올려다보았다. 길후는 스케이트장을 내려다보는 난간 위에 서서 의기양양하게 팔짱을 끼고 있었다. 춘대는 순간 환영 마법사의 옷이 꽤 허전해 보인다고 생각했다. 길후의 옷에 그려진 아기 곰들의 숫자가 현저히 줄어들어 있었다. 그 이유를 춘대는 즉각 깨닫게 되었다.

"이힝힝힝힝!"

길후의 등 뒤에서 섬광처럼 수십 마리의 말들이 뛰쳐나왔다. 갈기가 휘날리지는 않지만 그 기세가 몹시 맹렬했다. 포물선을 그리며 빙판에 착지한 말들은 곧장 벨제부브에게 달려들었다. 그 숫자에 악마왕은 순간 당황한 듯 보였지만 이내 침착하게 선두에서 누런 이를 드러내고 있는 말의 머리를 콘크리트를 깨부수듯 박살 내었다.

'잠깐, 박살이라고?'

선두의 말이 장렬하게 부서지는 순간 춘대는 그 말들의 정체를 깨달았다.

"오, 이런……. 회전목마들이잖아."

생명체의 모습을 하고 있다면 그것이 무엇으로 이루어져 있든 길후는 살아 움직이게 할 수 있다. 그리고 원한다면 충분히 난폭해지도록 조정할 수도 있다.

벨제부브는 순식간에 말들의 이빨에 꿰인 꼬치 신세가 되었다. 연이어 달려드는 말들의 기세를 이기지 못한 악마왕이 넘어지자 그 틈을 놓치지 않고 말들이 물소에 덤벼드는 하이에나들처럼 뛰어들었다. 빙판 위에 말들이 겹겹이 쌓아 올려지는 것을 보며 춘대는 길후의 작전이 설마 악마왕을 압사시키는 건가 하는 황당한 생각을 했다.

그 순간 빽빽이 몰려든 말들 사이로 검은 불길이 솟아올랐다.

'그럼 그렇지. 회전목마로 벨제부브를 잡을 수 있을 리가…….'

순간 확 하고 번지는 지옥의 불길에 녹아내리는 회전목마들을 바라보며 춘대는 씁쓸한 기분을 지울 수 없었다. 검은 불길의 한가운데에 벨제부브가 위풍당당하게 서 있었다.

"뭐, 어차피 시간 끌기용이었다네."

길후는 여전히 팔짱을 풀지 않고 있었다. 비장의 무기는 따로 있다는 듯이……. 그리고 그가 말을 마침과 동시에 마치 지진이 난 것처럼 롯데월드 전체가 흔들리기 시작했다.

우르르릉!

위아래로 요동치는 빙판에서 겨우 중심을 잡은 춘대는 길후가 롯데월드의 한쪽 구석을 쳐다보는 것을 놓치지 않았다.

'저곳에 뭐가 있기에?'

춘대는 거북에 올라타고 공중으로 날아올랐다. 그는 '신밧드의 모험'이 그려진 간판에 쩌억 하고 금이 가는 것을 목격할 수 있었다. 지반을 붕괴시키며 거대한 몸집의 생물체가 용솟음쳤다. 아직도 기절하지 않은 사람들 중 대다수는 새롭게 나타난 머리 셋 달린 괴물에게도 공포를 느껴야 했다. 물론 그것이 '신밧드의 모험'이라는 놀이 기구에 설치된 삼두룡의 실물이라는 사실을 깨닫는 사람은 아무도 없었다.

롯데월드 내부를 결계로 봉쇄시킨 다음 돌아온 정수조차도 그것이 몇 시간 전에 본 삼두룡이라는 것을 알아채는 데 오랜 시간이 필요했다. 지옥의 수문장 노릇을 하면 딱 어울릴 것 같은 엄청난 근육과 입속에서 일렁이는 불길은 육중한 존재감을 자랑하고 있었다.

"오랜만에 솜씨 좀 발휘했지. 이놈이라면 네 녀석과 뒹굴어 볼 만할 걸세."

길후는 드디어 팔짱을 푼 뒤 앙증맞은 손가락을 들어 벨제부브를 가리켰다. 그러자 삼두룡이 말없이 거체를 움직였다.

쿵쿵쿵쿵.

두 발로 달리다가 어이없을 정도로 사뿐히 길후를 뛰어넘은 삼두룡이 낙하 속도 그대로 벨제부브와 격돌했다.

콰앙!

춘대는 때맞춰 거북을 날아오르게 해 그 재난을 피할 수 있었다. 삼두룡의 가운데 머리는 벨제부브의 허리를 깨물었고,

양쪽 머리는 쉴 새 없이 불을 내뿜었다. 그 후끈한 열기는 결코 환영이 아니었다. 악마왕 역시 검은 불길을 일깨워 대항했다.

춘대와 정수는 길후의 등 뒤로 다가갔다.

"어, 엄청난 마법이지 말입니다!"

흥분한 정수와 달리 길후는 고개를 가로저었다.

"그래 봤자 구성 물질이 달라. 오래 버티지는 못할 걸세. 마춘대, 미리 저격 준비를 하게. 삼두룡이 쓰러지는 그 순간을 노려."

"알겠어요. 그런데 민감해는 어디 있지?"

정수가 그 물음에 답했다.

"롯데월드 출구에서 사람들을 빙빙 돌게 하고 있지 말입니다. 어쨌든 아무도 밖으로 나갈 순 없을 겁니다."

그제야 춘대의 눈에 우왕좌왕하는 사람들의 모습이 들어왔다. 제자리에서 빙글빙글 도는 사람, 물속에서처럼 허우적대는 사람 등 그 어디에도 제대로 도망치는 사람은 없었다. 하지만 사태가 길어지고 저들의 절망과 공포가 더욱 커지면 결계 마법으로도 막기 힘들어질 것이다.

"한 방에 승부를 내야겠군."

춘대는 은 화살을 꺼내어 정수의 앞으로 내밀었다.

"순간 이동 마법을 걸어 줘. 간격은 30미터 정도……."

"화살을 가속시키려는 겁니까? 마안에 무리가 오지 말입니다."

어쩔 수 없다는 듯 춘대는 은 화살을 더 내밀었고 정수는 걱정된다는 듯한 표정으로 팽이를 꺼내어 마법을 걸어 주었다.

춘대는 다시 빙판의 가운데를 쳐다보았다. 삼두룡의 공격은 매서웠지만 벨제부브를 붙잡아 놓고 있는 가운데 머리는 점차 느슨해지고 있었다.

'이렇게 오랫동안 변신을 유지하다니, 말도 안 되는 마력이잖아.'

춘대는 혀를 찼다. 눈에 보이는 것 없이 날뛰고 있는 벨제부브는 분명 장중의 마력을 빌려 쓰고 있을 텐데, 마력이 약해지는 기미는 도저히 찾아볼 수가 없었다.

롯데월드의 벽이란 벽은 모조리 부술 듯이 날뛰던 삼두룡과 벨제부브가 순간 정지했다. 악마왕이 삼두룡의 양쪽 머리를 동시에 붙잡은 것이다. 벨제부브의 검은 팔뚝이 부풀어 오르더니 어마어마한 악력으로 삼두룡의 두 머리를 맞부딪치게 만들었다. 결과는 참혹했다. 머리가 가루가 된 삼두룡은 벨제부브의 발밑으로 스르르 허물어지기 시작했다.

길후가 입을 쩍 벌렸다.

"아니, 벌써……?"

춘대는 다급히 정수에게 손을 뻗었다.

"지금이야! 은 화살을!"

은 화살에 순간 이동 마법을 불어 넣기 위해 손을 놀리는 정수의 이마 위로 구슬땀이 맺혔다. 춘대는 발을 동동 굴렀고, 초인적인 속도로 마법을 완성시킨 정수는 춘대를 향해 은 화살을 던지듯 건네었다.

은 화살을 쥐는 데 1초, 붙잡아서 장전하는 데 2초, 그리고 벨제부브를 향해 겨냥한다. 그 순간 춘대는 이미 늦었다는 것을 깨달았다.

악마왕은 어느새 춘대와 길후 쪽을 바라보더니 날개를 쫙 펼쳤다. 그리고 천천히 날아올랐다.

"제기랄! 피해 버릴 텐데……."

춘대가 욕설을 지껄이며 복합궁을 내리려 할 때 길후가 그것을 제지했다.

"기다려! 저기엔 벨제부브 혼자만 있는 게 아니잖은가?"

무슨 말이냐는 듯한 표정의 춘대에게 길후가 턱짓으로 벨제부브의 발아래를 가리켰다. 빙판 아래로 큼지막한 구멍이 뚫려 있었다. 춘대는 그 구멍 속으로 떨어진 누군가를 기억해 냈다.

신경질을 내듯 길후가 소리쳤다.

"뭐 하고 있는 거야, 어금니! 냉큼 튀어나오지 못해?"

얼음 파편을 날리며 골곽찬이 구멍 위로 솟아오른 것은 길후의 말이 끝남과 동시였다. 미처 예상하지 못했다는 듯 벨제부브는 황급히 아래를 내려다보았지만 곽찬은 이미 악마왕에게 충분히 가까워져 있었다.

휘리릭!

곽찬의 등에서 넘실대던 여섯 개의 마법 사슬이 벨제부브의 날개에 휘감겼다. 악마왕은 포효하며 몸부림쳤지만 곽찬이 사력을 다해 매달리고 있었기에 마치 허공에 못 박힌 것처럼 보였다. 그리고 서울 지부의 저격 마법사에게는 너무나도 맞히기 쉬운 과녁이 되었다.

복합궁이 재빨리 튕겨 올라온다. 마안이 발동되고 정지된 포물선들의 세계에서 오직 춘대의 은 화살만이 꿈틀댄다. 노리는 곳은 벨제부브의 명치, 검은 털로 보호되지 않은 유일한 부분이다.

시위를 놓자 은 화살이 경쾌하게 쏘아져 나갔다. 그리고 순간 이동 마법이 발동되자마자 차원을 일그러뜨릴 만큼의 가속이 붙었다. 그 궤적을 좇던 춘대의 마안이 압박을 이기지 못하고 욱신거렸다. 춘대는 왼쪽 눈을 부여잡으면서도 반대쪽 눈을 부릅떴다. 자신의 화살이 과녁을 맞히는 것을 놓칠 수는 없었기에…….

두우우우우웅.

은 화살이 벨제부브의 명치에 꽂히는 그 순간, 롯데월드의 공기가 묵직하게 진동했다. 그 충격에 벨제부브를 묶던 사슬이 풀리며 곽찬은 빙판 위로 튕겨 나갔고, 벨제부브는 몸을 디귿 자로 꺾은 채 특설 무대를 무너뜨리며 굴러 갔다.

춘대는 무릎을 꿇고 주저앉았다. 예상보다 마력의 소비가 극심했던 탓이다.

"괜찮나, 마춘대?"

길후가 짧은 다리를 놀려 다가왔다. 정수 역시 걱정스러운 표정으로 춘대를 내려다보고 있었다. 그러나 춘대는 자신보다 은 화살의 충격파에 휩쓸렸을 곽찬이 더 걱정되었다. 힘겹게 무릎에 다시 힘을 준 저격 마법사는 몸을 일으키며 말했다.

"내려가죠. 곽찬 선배에게 가 봐야 하지 않겠어요?"

세 마법사는 춘대의 생령 거북의 도움을 받아 빙판 위에 대자로 뻗어 있는 곽찬에게 다가갔다. 그들이 다가오는 소리에 윗몸을 일으키는 돌격 마법사의 피부는 이미 금속이 아니었다. 등 뒤의 사슬 여섯 개는 건재했지만 전신을 보호할 수는 없는 상태였다.

"괜찮습니까, 선배?"

춘대의 질문에 곽찬은 묵묵히 고개를 끄덕였다. 갈비뼈 몇 군데가 부러진 게 틀림없었지만 일일이 엄살을 떨 사내는 아니었다.

"끝난 건가?"

곽찬이 쉰 목소리를 내뱉었다. 정수는 고개를 끄덕이려 했지만 그럴 수 없었다. 머리 위에서 등골을 섬뜩하게 만드는 날갯짓 소리가 들렸기 때문이다.

길후는 이미 고개를 한껏 쳐들어 그 소리의 주인공을 노려보고 있었다.

"대체 뭘로 만들어진 몸뚱이냐, 저건?"

벨제부브는 노란 두 눈을 형형하게 빛내며 공중에 떠 있었다. 마법사들의 마력을 모조리 소진시킨 뒤임에도 불구하고 말쑥한 그 모습에 기가 차는 춘대였다.

"마법이 먹히지가 않는 모양인데요."

잠시 마법사들을 노려보던 벨제부브는 날개를 펄럭이며 어디론가 날아갔다. 롯데월드 가운데 움푹 파인 스케이트장 위에 있던 마법사들은 벨제부브가 시야에서 사라지는 것을 그저 바라볼 수밖에 없었다. 하지만 보이지 않아도 귀는 열려 있었기에 그 순간 철골 구조물이 비틀리는 굉음을 마법사들은 분명히 들을 수 있었다.

다시 머리 위에 나타난 벨제부브의 양손에는 청룡 열차가 들려 있었다. 악마왕은 마치 비엔나소시지를 다루듯이 청룡 열차를 몇 번 휘두르더니 마법사들을 향해 던졌다. 절로 사타구니가 오그라드는 광경이었다.

그 순간 곽찬이 자신에게 훈장을 수여한 장로회의 탁월한 안목을 입증했다. 순식간에 거미줄처럼 펼쳐진 마법 사슬이 공중에서 청룡 열차를 받아낸 것이다. 그의 고도의 집중력과 정밀한 균형 감각이 없었다면 마법사들은 그 상태로 모두 압사당했을 것이다. 청룡 열차를 던지듯 내려놓은 곽찬은 옆구리에서 느껴지는 끔찍한 고통에 무릎을 꿇고 쓰러졌다. 상황은 극도로 나빠졌다. 곽찬의 마법 사슬이 봉쇄되었다는 건 더 이상 벨제부브를 묶어 놓을 수 없다는 뜻이었다.

벨제부브는 더 이상 마법사들에게 흥미가 없다는 듯 날아올랐다. 그리고 주변을 휙 둘러보기 시작했다.

감해가 중얼거렸다.

"누군가를……, 찾고 있는 거 아닙니까?"

그 말대로 벨제부브는 하늘 높이 떠올라 아수라장이 된 롯데월드를 빠져나가려고 발버둥치는 인간들을 훑어보기 시작했다. 이미 마법사들은 안중에도 없는 듯했다. 악마왕이 누구를 찾고 있는지는 뻔했다.

춘대는 신음 소리를 내었다. 하루에 몇 번이나 마안을 발동시킨 탓인지 그의 눈에도 슬슬 묵직한 고통이 느껴졌다. 옆에서 대기하고 있던 생령 거북도 강제 귀환되고야 말았다. 언제 마력이 바닥나도 이상할 것이 없는 순간이 찾아온 것이다.

그때였다.

사냥감을 발견한 박쥐처럼 지상을 향해 낙뢰처럼 내리꽂힌 벨제부브가 양손에 무언가를 낚아채고 다시 날아오르는 것이 보였다. 남아 있는 마력을 짜내어 집중해서 보니, 아니나 다를까 마끼아또와 코코아였다. 벨제부브는 천천히 날갯짓을 하더니 바이킹의 맨 뒤 칸에 내려앉았다.

춘대는 다급해지기 시작했다. 당장 저 고삐 풀린 지옥의 파수꾼을 막지 않으면 끔찍한 꼴을 보게 될 터였다. 힙색에 손을 넣으니 단단한 은 화살의 감촉이 느껴졌다. 마지막 한 발! 벨제부브는 겁에 질려 벌벌 떨고 있는 두 남녀를 향해 흉측한 송곳니를 드러내며 입을 쩍 벌리고 있었다.

"망할!"

소용이 없을 줄 알면서도 춘대는 마지막 한 발의 은 화살을 겨냥했다. 단 몇 초의 시간이라도 끌기 위해서……. 하지만 소중했던 마지막 은 화살은 완전히 엉뚱한 방향으로 날아가고 말았다. 춘대의 손가락이 시위를 놓기 직전, 벨제부브가 온 롯데월드가 쩌렁쩌렁 울리도록 울부짖는 소리에…….

"야, 이 나쁜 계집애야!"

12

그건 분명, 의심의 여지 없이 장중의 서글픈 외침이
었다. 악마왕 벨제부브가 품위 없이 꺼이꺼이 울면서 투정을
부리는 모습, 그건 그것 나름대로 마법사들에게 경악을 선사할
만한 모습이었다.

"헤어진 지 얼마나 됐다고 딴 놈을 만나 붙어먹으려 해! 이
씨, 못된 년아. 뭐? 내 소홀함이 네 마음 구석구석을 닳게 만드
는 것 같다고? 마음이 닳기 전에 입술이 먼저 닳겠다!"

춘대는 그 어처구니없는 모습을 바라보고 있었다. 벨제부브
의 목소리가 어찌나 컸던지 이미 기절했던 사람들도 깨어나 멍
하니 고개를 들어 바이킹 쪽을 주시하고 있었다.

"네가 나한테 이러면 안 되지. 다른 여자가 다 그래도 넌 그
러면 안 되잖아! 희수야, 우리 다시 시작해 보자. 이딴 기생오

라비 같은 새끼 말고 나한테 다시 돌아와라, 응? 제발……."

그때 춘대에게는 들리지 않았지만 코코아가 뭐라고 입을 열었다. 녀석을 알아본 모양이었다.

"그래, 나야. 장중이라니까. 네 하나밖에 없는 남자 친구라고!"

벨제부브, 아니 장중의 한탄은 계속 이어졌다. 춘대는 마력이 점점 고갈되어 그 모습이 시야에서 멀어져 가는 것을 느꼈다.

'녀석을 어떻게든 해야 되는데……. 화살은 다 떨어졌고, 아무런 수가 떠오르질 않아.'

그때 조심스럽게 춘대의 등 뒤로 접근한 감해가 귓가에 속삭였다.

"이성이 완전히 없어지진 않은 것 같습니다. 지금이 기회예요. 어떻게 해서든 강렬한 충격을 줘서 인간으로 돌아오게 해야……."

"인마, 그걸 누가 몰라? 제기랄! 화살이 다 떨어졌단……."

울화통이 터져 감해의 머리를 콱 쥐어박으려는 순간에 퍼뜩 춘대의 머리를 스치는 것이 있었다.

'아냐. 은 화살 하나가 남아 있어. 그것도 완전한 새것으로…….'

황급히 고개를 돌려 주변을 살피자 쓰러져 있는 곽찬의 왼쪽으로 볼품없이 나뒹굴고 있는 청룡 열차의 모습이 보였다. 그리고 앞에서 두 번째 칸의 옆구리에서 반짝이고 있는 무언가도…….

조금 전 애드벌룬 위에서 쏘았던 불발 화살이 거기 박혀 있었다. 설사약 10인분을 담은 채……

'강렬한 충격이라…….'

춘대는 황급히 구겨진 청룡 열차에서 불발 화살을 뽑아낸 뒤 뛰기 시작했다. 마안이 무용지물이 되어 버리는 바람에 근거리에서 쏘는 수밖에 없었기 때문이다. 생령 거북은 불러도 대답이 없었다. 그러니 두 발로 달리는 수밖에…….

롯데월드의 내부 계단을 올라 쓰러진 사람들을 하나하나 제쳐 가며 결국 춘대는 바이킹 앞에 도착할 수 있었다. 장중의 무게 때문에 한쪽 뱃머리가 쑤욱 올라간 우스꽝스러운 모습이었다. 초승달의 아래쪽 끄트머리에 서 있는 괴생물체 같은 모습이랄까? 다행히 바이킹의 주변으로는 누구도 다가오려 하지 않았기 때문에 저격 자세를 취하는 데에는 아무 장애물이 없었다.

춘대는 달려오느라 가빠진 호흡을 가다듬고는 영창을 시작했다.

"고요한 내 가슴에 나비처럼 날아와서……"

한쪽 무릎을 꿇는 데 1초, 복합궁의 활대에 눈을 갖다 대는 데 2초, 설사약을 장전하는 데 3초……, 그리고 장중의 마지막 절규…….

"우리 바닷가로 여행도 갔었잖아. 희수야, 기억 안 나? 그날 불판에 조개 구워 먹으면서 나한테 했던 말 생각 안 나냐고! 집게 든 내 팔뚝이 늠름해 보인다고 그랬잖아. 그리고 그날 밤,

그 잊을 수 없는 밤을 떠올려 봐. 그 펜션 침대에서 우리 처음
으로…….”

“닥쳐, 이 새끼야!”

아마 이전에도 이후에도 그런 여자는 나타날 수 없을 것이
다. 악마왕의 손에 붙잡혀 있으면서도 그 이빨에 대고 닥치라
고 말할 수 있는 여자, 거센 목청으로 롯데월드 전체를 압도할
수 있는 여자……. 어쨌든 얼굴이 벌겋게 달아오른 코코아의
윽박지름 때문에 장중은 잠시 주춤했다. 정신적인 따귀를 맞은
듯한 모습이었다.

“아아아, 사랑은 얄미운 나비인가 봐.”

그리고 춘대는 활시위를 놓았다.

13

그래, 그 말이 맞아. 마법사 셋이 모이면 누구도 그들을 곤란하게 할 수 없지. 하지만 어디까지나 그건 일반론이야. 마법은 만능이지만 마법사는 만능이 아니거든. 차원을 넘어와 인간계를 넘보는 악수들을 소멸시키면서도 한편으로는 엉성하기 짝이 없는 게 마법사들의 본모습이야.

어때? 이제 이 알약을 보는 시각이 좀 달라졌나?

물론 사랑하는 여자와 헤어졌을 때 이 알약을 삼키든 안 삼키든 일차적으로는 너희 자유야. 조합의 감시를 피할 자신만 있다면 그렇게 하라고. 하지만 명심할 것이 있어. 헤어진 여자 찾아가서 어리광을 부리더라도 최소한 동료 마법사들을 끌어들이지는 말라는 거야. 자칫 일생일대의 굴욕적인 모습으로 체포될 수 있으니……

그 후에 어떻게 되었냐고? 장중은 열흘 동안 실신해 있었어. 그게 변신 마법 실패의 반동 때문인지 설사약 때문인지 아니면 그 여자의 마지막 한마디 때문인지는 나도 알 수 없어. 그리고 깨어난 장중은 조합의 엄중한 근신 명령을 겸허히 받아들였지. 인명 피해는 없었던 데다가 동료 마법사들이 선처를 부탁해서 다행히 마법사 자격을 박탈당하지도 않았고…….

하지만 그날 본부의 지원 부대가 출동해서 롯데월드 내의 모든 사람들의 기억을 조작했던 작업은 정말로 두 번 다시 떠올리고 싶지 않아. 한국 지부 마법사들의 3분의 1이 그 작업에 투입되었거든. 아카데미의 견습생들마저 모두 출동해 롯데월드를 봉쇄했지. 노가다도 그런 노가다가 없었다니까. 그리고 살균 작업을 하듯 사람들의 머릿속에서 그날의 기억을 삭제해 나갔어. 여기저기서 주현미의 '신사동 그 사람'이 울려 퍼졌지. 뭐야? 이 노래를 모른단 말이야?

"시간은 자정 넘어 새벽으로 가는데 아아, 그날 밤 만났던 사람 나를 잊으셨나 봐."

어떻게 이 노래를 모를 수가 있냐? 기억 마법 과목의 단골 시험 문제니까 꼭 암기해 두도록!

후우, 그러고 보니 서로를 꼬옥 부둥켜안은 채 패닉 상태에 빠져 있던 마끼아또와 코코아를 만났던 기억이 떠오르는군. 나는 내 정체가 무엇인지 차분히 설명했지.

"충격이 크리라 예상됩니다, 희수 씨. 저기 항문으로 뭔가를 질질 흘리고 있던 녀석은 희수 씨의 전 남자 친구이자 제 아카데미 후배예요. 그리고 마법사이기도 하죠.”

“마, 마법사요?”

“예. 사정이 복잡해서 자세한 설명을 드리기는 힘들어요. 어차피 오늘의 기억을 완전히 잊어버리게 될 테지만 이 말만은 드리고 싶습니다. 장중이는 그쪽을 많이, 아주 많이 좋아했던 모양입니다. 그 때문에 마법사 최대의 금기를 깼고 능력 밖의 마법을 썼으며……, 울기까지 했으니까요. 그러니 혹시나 꿈속에서 오늘의 기억을 잠깐 되찾으시면 장중이한테 너무 윽박지르지 말아 주세요.”

코코아는 내 말의 절반도 이해하지 못하는 표정이었지. 하지만 그다지 상관없다고 생각했어.

다른 마법사들에게 그들의 기억 소각 작업을 맡기고 돌아서는데 곽찬 선배가 절뚝이며 내게 다가오더군. 그리고 내 옆에 나란히 서서 마법 그물에 실려 가는 장중의 모습을 바라보았어. 제정신으로 봐 주기엔 조금 역겨운 모습이었지만 마음 한편에 자리 잡은, 녀석에 대한 연민 때문에 견디지 못할 정도는 아니었어.

장중은 어째서 돌격 마법사와 환영 마법사까지 자신의 스토킹에 동원했던 것일까? 그 순간 마지막 의문이 풀리는 것 같았어. 장중은 자신이 폭주하게 될 것을 예감하고 안전장치를 만들어 두고 싶었던 게 아닐까? 마개를 닫은 채 오래 흔들린 병

일수록 그 마개가 열렸을 때 피해가 큰 법이니까.

나는 긴 한숨을 내쉬듯 곽찬 선배에게 말했지.

"아무리 악마왕의 변신 마법이라도 견딜 수 없는 게 있었나 봅니다."

"설사약?"

"……아니요."

나는 천천히 고개를 가로저었어. 그리고 폐허가 되어 버린 롯데월드 안에서 알몸으로 실려 가야 하는 한 남자를 바라보며 말했지.

"사랑했던 사람을 떠나보내는 일 말입니다."

마법사가 피 마른다

○

마법사의 종족은 불만족이고 그 혈액형은 삐딱형
이며 별자리는 청개구리자리라지.

비꼬려는 건 아니야. 그저 자네처럼 툭하면 질문이나 건의
사항을 품고 조교실을 찾아오는 견습 마법사들이 워낙 많다
는 뜻이지. 물론 자네같이 법명과 아티팩트, 그리고 전공 분
야까지 종합세트로 탐탁지 않아 하는 마법사는 조금 드물긴
하지만…….

어디 보자. 그러니까 자네 법명이……, 육체 재생 마법의 도
다나? 흠, 성을 떼어 놓고 보면 다분히 여성적이긴 하군. 하지
만 내 법명인 춘대보다는 덜 촌스럽지 않나? 그리고 아티팩트
는 물파스라……. 흔치 않은 전공에 생소한 아티팩트라는 건
맞네. 그렇더라도 그렇게 콧김 씩씩 뿜어 대며 조교실을 찾아

올 정도는 아니라고 생각하는데……. 공급 대비 수요라는 게 있잖나? 재생 마법사는 조합 전체에서도 매우 귀하다네. 전사할 염려도 별로 없으니 축복받은 전공 아닌가?

이크, 애꿎은 탁자 부서지겠네. 물론 나도 눈이 있으니 보고 있어. 다나 군 덩치와 얼굴을 보아 하니 대충 짐작이 가는군. 여기가 마법사 아카데미가 아니라 조직폭력배 훈련소라면 자넬 행동대장감이라며 반길 정도인걸. 그나저나 각성하기 전에는 무슨 일을 했나? 호오, 대통령 경호원이라……. 그러니까 뭐야, 어깨에 힘 팍 주고 폼 나게 악수들을 때려잡길 원했는데 동료들 엉덩이에 물파스나 발라줘야 하는 처지라 이거지? 울컥할 만해.

한데 안타깝게도 난 자네가 원하는 대답은 못 줄 것 같아. 그러니까 거두절미하고 결론부터 말하자면 도다나 군의 세 가지 건의사항 중 지부장님에게 전달해 줄 수 있는 건 하나도 없네. 마법사의 법명은 한번 정해지면 변경될 수 없고 전공 분야역시 마찬가지야. 뭐, 아티팩트라면야 훗날 공적을 많이 세우면 개조해 나갈 가능성이 있지. 그래도 큰 기대는 하지 않는 게 좋아. 기껏해야 물파스의 크기가 커지거나 스프레이로 업그레이드되는 정도일 테니까. 물론 우리 조합의 전설적인 신길후선배의 경우에는 지금은 곰돌이 티셔츠를 입고 다니지만 조선시대에는 여섯 폭 병풍을 업고 다녔다고 하대. 하지만 그 양반이 조금 특이한 경우지.

전공 분야와 법명은 누가 정하는 거냐? 당돌한 질문이로군.

그야 천둥트림의 신탁이 정하는 거지만 이건 다나 군의 질문에 대한 답변이 되진 못할 것 같고……, 일개 조교인 내가 명쾌하게 답할 수준의 질문이 아닌걸. 사실 그렇잖아? 어째서 내가 재생 마법사냐는 항의는 어째서 내가 불알을 달고 태어났냐는 항의와 큰 차이가 없거든.

본질을 헷갈리면 안 돼. 자네가 앉아 있는 이곳의 이름이 '아카데미'라고 해서 인간 세계의 학교나 학원을 떠올리면 곤란하단 말이야. 견습 마법사의 딱지를 떼는 것도 원하는 분야의 공부를 파고들어서 학위를 따는 것과는 완전히 다른 일이라 이거지. 마법에 합리적인 잣대를 들이대는 건 커피 잔에 돌고래를 담으려는 것처럼 무모한 짓이란 걸 말해 주고 싶군.

안타깝지만 사실이야. 마법사의 족쇄 — 조합에서는 재능이라 하겠지만 엿 먹으라 그래 — 를 갖고 태어난 것도 정말 뭐 같은 일이지만 어떤 마법을 쓰느냐에 관한 건 개인의 힘으로는 바꿀 수 없는 커다란 힘의 작용이거든.

그렇다고 룰렛을 돌려 무작위로 선정된다는 뜻도 아니야. 천둥트림이 아무리 자기 관리가 부족한 고양이라지만 그 정도는 아니거든. 어, 그러니까 내 말뜻은 마법 전공 선정은 인간이었을 시절에 갖고 있던 재능이나 노력과는 전혀 무관한 일이라 이거지.

그렇다면 대체 어떤 기준이냐고? 운명이나 숙명 같은 단어를 거론할 생각은 없어. 뭐, 전혀 상관없다고 할 수도 없지만……. 그렇다고 전생의 업보까지 언급한다면 전생에 좀 송구한 일이지. 굳이 말하자면 '갈증'이야. 인간이었을 시절, 자신도 모르게 평생을 품어 온 목마름 때문인 거지.

후! 좋아. 어지간하면 견습 마법사와의 상담 때는 꺼내지 않는 얘기인데, 자네의 그 억울한 표정 때문에 — 억울한 사연이 아니라 — 해 주는 거야. 이 얘기가 자네의 억울함을 좀 풀어 줄 수 있었으면 좋겠군.

오래전 이 땅에 '방구탄'이란 아홉 살 소년이 있었어.

모든 사랑과 증오가 못 박히는 곳.

아홉 살의 카운터보이 방구탄에게 있어 '망치 모텔'의 안내문은 지나치게 난해했다. 그 난해함의 정도는 밤늦게 모텔을 찾은 중년의 불륜 커플이 "오늘 물 좀 실컷 빼겠군."이라고 속삭인다거나 "송곳 중의 제일은 살송곳이니라."라는 말들을 내뱉을 때와 막상막하였다.

여수 앞바다를 마주한 구봉산. 이런 외진 곳에 위치한 모텔이라서일까? 카운터에서 뚱한 얼굴로 손님을 받는 어린아이를 마주하고서도 당황하는 손님들은 많지 않았다. 자기 볼일이 더 급해서인지 음산한 안내문에 관심을 갖는 이도 별로 없었다. 모텔의 주인장인 방 영감 역시 안내문에 대해서 "뭘 박으려는 놈들만 오는 곳이라서 그런가 보지."라며 어깨를 으쓱할 뿐이었다.

그래도 탄은 궁금했다. 어떻게 사람의 마음을 못 박는다는 걸까? 이 모텔을 지었다는 '안변해'라는 위인은 무슨 생각으로 저런 걸 써 놓아서 날 헷갈리게 하는 건지…….

이제 곧 먼동이 터 올 무렵의 새벽, 야간 당직을 맡고 있는 탄은 카운터에 앉아 종이 거북이의 꼬리를 접고 있었다. 뒷다리가 약간 구부러지게 접힌 모양이 마음에 안 들어 잠시 고민했지만 심각한 정도는 아니었다. 탄은 타협의 기술을 아는 아이였다.

통과.

새 거북이를 접기 위해 색종이 한 장을 뽑으며 탄은 연정이를 생각했다. 오대양 육대주를 통틀어 어린이의 성 가치관에 가장 안 좋은, 맹자의 어머니가 봤더라면 거품을 물었을 장소에서 9년을 살아온 탄이었지만 그런 아이에게도 봄날은 찾아왔다.

몇 달 전 새로 개업한 정육점에서 만난 그 애, 황 씨 아저씨의 둘째 딸, 황연정. 아아! 그녀가 새초롬하게 검은 봉지를 건네며 "목살 세 근 맞지?"라고 내뱉은 말에 가슴이 '아니, 두근두근이야.'라며 쿵쾅거렸던 순간을 잊을 수가 없다. 자기보다 한 살 어린 그 여자애에게 고백하는 방법을 찾아보기 위해 탄이는 모텔의 창고를 모조리 뒤졌더랬다.

보따리장수 박 씨가 숙박비 대신 놓고 간 안데르센 동화 전집에는 그다지 신통한 방법이 없었다. 동화 속에서 사랑을 쟁

취하는 복 받은 놈들은 왕자이거나 이웃나라 왕자이거나 백조로 변한 왕자이거나 두꺼비인데 알고 보니 왕자였다. 결국 왕자가 아니면 불가능했다.

통과.

먼지가 켜켜이 쌓인 『선데이서울』 역시 중요 부위에 발모도 시작되지 않은 탄에겐 현실적인 도움의 손길을 주지 못했다. 아시아 최고의 여배우라고 소개된 김자옥의 청초한 얼굴 위에 「엘비스 프레슬리도 반하게 한 토정비결」과 「찻집 마담 치마 들춘 방범대원」이라는 당최 어울리지 않는 카피 사이에 위치한 「카바레의 손자병법」이 탄의 유일한 이성 유혹 교본이었다. 그러나 꼬마들이 카바레에서 블루스를 밟을 순 없는 노릇 아닌가.

"애들은 보통 종이학을 접어서 주지 않나? 한 천 마리 정도?"

손님 중에 그나마 젊다고 할 수 있는 단골손님인 철물점 먹쇠(탄이는 몰랐지만 밥보다 여자를 더 많이 먹는다고 해서 붙여진 별명)가 탄에게 해 준 조언이었다. 먹쇠의 속마음이야 '어떻게든 자빠뜨리면 된다.'고 말하고 있었지만 꼬마에게 해 줄 말은 아닌 것 같아 자신이 아는 방법 중 그나마 순수한 것을 알려 준 것이었다.

옳다구나. 종이학이구나.

그러나 방 영감을 간신히 설득해서 20원을 갖고 동네 문방구를 찾아갔건만, 촌구석에 종이학을 접을 수 있는 색종이 따윈 없었다. 아, 물론 색종이는 있었다. 그러나 '접는 법'에 그려진 그림에는 종이학 접는 법이 아니라 종이 거북이 접는 법만 그려져 있었다. 문방구의 꼽추 아저씨는 종이학 접는 법에 대해서, 헐리웃 배우와의 염문설에 대해 모르쇠로 일관한 엘비스처럼 '모른다.'는 대답만 내뱉었다.

별 수 있나? 거북이에 만족해야지. 어쩌면 연정이가 어릴 적 길을 걷다가 머리에 학 똥을 맞아 종이학을 싫어할 수도 있고, 혹시나 연정이 어머님이 그 애를 뱄을 때 태몽으로 파도에 밀려 온 거북이를 거둬들이는 꿈을 꿔서 '운명의 동물'이라며 선호할 수도 있지 않을까? 게다가, 거북이는 뭐니 뭐니 해도 십장생이니까!

속으로 자기 최면을 걸고 있는 사이에도 어느새 손가락은 익숙한 손놀림을 반복하고 있었던 모양이다. 탄의 손에 놓인 종이 거북이는 이미 각진 몸통에 균형미를 뽐내고 있었다. 아이는 생각했다. 이놈으로 450마리째다. 아니, 460마리째던가?

탄은 카운터 아래, 이미 종이 거북이들이 수북이 쌓여 있는 유리병의 뚜껑을 열고 450마리와 460마리 사이일 녀석을 집어넣었다.

"탄이, 이놈. 또 거북이나 접고 앉아 있었구먼."

어느새 깨어난 방 영감이 숙직실 문을 박차고 걸어 나왔다. 방 영감의 우람한 팔뚝에 들린 물통을 보자 탄은 뱃속에서 신물이 솟아오르는 것 같았다. 제길, 그날인가? 물통 속에는 백년 묵은 호랑이의 발톱에 낀 때조차 벗겨 낼 수 있을 것처럼 질겨 보이는 솔이 들어 있었다. 방 영감은 카운터 앞에 물통을 턱하니 내려놓고는 하품을 했다.

"할아범. 오늘은 좀 쉬자, 응?"

"정오가 되기 전에 다 닦아 놔야 한다. 가끔 잠결에 들어 보니 204호 욕탕인지 205호 욕탕인지 생쥐도 몇 마리 살고 있는 것 같은데, 보이는 즉시 고이 잠들게 해 주도록……."

방 영감의 구멍 난 러닝셔츠와 배를 툭 나와 보이게 만드는 복대에 어슴푸레한 보라색이 비치기 시작했다. 어느새 해가 뜨려 하고 있었다. 탄은 어깨를 으쓱하며 투덜댔다.

"도대체 누가 목욕을 한다는 거야? 나흘하고도 반나절째 손님 한 명 없었잖아."

노인은 움찔했다. 이 녀석이 허구한 날 종이 거북이 숫자를 세더니만 제법 수치에 밝아졌어.

"어쨌든 닦아 놔라."

"제발 한 번만……. 제발……."

"물론 지금은 손님이 없다는 걸 할아비도 인정하마. 하지만 오늘은 혹시 모르는 것 아니냐? 항상 만일에 대비해야지."

아이는 고개를 도리도리 저었다.

"우리 모텔을 찾는 손님들은 온통 불륜 커플들뿐이잖아. 그리고 그런 손님들은 절대 오전에는 오지 않는 거 몰라? 지금이라도 저 창밖에서 오묘한 분위기를 풍기는 손님이 성큼성큼 걸어오지 않는 이상 청소는 할 필요가……."

투다다다닥.

탄은 하마터면 혀를 씹을 뻔했다. 아직 먼동이 터오는 창밖에서 누군가 걸어오는, 아니 달려오는 소리가 들려온 것이다.

방 영감의 눈동자 역시 동그래졌다.

"이게 무슨 소리냐?"

방 영감과 탄이 함께 창밖을 내다보니 아직 어둑어둑한 오솔길에서 시커멓고 작은 형체가 먼지를 일으키며 달려오고 있었다. 굉장히 빠른 속도였다. 가까이 다가오자 그 형체가 전력을 다해 질주하는 소년이라는 것을 알 수 있었다.

"어어어?"

탄이 의미를 알 수 없는 신음을 흘리는 순간 현관문이 벌컥 열렸다.

문을 열고 모텔에 들어선 이는 강마른 체구의 소년이었다. 탄보다 네다섯 살은 많아 보였는데 희한하게 팔다리가 길쭉길쭉했다. 몸에 걸치고 있는 회색 거적때기는 원래 하얀색이었던 것 같지만 지금은 걸레짝이나 다름없었다. 아니지, 이 더러움을 걸레에 비교한다면 왠지 걸레가 방범대원에게 치마가 들춰진 찻집 마담마냥 성을 낼 것 같은데…….

한데 특이한 것은 땟물이 얼굴 가득 흐르고 있는데도 소년의 풍모에서 광채가 난다는 것이었다. 가만히 들여다보니 이목구비가 굉장히 뚜렷한 데다 눈망울은 진흙탕에 박힌 터키석처럼 홀로 빛나고 있었다. 아니, 터키석에 비교한다면 왠지 터키석이 찻집 마담의 치마를 들춘 방범대원마냥 미안해할 정도인걸. 한마디로 대책 없이 잘생긴 얼굴이었다. 탄은 속으로 연정이와 이 소년을 절대 마주치지 않게 하리라 결심했다.

어쨌든 의아했다. 가로로 재보고 세로로 뜯어봐도 이 소년은 결코 투숙객처럼 보이지가 않았다. 그렇다고 간혹 찾아오는 여행객도 아닌 것 같았다. 짐이 전혀 없었기 때문이다.

탄은 방 영감을 쳐다봤다. 할아범이 손님에게 건네는 첫마디는 늘 똑같았기에 그가 "묵고 갈 거요, 쉬고 갈 거요?"라는 말을 꺼내길 기다린 것이다. 그런데 방 영감의 말은 탄의 예상을 깨트렸다.

"미성년자는 안 받아."

그러자 지독한 냄새를 풍기는 소년이 침착한 목소리로 대꾸했다.

"미성년자 아닙네다. 고저, 서른하고 두 살 더 먹었슴다."

가장 먼저 탄의 귀에 거슬린 것은 소년의 요상한 억양과 말투였다.

'저게 어디 사투리지?'

또한 뛰어왔음에도 불구하고 전혀 헐떡이지 않는 것이 몹시 신기했다. 그리고 가장 중요한 의문점이 제일 늦게 찾아왔다.

'잠깐, 지금 저 앳된 얼굴로 자기가 서른두 살이라고 우기는 거야?'

탄은 만취한 손님들이 행패를 부릴 때 방 영감이 그들의 목덜미에 당수를 날리며 했던 말이 나올 차례라고 생각했다. 그런데 이번에도 틀렸다.

방 영감은 "방귀나 처먹어, 이 자식아."라고 말하는 대신 소년의 발치를 쳐다봤다. 그러고는 혀를 끌끌 차더니만 탄에게 말했다.

"탄아, 커튼 좀 싹 쳐라. 햇빛 안 들어오게."

소년은 고마움의 눈빛을 할아범에게 보냈다. 순순히 커튼을 치면서 탄은 중얼거렸다.

"뭐야? 미성년자라서 창문을 가려 놓고 때리려는 거야?"

그때 방 영감의 목소리가 아이의 귀를 파고들었다.

"이름이 뭔가?"

"계순철입네다."

"이북 놈이야?"

"함경도에서 왔슴다."

"그림자가 없구먼. 사람이 아니지?"

"네, 흡혈귀입네다."

커튼을 치던 탄의 손이 우뚝 멈췄다. 뒤를 돌아보니 계순철이라고 이름을 밝힌 소년의 발아래에 정말로 그림자가 없었다. 탄의 등골이 싸늘하게 식었다.

2

서울 신림동의 한 주택단지.

이곳에 신림동 주민이라면 누구나 불가사의하게 여기는 한 세탁소가 있다. '연이네 세탁소'라는 허름한 간판의 이 세탁소는 그 정체성에 대해 언제나 도전을 받을 수밖에 없었는데, 그도 그럴 것이 신림동의 그 누구도 이 세탁소에 옷을 맡겨 본 적이 없기 때문이다.

만약 동네에 처음 이사를 온 누군가가 이 세탁소를 찾는다면 그 혹은 그녀는 일단 세탁소 건물에서 풍겨 오는 기묘한 살벌함에 압도될 수밖에 없을 것이다. 그리고 그 압박감의 근원지를 찾기 위해 고개를 두리번거리다가 창가에서 눈을 부라리고 있는 세탁소 주인의 모습을 발견하고 움찔할 것이다. 거무스레한 얼굴에 건장한 체격을 지닌 중년 남자가 재봉틀에 두 손을 올리고 자신을 쏘아보고 있는데 태연할 수 있는 사람은 별로 없을 테니 말이다. 게다가 마치 '제발 들어오지 말고 꺼져라.' 하고 외치는 것 같은 표정으로……. 비유하자면 보금자리와 새끼를 지키려는 지리산 수컷 반달곰의 기세랄까?

대부분의 주민들은 이 단계에서 꼬리를 내리고 다른 세탁소를 찾아 떠나게 된다. 물론 어느 집단에나 예외는 존재하기에 다급한 사정에 쫓겨 세탁소의 문을 벌컥 열고 들어오는 손님들도 가끔 있다.

"저, 이 셔츠 좀 다릴 수 있을까요?"

그러면 세탁소 주인은 더욱 험악해진 시선으로 한참 동안 손님을 쏘아본다. 그리고 가슴에 붙은 반달을 떼어 주는 반달곰처럼 손에 들고 있던 전기다리미를 건네며 이렇게 말할 것이다.

"네가 다려."

이런 사정으로 신림동에 연이네 세탁소가 세워진 이래 이 세탁소에서 제대로 된 세탁을 해 본 사람은 단 한 명도 없었다. 몇몇 강심장들이 주인이 건넨 다리미로 직접 옷을 다려 간 경우는 있지만 그런 경우에도 주인은 계속 쏘아보기만 할 뿐 돈을 받을 생각도 않는다고 한다. 아침부터 밤새도록 불을 켜 놓는 걸 보면 분명히 영업을 하기는 하는데 장사는 하지도 않고 손님들을 내쫓기만 하니 주민들이 연이네 세탁소의 정체와 존재 이유에 대해 꺼림칙해 하는 것도 무리는 아닌 것이다.

"장사하는 시늉이라도 좀 하시는 게 어떻습니까, 지부장님?"

늦은 밤, 한 청년이 세탁소의 문을 힘껏 열고 들어오며 주인에게 말했다. 지부장이라 불린 중년 남자는 청년 쪽으로는 얼굴도 돌리지 않고 콧방귀를 뀌었다. 시선은 들고 있던 신문을 향한 채였다. 「강원도 철원에서 2차 땅굴 발견, 충격!」이라는 헤드라인이 청년의 시선을 스쳐 갔다.

"닥쳐라, 이놈아. 세탁물을 맡으면 사람들이 그걸 찾으러 다시 돌아오잖아. 두 배로 귀찮아져."

청년은 어깨를 으쓱했다. 원래 말이 적은 청년은 손님들을 자꾸 쫓아내면 이곳의 정체가 들킬 수도 있지 않겠느냐는 등의 시시콜콜한 토를 달지는 않았다.

청년은 말없이 지부장의 등 뒤에 있는 문을 열고 의류 보관실 안으로 들어섰다. 꽤 넓은 의류 보관실 천장에는 언제부터 걸려 있었는지 모를 옷가지들이 빼곡히 걸려 있었다. 그리고 방 한가운데에는 둥그런 탁자와 의자 두 개가 놓여 있었는데 그중 하나에 아기 곰이 그려진 티셔츠를 입은 꼬마가 앉아 있었다. 꼬마가 벙싯벙싯 웃으며 청년에게 인사했다.

"왔는가, 골곽찬. 오랜만일세."

꼬마답지 않은 걸걸한 목소리에도 전혀 개의치 않고 곽찬이 물었다.

"천둥트림은 어디 있습니까, 길후 선배?"

길후는 앙증맞은 오른손을 들어 천장을 가리켰다. 곽찬은 천장에 걸린 옷가지들을 죽 둘러보더니 왼쪽 벽에서 다섯 번째 양복의 바지 속에 손을 집어넣었다. 그러자 길고 부드러운 감촉의 털 뭉치가 느껴졌다. 그는 망설임 없이 털 뭉치를 꽉 잡아

당겼다.

"꺄아아옹!"

천장에서 실수로 다이너마이트를 삼킨 듯한 고양이의 울부짖음이 들려왔다. 잠시 후 옷가지들이 좌우로 좍 갈라지더니 거대한 몸집의 고양이가 거꾸로 매달린 채 얼굴을 불쑥 내밀었다.

"살살하라옹! 이 몸의 꼬리가 얼마나 예민한지 잊은 거냐옹."

환수幻獸 천둥트림은 곽찬의 어깨 넓이만 한 얼굴을 가지고 있었다. 순백색의 털은 북극곰을 연상시키기 쉽지만 단순 비교 또한 곤란하다. 역사상 그 어떤 북극곰도 이 고양이만큼 큰 덩치를 갖지는 못했기 때문이다. 그리고 북극곰은 천장에 매달려 살지도 않는다.

곽찬은 천둥트림의 이글거리는 눈동자를 무표정하게 마주 보면서 대꾸했다.

"그러게 왜 마법사를 불러 놓고 잠을 자는 거냐, 비만 고양이."

"여기 신길후처럼 기다림의 미덕을 배워 보라옹. '어금니'라는 별명을 '틀니'로 바꿔 버리는 수가 있다옹."

곽찬은 시간 낭비를 꺼리는 마법사였고 시시껄렁한 잡담은 더더욱 싫어하는 마법사였다. 그는 천둥트림의 시비를 무시하고 단도직입적으로 물었다.

"그래서 사건이 일어난 곳은?"

질문에 답한 것은 천둥트림이 아니었다. 의자에 앉아 있는 환영 마법사 신길후였다.

"정확히 말하면 '일어난' 곳은 아닐세. '일어날지도 모르는'

곳이라고 해야 옳겠지."

"그게 무슨 뜻입니까?"

자신의 머리를 깨물려는 천둥트림의 공격을 이리저리 피하면서 곽찬이 물었다. 길후는 천둥트림의 발악을 귀엽다는 듯이 잠깐 쳐다보다가 이윽고 웃음기 없는 얼굴로 말했다.

"어디서 솟아났는지 갑자기 나타난 흡혈귀 한 놈이 남쪽으로 내려갔다는군. 사흘 전에 처음으로 천둥트림이 녀석을 감지했다는데⋯⋯."

곽찬은 고개를 갸웃했다. 그 때문에 천둥트림이 송곳니로 정수리를 깨무는 것을 막지 못했다.

'사흘 전이라니? 악수가 출몰할 곳을 미리 예측하고 감지해 마법사들을 배치하는 것이 조합에서 파견한 환수의 역할 아닌가? 이 비만 고양이 녀석이 아무리 모자라다고 해도 악수의 기운을 놓칠 녀석은 아닌데?'

천둥트림이 곽찬의 생각을 읽었는지 찔끔한 표정으로 대구했다.

"언아 이아해아으."

"내 머리는 놓고 말해라."

"퉷! 뭔가 이상했다옹. 악수가 사람을 습격하려는 마음을 먹는 순간 내가 깨달을 수 있다옹. 그런데 이 녀석한테는 그런 게 안 느껴진다옹. 사람을 물 생각이 전혀 없는 녀석 같다옹! 아무튼 특이한 녀석이라 예의 주시하고 있었다옹."

'흡혈귀가 사람을 물지 않는다?'

악수라 해도 인간 세계에 피해를 주지 않으면 마법사도 출동하지 않는다. 신탁이 내려오지 않기 때문이다.

"그런데 문제가 생겼다옹. 오늘 새벽에 이 흡혈귀가……, 생각지도 못했던 곳에 쳐들어갔다옹. 그리고 동시에 강력한 마법사 두 명을 파견해야 한다는 신탁이 내려온 거다옹."

그곳이 어디냐고 묻자 천둥트림은 우물쭈물 대답을 하지 못했다. 왠지 모르게 구슬픈 표정이었다. 그때 길후가 끼어들었다.

"골곽찬, 자네. 망치 모텔이라고 들어 봤는가?"

"망치 모텔이오? 악수의 새로운 소굴입니까?"

"아니, 그런 건 아니고……. 전라도 여수의 허름한 별장식 모텔인데, 불륜 커플들에겐 명소 중의 명소로 알려져 있지."

"어째서죠?"

"거기서는 피임 기구를 쓰지 않아도 절대 임신이 되지 않는다네."

곽찬은 멈칫했다.

"그게 가능한 겁니까?"

"물론 가능하다네. 그곳은 사랑과 증오도 못 박히는 곳이거든."

3

'흐, 흐, 흡혈귀? 사람 피를 빨아 먹고 어둠 속에서만 움직인다는 그 흡혈귀?'

벌벌 떨고 있는 탄과 달리 방 영감은 침착해 보였다. 오히려 태연하게 순철을 향해 질문을 던지기까지 했다.

"전에 다 늙어 빠진 구미호를 손님으로 받은 적이 있지. 하지만 흡혈귀 투숙객은 처음이로군."

'구미호? 그 밤잠 없이 남자 손님들에게 정열적으로 치근덕대던 할망구가 구미호였나? 어쩐지 나이에 안 맞게 엉덩이가 툭 튀어나와 있더라니……'

탄은 2년 전 망치 모텔의 욕탕 배수구를 온통 하얀 털 뭉치로 더럽혀서 자신의 울화통을 터트리게 만들었던 205호 할머니의 얼굴을 떠올렸다.

순철이 머리를 긁적였다.

"흡혈귀는 손님으루 아니 받는 겁네까?"

"엄밀히 따지자면 자네는 시체 아닌가. 생명체도 아니잖아. 투숙객의 범주에 어긋나. 밤중에 우리 목에 구멍을 뚫겠다며 달려들지도 모르고……."

"아, 기렇습네까? 제가 안 문다고 약속드려두 아니 믿으시갔죠? 거, 곤란하게 되었습다."

"그러게 말일세."

방 영감과 순철은 너무나도 평온하게 담소를 나누듯 대화하고 있었다. 누가 본다면 오후에 먹을 후식거리를 고민하는 거라고 착각할 정도였다. 방 영감의 말투엔 농담기마저 묻어 있었다. 탄은 어처구니가 없었다.

"물러가라, 사악한 흡혈귀야!"

"한 방울도 남기지 않고 빨아 먹어 주마, 인간."

"탄아, 어서 마늘과 십자가를 던져!"

정상적인 대화라면 이런 순서로 진행돼야 하는 거 아닌가? 물론 마늘은 몰라도 십자가 따위는 없지만…….

탄의 시선을 느꼈는지 방 영감이 헛기침을 몇 번 한 뒤 설명해 주었다.

"겁먹지 마라, 탄아. 말은 이렇게 했지만 이 친구에게선 피냄새가 거의 나지 않아. 만약 우리 피를 마시고 싶었다면 정문으로 당당히 들어오기보다는 우리가 자는 틈에 목을 노리는 것이 훨씬 간단했을 거다. 그리고 무엇보다……."

방 영감은 손바닥으로 아래를 가리키며 나무라듯 말했다.

"지금 우리가 있는 곳이 어디라고 생각하는 거냐? 우린 안변해가 지은 건물에서 살고 있지 않느냐."

탄은 이마를 딱 하고 때렸다. 그렇다. 이곳은 대한민국 내에서 허름하기로 따지자면 단연 선두를 달릴 수준의 모텔이지만 그만큼 특이한 법칙이 지배하고 있는 곳이기도 하다. 그것은 바로……

"마법사 안변해의 영구화된 고정 마법."

탄의 목구멍 속에 있는 말을 끄집어 내 준 것은 순철이었다. 순간 방 영감의 표정이 미묘하게 변했다. 탄은 이 말라깽이 미소년 흡혈귀가 아무것도 모른 채 이 모텔을 찾은 것이 아니라는 걸 깨달았다. 순철이 천천히 말을 이어 나갔다.

"미리 말씀을 드리디 못해 죄송합네다. 저의 목적은 관광두 투숙두 아닙네다. 전 이 모텔을 남기고 죽은 마법사 안변해에게 큰 관심을 갖고 있습다. 기리구 그가 이 모텔에 걸어 놓은 고정 마법에 대해서두요. 저는 여기에 오려고 막힌 땅굴을 뚫으면서 목숨을 걸고 휴전선을 넘었습다."

방 영감은 허름한 나무 테이블과 의자를 가리켰다.

"이야기가 길어질 것 같군. 앉아서 얘기하는 게 좋겠어. 자네 커피라도 한잔하겠나?"

"로시아나 불란서의 코쟁이덜이 마시는 까만 물 말입네까? 고저, 별루 좋아하디 않습네다."

순간 탄은 느닷없이 찾아온 오한에 몸을 부르르 떨었다. 러시아의 시베리아 어딘가, 우랄과 알타이 지역의 중간에서 불어온 한파가 목덜미를 간지럽히는 느낌이었다. 물론 커피를 싫어하는 사람은 얼마든지 많다. 특히 피로를 없애 주는 커피의 효력이나 그윽한 향이 흡혈귀에게는 아무 소용이 없을 수도 있다. 하지만 탄에게는 순철의 말이 마치 "저는 빨간 종류의 물만을 선호합니다."라고 들리는 것은 어쩔 수 없었다.

탄은 방 영감의 앞에 커피를 놓자마자 순식간에 로비를 가로질러 다시 카운터로 되돌아왔다. 흡혈귀와 가까이 마주 앉아 있을 배짱은 없었기 때문이다. 하지만 모텔 안이 워낙 고요했기에 탄은 순철의 첫 마디를 놓치지 않을 수 있었다.

"지금 저는 목숨을 걸고 일족으루부터 떨어져 나온 몸입네다."

순철은 사막을 천년 정도 헤맨 듯한 사람의, 아니 흡혈귀의 표정으로 말문을 뗐다.

4

흡혈귀들은 인류의 역사가 생긴 이래 인간의 발길이 닿지 않는 산맥 깊숙한 곳에 동굴을 만들어 생활해 왔다. 있는 듯 없는 듯 숨어 지내야 하는 하급 악수인 흡혈귀들에게 있어 천적은 역시 균형을 지킨다는 명목으로 악수들을 때려잡는 마법사들이었다. 중세 시대 이후 흡혈귀들의 씨가 마른 이유는 마법사들의 지부가 세계 곳곳으로 퍼져 나갔기 때문이다.

극도로 줄어든 흡혈귀 일족은 마법사들의 지부가 설치되지 않은 오지로 모여들었다. 그리고 한반도에서는 나라가 둘로 쪼개진 뒤 마법사들의 지부가 남쪽으로만 몰린 덕에 한반도의 북쪽은 흡혈귀들에게 있어 근근이 생존을 이어 갈 수 있는 훌륭한 터전이 됐었다.

북한 함경남도 요덕군과 정평군의 경계에 위치한 낭림산맥

은 이러한 이유로 흡혈귀들의 몇 안 되는 근거지로 자리 잡게
됐다. 낭림산맥은 야생 늑대가 많아 인간들의 발길이 닿기 힘
들 뿐더러 음기까지 강한 최적의 장소였다.

　낭림산맥의 흡혈귀 일족은 218년 묵은 벼락뿔이 수장을 맡
고 있는 30여 마리 규모의 일족이었다. 일족은 북한의 인민군
들을 자극하지 않기 위해 인간을 습격하는 일은 극히 드물었
고, 늑대들의 저급한 피나 빨면서 그야말로 처절하게 삶을 이
어 나가고 있었다.

　그런데 1950년 6월 25일을 기점으로 낭림산맥 일족은 흔치
않은 세력 확장의 기회를 맞게 된다. 조선인민공화국이 과감히
남침을 시작했고 중부 지방 일대가 포화의 불길에 휩싸이자 서
울에 위치한 조선의 마법사지부가 부산 쪽으로 근거지를 옮겼
다는 얘기가 벼락뿔의 귀에 들어온 것이다. 마법사들의 감시망
에서 오랜만에 벗어난 벼락뿔과 그 일족들은 인간의 피에 굶주
린 송곳니를 빚냈다.

　"양치기덜이 자리를 비웠고 양덜두 혼비백산하게 됐시니, 사냥
감덜이 지천에 널린 셈이라. 형제자매덜이여, 만찬의 때가 왔다우."

　벼락뿔을 비롯한 흡혈귀들은 남진하는 공화국의 전차를 따라 내
려가 전쟁터에서 길을 잃고 헤매는 인간들을 닥치는 대로 공격해
욕망을 채우기 시작했다. 단순한 포식 외에도 동료들을 많이 만들
어 냈다. 인간 세계의 치안이 붕괴된 순간 마법사들의 감시망도 흔
들릴 수밖에 없는 맹점을 절묘하게 이용한 것이다.

당시 열세 살이던 계순철은 여섯 살 난 여동생을 데리고 돌아오지 않는 부모님을 기다리고 있었다. 괴뢰군의 전차가 굴러가는 소리, 포탄 소리와 날카로운 비명 소리가 두 남매를 불안하게 만들었다. 부모님이 돌아오지 않은 셋째 날 밤에 순철은 먹을 것을 구해 오겠노라며 여동생을 옷장 속에 숨겨 놓고 문을 나섰다.

사흘을 굶주린 순철의 머릿속에는 부모님에 대한 걱정보다 배고파 죽겠다는 생각이 훨씬 더 컸다. 그래서 기필코 먹을 것을 구해야겠다는 마음가짐으로 폐허가 된 마을을 들쑤시고 다녔다. 목적은 오직 식량이었다. 당연히 순철 자신이 누군가의 식량이 될 위기에 처할 것이라고는 생각지 못했다.

"또 한 마리 찾았구만기래."

순철은 지붕이 내려앉은 구멍가게 앞에서 눈이 붉게 빛나는 거한과 마주쳤다. 이상하게 눈이 마주치자마자 꼼짝을 할 수 없었다. 순철을 발견한 흡혈귀 칼날코가 그 자리에서 아이의 목에 이빨을 박아 넣지 않은 이유는 단 하나였다. 순철이 흡혈귀마저 감탄케 할 만큼 수려한 용모를 갖췄기 때문이었다.

"흠, 벼락뿔님이 좋아하시갔는걸."

낭림산맥 일족의 수장인 벼락뿔의 취미는 예쁘장하게 생긴 남자아이들을 보금자리에 모아 두는 것이었다. 인간으로 치면 남색이라고나 할까? 흡혈귀가 인간을 동지로 만들기 위해서는 여성 흡혈귀가 물어야 하는데 순철을 발견한 흡혈귀 칼날코는 남성이었다. 잠시 머리를 굴리던 그는 일단 동굴로 데려가고 보자는 심정으로 순철의 목덜미를 후려쳐 기절시킨 뒤 둘러업었다.

　벼락뿔은 순철의 용모에 매우 흡족해했다. 그러나 며칠을 굶은 데다가 기력도 남아 있지 않은 순철이 흡혈을 견디지 못하고 죽어 버릴 것이 걱정되었다.

　"그래서 수장님은 절 형제자매님들 가운데에 던져두고는 한 달을 줄 테니 어떻게든 건강을 회복시켜라 명했습네다. 다만 지나치게 많이 먹여 용모가 상할 경우에는 큰 벌을 내리갔다 했지요."

　낭림산맥의 동굴은 발칵 뒤집혔다. 오로지 인간의 피를 취하는 것만이 생존의 필요조건이자 충분조건인 흡혈귀들의 사회에 인간이 던져졌기 때문이다.

　순철은 골칫덩이였다. 일족의 가장 건장한 남자 흡혈귀들이 순철의 식량을 구하기 위해 투입됐다. 처음에 그들이 구해 온 박쥐 고기가 아이의 몸에 맞지 않는 것 같아 보이자 형제들은 멧돼지와 여우를 사냥해 오기 시작했고, 그마저도 소화하지 못하자 몇 시간 거리를 날아 인가의 식량을 훔쳐 오기까지 했다. 게다가 순철은 흡혈귀들의 입장에서는 그야말로 살아 있는 제물이나 다름없었다. 알맞게 구워진 칠면조 고기가 눈앞에서 얼쩡거리는 꼴이랄까? 어린 순철을 유혹하여 송곳니 맛을 보여 주고 싶어 하는 자매들을 견제하느라 늙은 흡혈귀들도 쉴 틈이 없었다.

　흡혈귀들은 공포를 견디다 못한 순철이 탈출을 하거나 자해를 하지 못하도록 하루 종일 감시까지 해야 했다. 아무리 햇빛이 닿지 않는 동굴 안이라 하더라도 대낮에 깨어 있는 것은 흡혈귀들에게는 고역이었다. 불빛이 전혀 없는 동굴에서 순철이 시력을 잃지 않도록 촛불까지 켜는 흡혈귀들의 모습은 일종의 촌극이었다.

하루는 동굴 안의 모든 흡혈귀들이 공황 상태에 빠질 만한 일이 벌어졌다. 동굴 안의 차가운 공기와 습도 때문에 순철이 그만 감기에 걸려 버린 것이다. 질병과는 백두산 천지와 한라산 백록담만큼이나 거리가 먼 흡혈귀들은 어쩔 줄 몰라 했고, 인간 의사를 납치해 오자는 과격한 의견까지 나왔다. 개중 가장 똑똑한 흡혈귀가 의사보다는 아스피린이 가볍다는 의견을 냈기에 다행히 의사들의 안전이 보장되었다. 다만 아스파린 한 줌을 잔뜩 먹은 순철이 염라대왕을 알현할 뻔했다는 것이 위기의 순간이었달까?

어쨌든 일족의 모든 흡혈귀들의 눈이 벌게질 정도로 난리법석인 나날들이었다. 안타깝게도, 원래 흡혈귀들의 눈은 벌겠기에 티는 나지 않았다.

"저는 가끔 수장님께서 기런 벨난 과정 모두를 유희 삼아 즐기신 것은 아니었을까 생각해 보기두 합네다."

그 즈음 본래 30여 마리였던 일족은 여든다섯 마리로 늘어나 있었다. 우여곡절에도 불구하고 순철은 건강을 회복했다. 살도 올랐으며 혈색도 돌아왔다. 벼락뿔이 기다려 마지않았던 운명의 날이 찾아온 것이다.

괴팍한 벼락뿔은 자신이 순철을 물지 못하고 자매들에게 양보해야 하는 것이 영 탐탁지 않았다. 그래서 일족의 모든 자매들을 모아 놓고 또 하나의 유희를 만들어 냈다.

"야들아. 너이덜이 서루 싸워서 마지막에 남는 한 명에게 저 아새끼를 물 수 있는 특혜를 주갔서."

순철의 피 맛을 보기 위해 자매들이 한 무더기가 되어 손톱과 이빨로 서로를 물어뜯었다. 그 귀기 어린 모습에 순철을 제외한 모두가 흥겨워했다. 결국 일족에서도 가장 독한 집념을 가진 자매 홍구슬이 치열한 경쟁을 뚫고 살아남아 순철의 목덜미에 송곳니를 박아 넣었다.

"처음엔 온 혈관이 타들어 가는 고통이 찾아옵네다. 등뼈가 마구 뒤틀리는 기분두 들었던 것 같고요. 그 다음에는 파도처럼 탈진감이 찾아오고, 마지막으로 몸의 중심에서 피부의 내벽을 마구 두드리듯 폭발하는 쾌락이 번집네다."

그렇게 순철은 흡혈귀가 됐고, 벼락뿔은 그에게 별사슴이라는 남세스런 별명을 선물했다. 그러나 순철을 데리고 다니던 일족의 수장은 결코 달갑지 않은 사실을 깨닫고는 격노했다. 순철이 흡혈을 즐기지 않았던 것이다. 아니, 정확히 말하면 순철은 피를 마시는 행위에 강렬한 역겨움을 느끼고 있었다. 벼락뿔이 순철의 입가에 새하얀 처녀의 목덜미를 들이대도 주춤거리며 물러날 정도였다.

벼락뿔은 차츰 순철로부터 흥미를 잃었고 고장 난 장난감처럼 그를 거의 방치하다시피 했다. 어떤 면에서는 순철을 '낳았다'고 할 수 있는 홍구슬의 대접 역시 싸늘했다.

순철이 피를 한 방울도 마시지 않고 견딜 수 있는 시간은 겨우 닷새 정도였다. 엿새째가 되면 피를 갈구하는 갈증이 흡혈에 대한 거부감을 가볍게 찍어 누르고야 마는 것이다. 순철은 늘 기력이 쇠한 뒤 갈증을 견디기 힘들 때가 되어서야 사냥을 나가곤 했고, 그 때문에 사냥감은 늘 몸집이 작은 토끼나 족제비였다. 사람과 달리 기척이 없는 흡혈귀이기에 동물들은 순철이 지척에 다가올 때까지 눈치 채지 못했다.

"한번은 욕심을 내 멧돼지를 물어 봤는데 어금니에 배를 찔려서 몇 십 분 동안 질질 끌려 다녀야 했습네다. 피를 다 쏟아 내고서야 죽어 버리더군요."

순철 역시 어째서 흡혈에 대한 거부감이 자신에게 각인되어 있는지 알 도리가 없었다. 그저 기묘한 돌연변이일 수도 있었고, 과다 복용한 아스피린 때문일 수도 있었다. 그러나 순철은 그가 인간인 채로 흡혈귀들의 생태를 오랫동안 관찰해 왔기에 생긴 혐오감 때문이라고 믿었다.

하지만 흡혈이 가져다주는 쾌락의 힘만큼은 순철도 부정하기 힘들었다. 인간이 사용하는 언어에는 빗댈 만한 것이 없을 정도였다.

몇몇 오해와 달리 흡혈귀는 생물의 피를 미각으로 느끼지 않는다. 흡혈귀의 마비된 혀는 아무 맛도 느낄 수가 없다. 하지만 살아 있는 생명체의 목에서 흘러나오는 그 '온기'가 제 몸속으로 흘러들어 올 때, 제 것이 아닌 피가 메마른 혈관을 타고 흡혈귀의 온몸 구석구석을 깨우며 용솟음칠 때의 그 희열은 성도착자의 그것을 훌쩍 뛰어넘는다.

하지만 흡혈이 끝나고 어김없이 찾아오는 것은 극심한 허무함이었다. 죄 없는 동물을 살해했다는 죄책감과 다음 사냥을 최대한 미루기 위해 구토감이 느껴질 만큼 많은 양의 피를 삼켜서 느껴지는 불쾌한 포만감, 자신에 대한 혐오감이 뒤섞여 흡혈을 행한 날이면 순철은 늘 신열에 시달리듯 괴로웠다.

흡혈에 대해 순철이 갖는 감정은 형태가 뚜렷한 자기모순이었다.

"기토록 피를 역겨워하문서두 때가 되문 제 송곳니가 피를 빨고 싶어 한다는 사실을 깨닫는 순간은 정말 견디기 힘들었습네다."

힘겹게 흡혈에 성공하고, 또 죄책감에 아파하는 시간이 얼마쯤 반복되었을까? 어느 날 갑자기 동굴 속의 흡혈귀들이 난리법석을 떨기 시작했다. 장로들이 속삭이는 것을 엿들은 순철은 남조선이 양키들의 도움을 받아 수도를 되찾았고, 북조선과 남조선 사이에 넘을 수 없는 철조망이 생겼다는 것을 알게 되었다.

전쟁이 끝난 것이다. 서울의 마법사 조합도 다시 원래의 자리를 찾았고, 북조선의 인민군들도 제자리로 돌아와 양치기의 역할을 되찾았다. 그것은 흡혈귀가 마음껏 인간 사냥에 나설 수 있었던 '포식의 계절'이 끝났다는 것을 의미했다.

5

"안변해? 괴이하기 짝이 없는 걸로 미뤄 보면 마법사의 이름이겠군요."

골곽찬의 말에 신길후의 얼굴은 기억을 더듬는 듯한 표정을 지었다.

"한 10년쯤 됐나? 악수와의 전투 도중에 전사한 마법사의 이름일세. 결계형 마법사였고, 매우 뛰어난 법력을 갖고 있었지. 그의 결계 안에 들어서면 대부분의 마법적인 현상이 '정지'되거나 '고정'될 수밖에 없었네."

마법사가 전사하는 것이 드문 일은 아니지만 반면에 일상적인 일도 결코 아니다. 곽찬은 고개를 갸웃했다. 올해로 6년식 마법사인 곽찬이다. 자신이 마법사로 각성하기 불과 4~5년 전에 일어났던 사고를 모를 리 없다.

'여수에 있는 망치 모텔이라고?'

그때 곽찬의 머리를 번뜩이며 스치는 생각이 있었다.

"설마……, 여수 불가사리 사건과 관련이 있는 겁니까?"

길후가 어두운 표정으로 고개를 끄덕였다. 드문 일이긴 하지만 한반도에도 초대형 악수들이 등장하는 경우가 있다. 1963년 3월 28일 여수에 등장했던 불가사리가 바로 그 대표적인 예다. 무려 스물세 명의 민간인과 다섯 명의 마법사의 목숨을 앗아 간 놈이었다.

여수 불가사리 얘기가 나오자 천장에 매달려 있던 천둥트림의 표정도 숙연해졌다.

"운이 없었다옹. 그 불가사리는 백 년에 한 번 나올까 말까 한 무시무시한 녀석이었다옹."

뭔가 탐탁지 않다는 표정으로 곽찬이 길후를 향해 말했다.

"그때 불가사리와 싸우다 순직하신 다섯 마법사의 이름은 제가 다 알고 있습니다. 아카데미 시절 귀에 못이 박히도록 들은 이름이라고요. 그런데 그중 안변해는 없었습니다."

"거기에는 사정이 있네. 전사자의 전당에 오르려면 아티팩트가 회수되어야 하는데, 안변해는 그 절차가 아직도 이뤄지지 않았기 때문이야."

잠시 뜸을 들인 뒤 길후가 설명을 계속했다.

"그 불가사리는 서울 지부 마법사 전원이 일주일 동안 떼로 덤벼들어 싸워야 했네. 자연히 부상자가 속출했지. 안변해는 인근의 한 모텔을 비운 뒤 그곳에 강력한 고정 마법을 담은 결계를 만들었네. 불가사리에게 당한 마법사들은 모두 그곳에 긴급 수용됐지."

그러나 고정 마법은 치료 마법과는 질적으로 달랐다. 출혈과 상태의 악화를 막을 수는 있었지만 그뿐이었다. 치료 마법사들이 도착하자 부상 정도가 가장 심각한 마법사들부터 모텔에서 옮겨져 집중 치료를 받기 시작했다. 그러나 치료 마법사의 숫자는 한정적이었고, 부상자는 계속 늘어났다.

"다친 마법사들은 주로 공격형 마법사들이었고, 응급 처치가 끝나면 쉴 틈도 없이 전선에 복귀해야 했어. 성치 않은 몸으로 불가사리와 맞서다니 가당키나 한가? 불가사리에게 죽은 다섯 마법사들은 그렇게 부상의 피로가 겹칠 대로 겹쳐 있던 친구들이었네."

곽찬은 당시의 모습을 머릿속으로 상상해 봤다. 불가사리의 맹폭한 몸부림을 감당하지 못한 마법사들이 하나둘 부상을 입는다. 안변해가 결계를 친 모텔은 치명적인 상처를 입고 신음하는 마법사들로 넘쳐 나고, 치료 마법사들은 더욱 바빠진다. 지옥의 참상을 옮겨 놓은 것과 다름없었을 것이다.

"그리고 마법사의 마력에는 한계가 있지. 휴식을 취하지 않으면 생명이 위험해지지 않나?"

길후의 말에 곽찬은 움찔했다. 안변해가 목숨을 잃어야 했던 이유를 짐작했기 때문이다.

"치료 마법사는 쉴 수 있었지만……, 안변해는 그럴 수 없었던 거군요. 결계가 무너지면 모텔 안의 마법사들이 모두 죽어 버릴 테니까."

길후는 고개를 끄덕였다.

"그래. 불가사리는 출몰 후 8일째 되는 날 일본 지부에서 건너온 화염 마법사들의 도움으로 겨우 처치할 수 있었지. 불이 약점인 것을 알고 있었다 해도 너무 커 버려서 녀석의 숨통을 끊기가 정말 쉽지 않았어. 구한말의 흉갑청두사胸甲靑頭蛇 이후 한국 마법사들이 겪은 가장 끔찍한 재앙이었네. 그리고 8일 동안 결계를 유지해야 했던 고정 마법사 안변해는 기력 소모를 버티지 못하고 그 모텔에서 숨을 거뒀지."

길후가 입을 다물고 한숨을 쉬자, 한층 진지해진 표정의 천둥트림이 말을 이어 나갔다. 환수의 거대한 수염이 보이지 않게 파르르 떨리고 있었다.

"신탁이 내려온 장소는 바로 그 모텔이다옹. 공교롭게도 흡혈귀의 반응이 멈춰 선 곳도 그곳이다옹. 분명 뭔가 불온한 일이 일어날 것 같다옹."

6

좌아아악.

마지막으로 물을 끼얹고 나서 탄은 털썩 주저앉은 채 204호실의 욕탕을 둘러보았다.

"뭐, 새신랑처럼 말쑥하진 않지만 이 정도면 나쁘지 않군."

그런데 팔이 너무 욱신거렸다. 천장에 새카맣게 터를 잡은 거미줄들을 제거하느라 필요 이상으로 힘을 썼기 때문이다.

'젠장. 안변해, 이 양반. 마법을 거는 김에 욕탕 천장에도 좀 걸어 두지 말이야. 이 욕탕엔 영원히 거미줄이 생길 수 없을 것이다 하고……. 그리고 보니 204호실에 손님이 들어온 게 얼마만이더라? 새우잡이 어부랑 바람 난 아줌마가 물이 없다고 난리 친 그때였던 것 같은데……. 두 달 전인 건가, 그럼?'

물통에 청소 도구를 다 집어넣었을 때 방 영감이 스치듯 던진 말이 떠올랐다.

"쥐새끼들 소리가 들렸다던데 왜 코빼기도 안 보이는 거야? 잠깐, 그것보다 흡혈귀가 목욕을 하긴 하나? 이거 괜히 헛고생한 거 아닌가 몰라."

탄은 투덜거리며 아예 204호실 바닥에 드러누웠다. 세면대의 턱 선을 따라 뚝뚝 떨어지는 물방울 소리가 탄의 귀를 건드렸다. 그리고 아래층에서 두런거리는 방 영감과 순철의 목소리가 어렴풋이 파고들어 왔다.

"기구한 팔자에서 도망치고 싶었습네다. 피를 안 마실 수 있다문 뭐든 할 수 있을 것 같았지요."

'피를 역겨워하는 흡혈귀라……. 당근 알레르기가 있는 토끼, 바나나를 기피하는 원숭이 정도 될까? 아니지, 흡혈귀는 피밖에 먹지 못한다고 하니까 더 골치 아픈 상황이잖아.'

고개를 돌려 바닥에 귀를 가져다 댔다. 형편없는 방음을 자랑하는 망치 모텔답게 둘의 대화는 탄의 귀에 더욱 선명하게 들려왔다.

"그래서 다시 사람이 되고 싶었다고?"

방 영감의 탁한 물음이었다.

"기렇습네다. 저는 목숨을 걸고 수장님을 찾아갔죠. 다시 사람이 될 방도는 없냐고."

순철의 걱정과 달리 벼락뿔은 분노에 못 이겨 소년 흡혈귀의 목을 따 버리지는 않았다.

"방도가 없진 않아."

벼락뿔은 싱긋 웃어주기까지 했다. 원인 모를 섬뜩함이 순철의 등줄기를 스쳤지만 그는 흡혈귀의 수장에게 답을 재촉했다.

"딱 세 번! 피를 마시지 않고 만월이 차오르는 것을 세 번 견디문 사람이 되지비."

"기게……, 사실임메?"

벼락뿔은 형형한 눈빛으로 고개를 끄덕였다. 방법을 알고도 순철이 마냥 기뻐할 수 없었던 이유는, 사흘만 굶어도 지독한 갈증과 무기력에 시달리는 종자가 흡혈귀라는 걸 잘 알고 있기 때문이었다. 60일 넘게 갈증을 버텨 낸다는 것은 불가능에 가까운 일 같았다. 벼락뿔은 시도하는 것까지 말리지는 않겠다는 말까지 덧붙였다. 무의미한 발버둥을 지켜보는 것도 나름대로의 즐거움이라고 생각한 것일까?

어쨌든 그날 이후로 순철의 눈물겨운 '단식 투쟁'이 시작됐다. 흡혈귀들의 소굴에서 멀리 떨어진 절벽에 작은 동굴을 만든 뒤 그저 굶기 시작한 것이다. 다른 일족들은 그런 순철의 기행을 가리켜 '두더지가 바다 속에서 살갔다고 우기는 꼴'이라며 비웃었다.

닷새까지는 버틸 만했다. 그러나 엿새째에 혈관까지 바짝바짝 마르는 갈증의 고통이 찾아왔다. 순철은 창자에서 짜내는 듯한 비명을 지르며 갈증을 참아 냈다. 그렇게 며칠이 더 지났을까? 어느 순간 순철은 의식을 잃어버리고야 말았다.

"다시 정신을 차렸을 때 저는 소스라치게 놀랐습네. 웬 구

렁이 한 마리가 거죽만 남긴 채 눈앞에 죽어 있더라고요. 갈증
이 너무 심한 나머지 저도 모르게 동굴 바깥으루 나와 애꿎은
구렁이를 습격한 겁네다.”

첫 번째 시도는 그렇게 실패했다. 그러나 순철은 포기하지 않았
다. 두 번째 시도에 순철은 일족 중에서 유일하게 자신에게 호의적
인 눈다람쥐에게 자신의 사지를 밧줄로 묶어 달라고 부탁했다. 벼
락뿔의 미소년 수집 목록에서도 유독 사랑받는 자리를 차지하고 있
는 눈다람쥐는 밧줄로 순철의 팔다리를 꽁꽁 묶어 주면서 물었다.
　“대체 왜 인간이 되겠다는 것임둥? 흡혈귀는 원래 피를 마시문
서 사는 거잖우.”
　온몸이 꽁꽁 묶인 채 순철은 해맑게 웃었다.
　“저짝 추운 나라에 말이야. 바다에 뛰어드는 쥐 떼덜이 있대. 그
러니 바다를 꿈꾸는 두더지가 있을 수두 있잖슴메?”
　순철의 두 번째 시도는 처음보다는 더 오래갔다. 열흘 넘게 굶는
것을 참아 낸 것이다. 그러나 결국 밧줄 따위로 흡혈귀의 갈증을 막
아 낼 수는 없다는 사실을 깨달았을 뿐이었다. 보름달이 뜨는 날이
면 흡혈귀가 자신도 모르는 괴력을 발휘한다는 것을 알게 된 것도
수확이라면 수확일까?
　아홉 번째 시도에서 순철은 거대한 바위를 동원해 동굴 입구를
막아 버렸다. 최대한 시간을 벌기 위해 보름달이 줄어들기 시작한
날 굶기 시작했다.

"결과는 어땠나?"

방 영감의 물음에 순철은 자조 섞인 웃음을 지었다.

"아홉 번째 단식을 시도한 지 정확히 보름이 지난 날, 나중에 알게 된 사실이디만 낭림산맥 전체에 바위가 박살 나는 소리가 쩌렁쩌렁 울렸다는군요. 글카구 그날 피에 광분한 제가 물어 죽인 것은 반달곰이었습네다. 제 몸집보다 다섯 배는 큰 놈이었디요."

반달곰의 덩치는 너무 컸고, 인간들의 이목을 끌고 싶지 않았던 순철은 일족의 형제자매들에게 뒤처리를 부탁했다. 까다로운 놈이라 어른 흡혈귀도 엄두를 내지 못하던 포악한 반달곰을 식사로 대접했기에 칼날코가 기특하다며 순철의 머리를 쓰다듬어 줬지만 소년은 조금도 기쁘지 않았다. 반달곰의 발톱에 뭉텅뭉텅 파여 나간 살갗만큼 좌절감만 깊어질 뿐이었다.

열 번째 시도였을까, 아니면 열한 번째 시도였을까? 눈다람쥐가 다시 순철을 찾아왔다.

"별사슴 동무. 고거, 이자 그만하라우."

쇠사슬 족쇄를 다리에 걸고 끝 부분을 동굴 바닥에 망치로 때려 박고 있던 순철은 동굴의 입구 쪽을 쳐다보지도 않고 대꾸했다.

"이번엔 성공할 것 같아. 이 땅 쪼가리가 좀 튼튼하기만 하문……."

"나 말이야. 수장님과 칼날코가 하는 말을 엿들었는데 말이지비. 동무가 사람이 되문 도리어 화를 당한다우."

순철의 망치질이 멈췄다.

"기게 무슨 소리임둥?"

"벼락뿔님은 말이야, 동무가 사람이 되길 목 빠지게 기다리고 있다우. 왠 줄 아니?"

"……왜야?"

"사람이 되자마자 동무 모가지를 다시 물어 버리갔다는 기야. 기 얘길 듣고 칼날코가 얼마나 좋아했는 줄 아니? 사내인 우리 수장님이 동무를 물문 다시 흡혈귀가 될 수두 없서. 기냥……, 시체 토막이 되는 거라우."

때로는 희망이 가장 효과적인 고문 방법으로 쓰이는 법이다.

순철은 그 자리에 주저앉았다. 다리에 휘감겨 있는 족쇄를 멍하니 바라봤다. 사람이 되기 위해 스스로를 묶어 두려고 어렵사리 구한 족쇄였다. 그런데, 소년은 이미 그 족쇄가 아니라도 꽁꽁 묶여 있는 상태였다. 흡혈귀들은 자신을 순순히 놓아 줄 생각이 전혀 없었던 것이다. 순철은 처음으로 벼락뿔을 땅 위에서 없애 버리고 싶다고 생각했다.

"그 뒤루는 어떻게 살아왔는지, 아니 버텨 왔는지 저두 잘 모르갔습네다."

잠시 말을 마친 순철이 고개를 들었다. 2층에서 탄이 물통을 들고 터벅터벅 내려왔기 때문이다. 아이는 어느새 순철에 대한 두려움이 많이 가셨는지 방 영감의 옆 자리에 털썩 엉덩이를 내려놓고는 답답하다는 듯 말했다.

"듣다 보니까 좀 이상해서……. 형이 벼락뿔인가 하는 그놈

패거리에서 도망쳐 나오면 되는 거 아냐?"

호칭은 자연스레 형이 되어 있었다.

'요 녀석이 웬 일이지?'

방 영감이 눈썹을 추켜올리는 것을 의식하지 못한 순철이 스스럼없이 대꾸했다.

"수장님은 무리 밖으루 흡혈귀가 빠져나가는 것을 결코 용납하디 않았서. 자칫하문 마법사덜에게 일족의 존재를 들킬 수 두 있시니까. 내빼는 흡혈귀 동무가 간혹 있었는데 흉흉한 동무덜이 나서서 모가지를 잘라 돌아왔지비. 도망칠 수두 죽을 수두 없는 퍽퍽한 세월이었서."

순철은 잠시 말을 멈추고 망치 모텔의 로비를 쭉 훑어봤다. 소년 흡혈귀의 시선은 문 위에 떡하니 걸려 있는 목판에 적혀 있는 문구에 고정됐다.

'모든 사랑과 증오가 못 박히는 곳. 이곳이라면……'

"기렇게 얼마나 많은 시간이 흘렀을까요? 슬슬 다 포기하고 수장님께 제 목을 잘라 달라고 말을 꺼내 볼까 싶을 정도루 괴로운 나날들이었습네다. 기런데 생각지두 못한 손님이 낭림산맥을 찾아왔죠."

어느 날, 일족의 건장한 흡혈귀 둘이 초죽음이 된 채 굴로 돌아오는 사건이 일어났다. 날카로운 흉기에 온몸을 베인 것 같은 끔찍한 상처들이 젊은 흡혈귀들의 몸 전체를 감싸고 있었다.

영문을 묻는 벼락뿔의 질문에 두 흡혈귀가 고개를 푹 숙이며 대답했다.

"웬 할마씨가 겁두 없이 산맥 근처에서 얼쩡거리기에 덮쳤더니……, 이 지경이 됐습네다. 엄청난 괴물이었습네다."

자초지종을 들은 벼락뿔은 껄껄 웃더니 칼날코를 시켜 그녀를 정중히 모셔 오라고 명령을 내렸다. 몇 시간 후 칼날코와 함께 굴로 들어온 노파는 새하얀 소복을 입고 있었고, 엉덩이가 툭 튀어나와 있었다.

"오랜만이구려, 누님. 남조선에 내려갔었다더니 재미는 좀 보셨수?"

"기다지……. 마법사덜이 하두 눈에 불을 켜고 있어서 사내놈덜 간 파먹기가 영 힘들지 뭔가. 역시 연변이나 이북만 한 데가 없더라고."

너스레를 떠는 노파는 8백 년 묵은 전설적인 구미호였다. 벼락뿔은 며칠 동안 그녀를 극진히 대접했고 괴팍한 성격의 구미호의 비위를 거스르지 않기 위해 모든 흡혈귀가 숨죽인 채 지내야만 했다. 굴을 떠나기 전날 밤, 구미호는 무리에서 동떨어져 있는 순철에게 다가왔다. 얼굴 가득 장난기를 띠고서…….

"아해야. 네가 사람이 되고 싶어 한다는 그 얼빠진 녀석이니?"

순철이 경계심을 풀지 않은 채 고개를 끄덕이자 구미호는 입을 가리고 웃었다. 엉덩이에서 빠져나온 꼬리 두 개가 순철의 눈앞에서 살랑였다.

"왜 기런 부질없는 데 관심을 갖누. 우리 여우덜두 사람이 되는 거에 미련을 버린 지가 오랜데……."

　　아무런 대꾸를 않는 순철을 구미호가 눈을 가늘게 뜨고 보더니 조심스럽게 귓속말을 건넸다. 잠자코 듣고 있던 순철의 눈이 번쩍 뜨여졌다. 그녀는 남조선 아래쪽 조그만 여인숙에 대한 얘기를 하고 있었다. 믿기 어려운 이야기를 들은 순철의 온몸은 흥분으로 떨리고 있었다.

　　"그 말이 참말이우?"

　　"참말이라니까니. 희한한 곳이었서. 내 신기해서 며칠 더 묵어 봤거든. 간을 파먹으려문 이빨이 솟아나야 하는데 송곳니는커녕 손톱두 안 솟아 나오더라고. 간을 먹고픈 생각두 전혀 안 들고……. 머 이딴 곳이 다 있나 싶었지비. 기리니까니……, 기곳이라문 니 소원을 풀 수 있지 않갔서?"

　　망치 모텔. 그날부터 이 네 글자는 순철의 머릿속에서 절대 지워지지 않는 글자들이 됐다.

7

골곽찬과 신길후, 출동 지령을 받은 두 마법사는 '연이네 세탁소'를 떠나 덜컹이는 여수행 열차에 몸을 실었다. 목표 지점은 겁 없이 탈북한 흡혈귀가 묵고 있는 망치 모텔. 천둥트림을 통해 정식으로 신탁이 내려왔다는 것은 마법사만이 처리할 수 있는 위험 요소가 생겨날 것이라는 조짐이나 마찬가지였다. 조합이 생긴 이래 한 번도 어긋난 적이 없는 사실이었다.

그러나 곽찬은 여전히 임무 수행 조합에 의구심이 들었다.

"어쨌든 흡혈귀 한 마리 때문에 그곳까지 내려가야 한다니 납득이 잘 안 되네요. 하급 악수에는 보통 신참 마법사들만 파견해도 견적이 딱 나오지 않습니까?"

"글쎄, 아직은 모르는 거지. 망치 모텔은 이 땅에서 가장 막대한 규모의 마법 결계가 펼쳐졌던 곳이고, 그 영향은 지금까지 남아 있다네. 그 흡혈귀 친구가 무슨 속셈을 갖고 내려왔는지가 참 궁금하구먼. 천둥트림이 나까지 지목한 걸 보면 상대해야 할 악수가 어떤 놈인지는 몰라도 어지간한 녀석은 아닐 거야."

길후의 표정은 음산했지만 멜빵에 삶은 계란 부스러기를 흘리며 입을 오물거리고 있었기에 위기감이 퇴색되는 것은 어쩔 수 없었다. 노른자가 목에 걸렸는지 캑캑거리기까지 했다. 주변에선 두 마법사가 영락없는 삼촌과 조카로 보였기에 즉시 곽찬에게 비난의 눈초리가 쏟아졌다. 할 수 없이 곽찬은 이동식 매점에서 사이다 한 병을 사 길후에게 넘겼다.

"꺽! 고맙네."

사이다를 단숨에 비우고 트림까지 보여 주는 길후에게 곽찬은 표정 변화 없이 질문했다.

"안변해라는 마법사는 어떤 사람이었습니까?"

"임무를 함께해 본 적이 별로 없어서 잘 모르겠군. 성격이 모난 편은 아니었는데 어딘지 모르게 음침한 구석이 있는 친구였어. 그 친구의 마법사로서의 평판보다는 오히려 그 친구가 각성한 상황이 마법사들 사이에서 화제가 됐지."

"어떤 상황이었는데요?"

길후는 또 다른 계란의 껍데기를 까면서 대꾸했다.

"마누라가 바람을 피웠던 모양이야. 심증만 갖고 있던 인간 시절의 안변해는 자신의 의심을 확인하기 위해 뒤를 밟았지. 거, 왜 요새 개봉한 영화 주인공 007처럼 말이야. 그리고 아내의 간통 현장을 두 눈으로 목격해 버린 거야. 그 순간 안변해는 인간에서 마법사로 각성했고, 이후 고정 마법사의 삶을 살아야 했지.”

강렬한 정서적 충격은 각성의 단골 포인트 중 하나다. 곽찬 일행으로부터 좀 떨어진 좌석에 앉은 아줌마가 휘둥그레진 눈으로 이쪽을 힐끗힐끗 쳐다보고 있었다. 꼬마의 입에서 ‘간통’이란 말이 자연스럽게 튀어나오는 것은 동방예의지국에서 쉽게 볼 수 있는 풍경은 결코 아니었다.

“인간 시절 채워지지 않은 가슴 속의 ‘갈증’이 마법사의 전공에 영향을 준다는 것이 은밀하게 알려진 속설이지. 마법사들은 바람난 아내의 마음을 ‘못 박아 놓고 싶었던’ 안변해의 마음이 그를 강력한 고정 마법사로 만들었을 것이라고 추측하고는 했어. 뭐, 제법 괜찮은 안주거리 아닌가?”

‘안주거리’라는 말에 또 한 번 아주머니의 입이 쩍 벌어졌다.

‘아마도 이 꼬마의 가정교육에 대해 심히 우려하고 있겠지. 길후 선배와 다니면 이런 게 골치 아파.’

아주머니의 비난 섞인 시선이 자신을 향하자 곽찬은 잠시 창밖을 바라보며 생각에 잠긴 척했다. 아니, 정말로 생각에 잠길 필요가 있었다. 정작 삶은 계란은 길후 혼자 꾸역꾸역 먹고 있는데 곽찬의 심정도 목이 메인 것처럼 답답했다.

지금까지의 그는 임무가 떨어지면 악수를 박살 내는 데만 집중해 왔다. 세 가지 행동 방침만 있으면 충분했다. 사냥, 대결, 생존. 사냥이 되지 않는 상대와는 대결을 했고, 그보다 강한 녀석일 경우엔 생존의 활로를 찾았다. 그런데 그의 맹수와 같은 본능은 이번 임무가 단순히 악수와 엉겨 붙는 한바탕 싸움으로 끝나지 않을 수도 있다고 외치고 있었다. 곽찬은 타인의 말은 가끔 씹어도 스스로의 본능의 목소리에는 귀를 기울이는 타입이었다.

그래서 말수가 적은 편인 곽찬이 이번에도 먼저 질문을 던졌다.

"결계가 아직 지속되고 있다는 건 아티팩트가 살아 움직이고 있다는 뜻입니까?"

"음, 그렇다고 볼 수 있지."

얼핏 이해되지 않는 부분이었다. 마법사가 사망하면 당연히 아티팩트를 즉각 회수하는 것이 조합의 방침이었다. 민감한 얘기였는지 길후가 화제를 돌렸다.

"그나저나 자네 말이야. 마법사들 사이에서 유행하는 속설이 하나 있는데, 한국이 왜 유명한 흡혈귀 청정 지역인지 아나?"

"글쎄요."

대답을 궁리하는 곽찬의 눈에 저 멀리 아줌마의 목에 걸린 십자가가 들어왔다.

"기독교 인구가 많아서 그런 거 아닙니까?"

길후가 한심하다는 듯 곽찬을 쳐다보았다.

"허, 이것 참. 자네, 한국 사람들이 음식에 가장 많이 넣는 채소가 뭔 줄 정말 몰라서 묻나?"

"네?"

어리둥절한 표정의 곽찬에게 길후가 해맑은 미소를 지으며
대꾸했다.

"마늘이잖아, 마늘."

9년의 세월 동안 망치 모텔에서 자란 탄은 실로 다양한 인
간 군상을 접했다. 키도 안 받고 방에 올라갈 정도로 성질이 급
한 손님, 턱을 목 속에 파묻으려 할 만큼 수줍음을 많이 타는
손님, 숙박비 대신 대게 한두 마리를 내미는 뻔뻔한 손님 등등.
탄은 이제 어떤 유형의 손님을 받더라도 당황하지 않을 만큼
노련한 카운터 보이라고 자부하고 있었다. 그런 탄이 참으로
오랜만에 당황하고 있었다.

아이는 흡혈귀 계순철이 묵고 있는 204호 객실 안에 들어와
있었다. 방 영감이 순철이 한꺼번에 지불한 60일치 숙박비를
돌려주라고 했기 때문이다.

순철은 천장에 발바닥을 붙인 채 거꾸로 매달려 있었다. 그
모습은 인류에게 근원적인 공포심을 가져다주는 구도였고, 햇
빛을 가리기 위해 커튼을 모조리 친 방 안에 흡혈귀와 단 둘이
있다는 사실을 다시금 탄의 뇌리에 각인시켜 주었다.

"형……, 자?"

용기를 내어 말을 걸자 순철의 눈이 스르르 뜨였다. 그리고
흡혈귀는 잠시 방바닥과의 거리를 가늠하더니 몸을 회전시켜
땅 위로 사뿐 내려섰다.

"너무 오랜만에 실내에 들어와서 기런가 잠이 안 오지 않갔

서. 아침에 눈을 뜨고 있는 기 참말루 어색하네.”

머리를 긁적이며 배시시 웃는 순철의 모습에 탄의 긴장감이 조금 누그러졌다. 슬쩍 돈 봉투를 내미니 고개를 갸웃한다.

“할아범이 그러더라고. 저……, 죽은 놈한텐 돈 안 받는대. 사람이 되면 그때 한꺼번에 내라고 하던걸.”

봉투를 한참 노려보던 순철이 한숨을 한 번 내쉬더니 품에 갈무리했다.

“사실 내겐 별 필요 없는 건데……. 너이 할아버지는 따뜻한 마음씨를 지녔구나기래.”

“따뜻하기는 개뿔. 얼마나 괴팍한 노인네인데…….”

탄이 짐짓 너스레를 떨어 봐도 순철은 희미하게 웃을 뿐 대꾸가 없었다. 가까이 서자 탄은 순철이 한층 말쑥해진 것을 알았다.

‘어라, 비누 냄새까지?’

“형, 내 노고를 생각해서 목욕한 거야? 완전히 사람이 달라졌는걸.”

“아니. 원래 흡혈귀들은 굉장히 깔끔한 편이야. 벼락뿔님만 해도 하루에 세 번 정도 몸을 닦으시지.”

“그래? 왜?”

‘그렇지 않으면 피 냄새가 몸에서 가시지 않으니까.’

순철은 아이에게 사실대로 털어놓는 대신 두 번째로 중요한 이유를 댔다.

“흡혈귀덜은 코가 매우 예민하거든. 야생 살쾡이나 고라니

두 우리 코에 대진 못할 기야. 흡혈귀덜이 마늘을 괜히 싫어하
는 게 아니란다. 기런데두 여기 도착했을 때 내가 지저분한 몰
골을 할 수밖에 없었던 데는 다 사연이 있서.”

8

"제발, 보내 주십시오."

　망치 모텔의 존재를 알게 된 순철은 벼락뿔을 찾아가 망설임 없이 무릎을 꿇었다. 일족의 흡혈귀가 무리를 이탈하려면 수장의 승낙이 떨어져야만 했다. 그러나 그건 곧 노예가 주인을 찾아와 스스로를 해방시켜 달라고 말하는 것과 다를 바 없었다. 그럼에도 불구하고 순철은 도망쳐 봤자 곧장 성질 사나운 동무들에게 잡힐 것을 알았기에 차라리 솔직하게 부탁하기로 마음먹은 것이다.

　"남조선은 마법사덜이 득시글대는 몹시 지저분한 땅이야. 걸리문 죽음보다 더한 고통을 겪게 될 텐데 기래두 가고 싶다는 거임메?"

　순철은 이를 악물고 고개를 끄덕였다. 역겨운 피를 마시고 괴로워하며 사느니 일말의 희망에 걸어 보겠다는 것이 순철의 다짐이었다.

　한참을 고심한 끝에 벼락뿔이 조건을 내걸었다.

"인간 여자 다섯 마리. 도시에 나가 산 채루 낭림산맥꺼지 데려오문 남조선으루 보내 주마. 기래, 괜찮은 거래지 않니?"

사람 사냥에 단 한 번도 성공해 본 적이 없는 순철은 난감했다. 다섯 명씩이나 산 채로 데려오라니 까다롭기 그지없는 요구라고 생각했지만 순철은 조건을 받아들였다.

그날 이후, 어떻게 하면 산 채로 여자들을 잡아 올 수 있을지 끙끙거리며 걱정하고 있는 순철에게 눈다람쥐가 다가왔다. 예쁘장하게 생긴 꼬마 흡혈귀는 동무에게 묵직한 지폐 뭉치를 건네줬다. 눈다람쥐란 별명은 흡혈귀들이 잡아 온 인간들의 지갑을 다람쥐가 도토리 모으듯 모으는 습성 때문에 벼락뿔이 붙여준 것이었다.

눈다람쥐가 순철에게 속삭였다.

"내 얘기 다 들었다. 이 돈 갖구 내 말대루만 하라우."

다음날, 순철은 해가 지자마자 인간들의 마을로 내려갔다. 흡혈귀 누더기를 걸친 채 얼굴은 진흙을 덕지덕지 묻힌 채였다. 곱상했던 얼굴은 온데간데없고 저잣거리에서 몇 년은 구른 듯한 처량한 모습이었다. 잘하면 사흘 굶은 거지로부터 빵을 얻어 낼 수도 있을 수준이었다.

순철은 부모를 잃고 떠돌며 구걸하는 '꽃제비'로 변장한 채 역 앞 광장에 다다랐다. 손에는 눈다람쥐가 준 돈뭉치가 쥐여 있었다. 순철은 광장을 오가는 수많은 사람들을 잠자코 지켜봤다. 오래지 않아 소년이 기다리던 말이 들려왔다.

"꽃 사시오. 꽃 사지 않갔소?"

또랑또랑한 여인의 목소리에 소년의 귀가 번쩍 뜨였다. 20대의 젊은 여자가 행인 두 명에게 다가가 꽃을 사겠냐고 묻고 있었다. 여인의 손은 텅 비어 있었다. 눈다람쥐의 말이 사실이었다.

'꽃을 파는 누이덜이 있다우. 기런데 손에는 꽃이 없지비. 사실은 꽃이 아니라 몸을 판다는 뜻이야. 돈만 쥐여 주문 따라올 거라우.'

순철은 심호흡을 한 번 한 뒤 여인의 뒤로 다가갔다.

"제가……, 꽃을 살게요."

얼굴에 분칠을 한 여인이 눈을 가늘게 뜨고 순철을 훑어보았다. 두 눈동자에는 의구심이 가득했다. 그도 그럴 것이 순철은 꾀죄죄한 몰골에 강마른 열세 살 소년의 모습을 하고 있었다. 아무리 잘 봐줘도 매음을 할 나이는 아니었다.

순철이 손에 쥐고 있던 돈뭉치를 슬그머니 내밀었다. 그러자 여인이 알겠다는 듯 고개를 끄덕였다.

"심부름 나온 거구나?"

"네, 맞아요."

여인은 돈뭉치를 낚아채고는 앙상한 손가락으로 재빨리 액수를 셌다. 순철은 그 민첩함에 순수하게 감탄했다. 생각보다 많은 액수였는지 여인의 입가가 올라갔다.

"기래. 어디루 가야 하니?"

"조금 멀어요. 산기슭 근처에 저이 수……, 아니, 지배인 동무래 계시거든요."

멀리 가야 한다는 말에 여인의 안색이 어두워졌다. 시간이 돈인 직종이니까. 순철은 다급히 미리 준비한 말을 읊었다.

"기래서 지배인 동무래 오시문 돈을 두 배루 주신댔어요."

소년의 승부수는 먹혔다. 순철의 맑은 눈동자가 여인의 경계심을 어느 정도 누그러뜨린 것이다. 그러나 어설픈 거짓말은 시간이 지날수록 구멍들이 드러나게 마련이다.

여인이 위험 신호를 느낀 것은 낭림산맥 기슭에 거의 다다랐을 때쯤이었다. 무심코 순철의 뒤를 따라오다 보니 점점 인가가 드문 으슥한 산길까지 발을 들여 놓은 것이다. 어느새 가로등도 보이지 않아 사위가 어둑어둑했다.

발길을 멈춘 여인이 가시 돋친 목소리로 투덜거렸다.

"얘, 정말 여기가 맞네? 저 위에 사람이 살긴 사는 기야?"

뒤를 돌아본 순철은 황급히 거짓말을 생각해 내 둘러댔다.

"에, 기리니까니……, 조금만 더 올라가문 돼요."

"그 말 벌써 세 번째인 거 아네? 무신 지배인 동무래 그렇게 돈이 많으문 왜 도시루 안 내려오는 기야?"

"다, 다리가 불편하세요! 기래서 낼 대신 보내신 거라요."

그 말을 들은 여인의 눈매가 가늘어졌다.

"허, 다리병신이문 두 배는 더 얹어 줘야는데? 지금 당장 안 주문 못 믿갔서."

순철의 가슴이 철렁하고 내려앉았다. 말문도 막혀 버렸다.

"나 원, 벨 수상한 놈한테 걸려서……. 안 가겠으니 꺼지라우. 이 돈은 여기꺼지 온 수고비라고 생각할 테이까니."

둘러댈 말을 고민하고 있는데 여인이 코웃음을 치고는 뒤돌아가기 시작했다. 순철은 다급해졌다. 달려가서 잡아야 할지 그냥 가도록 놓아 줘야 할지 결정을 내릴 수가 없었다.

그때 시커먼 바람이 순철의 뒤쪽으로부터 달려 나왔다. 발소리를 절대 내지 않기로 유명한 일족의 암살자, 소년은 그 형체가 자신을 지나쳐 갈 때 칼날코의 목소리로 툭 내뱉는 말을 들을 수 있었다.

"예꺼지 데려왔시니 칭찬해 주갔서."

칼날코는 여인의 뒤로 벼락같이 다가가 순철과 처음 대면했을 때처럼 뒤통수를 후려쳐 기절시킨 후 한쪽 어깨에 둘러메고 돌아왔다. 순철은 멍하니 그 모습을 쳐다보고만 있었다. 칼날코는 소년 흡혈귀에게 찡긋 웃어 보였다.

"앞으루 네 명 남았다, 별사슴이."

그 후로도 순철은 같은 방식으로 '꽃을 파는' 여인들에게 접근해 하나둘 낭림산맥으로 데려왔다. 처음이 어려웠을 뿐, 갈수록 다채로운 거짓말을 동원하고 있는 자신을 발견했다. 순철의 유인으로 잡혀 온 여인들은 모두 벼락뿔과 서열이 높은 형제자매들의 식량이 되었다.

동굴 밖에서 자신이 잡아온 네 번째 여인의 찢어지는 듯한 비명을 들었을 때, 순철은 자신이 인간이 되기 위해서 죄 없는 여인들을 희생양으로 삼고 있다는 묵직한 죄책감이 가슴속에 자리 잡는 것을 외면하기 힘들었다. 그러나 수장에게 바쳐진 여인들에 대한 미안함보다 두 배는 더 강렬한 '갈망'이 순철을 지배하고 있었다. 증오스러운 송곳니로부터 하루 빨리 자유로워지고 싶은 마음, 그것이었다.

'그런데 무엇 때문에? 왜 난 사람이 되고 싶은 거임메?'

작지만 의미심장한 물음표가 순철의 뇌리에 떠올랐다가 금세 사라졌다. 임무 달성이 코앞이었기 때문이다. 벼락뿔이 말한 마지막

한 명을 채우기 위해 순철은 더욱 지저분해진 몰골로 도시로 내려 갔다.

그리고 '덫'에 걸렸다.

한 명만 더 데려가면 끝난다는 생각에 주변을 잘 돌아보지 않은 것이 화근이었다. 순철은 여느 때처럼 시장에서 꽃을 사라고 호객하는 여인에게 다가가 돈을 내밀었다. 그런데 돈을 낚아채야 할 매춘부가 돈이 아닌 순철의 손목을 낚아채는 게 아닌가?

"잡았다! 동무덜, 날래 나와 봐요. 요 간나 새끼를 내가 잡았소!"

당황한 순철이 여인의 손아귀로부터 빠져나갈 생각도 못 한 채 주위를 둘러보자, 어느새 덩치가 크고 얼굴에 흉터 두어 개쯤은 예사로 갖고 있는 인간 사내들이 순철을 에워싸고 있었다. 그중 대장 격으로 보이는 사내가 입에 연초를 문 채 다가왔다. 그는 매춘부들을 조직적으로 관리하는 포주였다.

"요 아새끼 간댕이 큰 것 좀 보라우. 몸뚱이의 절반이 간댕이인 게 틀림없지비. 우리 아들 넷이나 빼돌려 놓고 제 발루 다시 나타나? 아야, 고것덜 어디루 데려갔서?"

"모, 몰라요."

순철은 무조건 모른다고 잡아뗐다. 그러나 시장에서 소년을 기다리고 있던 사내들은 아무리 불쌍한 표정을 지어 봤자 꿈쩍도 하지 않는 냉정한 이들이었다.

"손 좀 봐 주라."

포주의 명을 받은 부하들은 순철이 데려간 여인들의 행방을 알아내겠다며 무자비하게 소년을 구타했다. 힘껏 머리와 복부, 정강이를 걷어차도 순철은 계속 모르쇠로 일관했고 당황한 여인이 사내들을 뜯어 말렸다.

"거, 죽을 수두 있갔는디…… 말루 타이르지. 야가 아닐 수두 있지 않갔소? 고만하시오."

그러나 분명 한패가 있을 것이라고 확신하고 있는 포주는 순철이 배후를 불 때까지 계속 때리라고 지시했다.

순철은 무수한 구둣발에 밟히고 채이면서 처음이자 마지막으로 흡혈귀라서 다행이라는 생각을 했다. 고통에 관한 흡혈귀 특유의 둔감함이 아니었더라면 일곱 번은 기절했거나 죽었을 것이다.

'잠깐. 정말루 죽은 척을 하문 되는 거 아니갔서?'

마음을 정한 순철은 일부러 턱을 내밀어 정통으로 얻어맞은 뒤, 몸에 힘을 빼고 웅크렸던 사지도 쫙 폈다. 발길질은 여전했지만 손가락 하나 까딱하지 않았다. 그러자 이상한 낌새를 챈 포주가 순철의 코에 손가락을 갖다 댔다. 숨결이 느껴지지 않았다. 가슴에 손을 대니 심장도 뛰지 않았다.

흡혈귀는 인간에 비해 굉장히 느린 호흡을 하며 갓 흡혈을 한 상태가 아닐 경우에는 맥박도 거의 느껴지지 않는다.

"니미, 뒈져 버렸고만. 거, 돌멩이에 묶어다가 호수에 처박아 버리라."

사내들은 땀범벅이 된 채 뿔뿔이 흩어졌다. 그러자 구경꾼들도 불똥이 튈세라 황급히 자리를 피했다. 구타에 참여하지 않고 망을 보던 노인이 다가와 기계적인 동작으로 순철을 둘러메었다. 노인이 입을 틀어막고 주저앉아 있는 여인에게 다가가 속삭였다.

"옥아. 예 있다간 골치 아파진다. 따라오라."

옥이라 불린 여인은 동공이 풀린 채로 노인을 따라갔다. 골목 깊숙한 곳에 옥을 세워 둔 노인은 잠시 후 삐걱대는 리어카를 몰고 돌아왔다. 이런 일에 익숙한 모양인지 순철을 머리부터 자루 포대에 담고 리어카에 싣는 노인의 표정은 고장 난 축음기를 다루는 것처럼 덤덤했다.

그러나 옥은 그렇지 못했다. 노인의 뒤를 따라 리어카를 밀며 옥이 물었다.

"계속 모른다고 했는데……, 애꿎은 아이를 잘못 건드린 건 아니오?"

"이놈이 춘영이와 꽃니를 꾀임질해서 데려간 녀석이 맞다. 내 이 근방 꽃제비덜을 죄다 아는데 이놈은 오늘 처음 본다. 원체 몸이 약골이다 보니 이리 된 거갔지. 기리니 너무 맘 쓰지 말고 잊으라."

옥은 슬며시 순철이 담겨 있는 포대를 내려다봤다.

"누이덜을 잡아간 게 저렇게 어린것일 줄은 내 몰랐소. 나 때문에 저리 된 거라 생각하니 영 불편하오."

리어카를 끌고 30여 분을 걷자 인적 없이 고요한 호수가 모습을 드러냈다. 낭림산맥 줄기에서 그리 멀지 않은 곳이었다. 지켜보는 이가 아무도 없는 것을 확인한 노인이 망설임 없이 리어카에서 포대를 내렸다. 그리고 벼랑 끝으로 다가가 순철을 던지려 했다.

"아저씨, 잠깐만요. 멈춰 보드래요."

옥은 포대 위에 손을 얹고 잠시 심호흡을 했다. 이윽고 벌어진 그녀의 입에서 노래가 흘러나왔다.

날 저무는 하늘에 별이 두 남매.
반짝반짝 정답게 지내이더니
웬 일인지 별 하나 보이지 않고
남은 별만 혼자서 눈물 흘리네.

옥의 구슬픈 노래가 끝나자 노인은 주저 없이 호수에 순철이 담긴 포대를 집어 던졌다. 이윽고 두 남녀는 텅 빈 리어카를 끌고 어디론가 사라졌고, 호수에는 원래의 주인이었던 정적이 굳건히 자리 잡기 시작했다.

몇 분이나 흘렀을까? 물에 푹 젖은 순철이 벼랑 위로 올라섰다. 흡혈귀 소년은 물속에 오래 잠겨 있다가 나올 경우 인간들이 흔히 보이는 반응, 즉 물을 토해 내거나 가쁜 숨을 몰아쉬지 않았기에 뭔가 부자연스러운 광경을 연출하고 있었다.

순철은 호숫가에 털썩 주저앉았다. 몸에 힘이 빠져서가 아니었다. 구타의 후유증이 남은 것도 아니었다. 금이 가거나 부러진 곳은 금세 회복될 것이다.

흡혈귀 소년은 물속에 빠지기 직전 자신의 귀에 들려온 노래를 생각하고 있었다. 애달프고 그리운 느낌. 그 노래의 원곡은 '두 남매'가 아닌 '세 형제'가 주인공이다. 옥이란 여인이 멋대로 가사를 바꿔 부른 것이다. 그런데 바뀐 그 노래가 순철에게는 너무도 친숙했다. 아주 오래전, 그 자신이 여동생 순옥에게 불러 주던 자장가이기 때문이다.

'두 남매가 아니라 세 형제라니까니.'

'기래두. 우리가 형제임메? 그냥 남매루 바꿔 불러 주는 게 좋다니?'

순옥은 고집이 셌다. 그래서 하는 수 없이 순철은 다섯 살 터울의 여동생에게 못 이기는 척 가사가 바뀐 자장가를 들려주곤 했다. 막혀 있던 댐이 무너지듯 순옥과의 마지막 기억이 머릿속에 파도처럼 밀려들어 왔다.

전쟁은 갑자기 터졌고 아버지를 마중 나간 어머니는 다시 돌아오지 않았다. 순철은 그 며칠 동안 배고픔과 무서움에 우는 순옥을 달래기 위해 줄곧 자장가를 불러 주었다. 그러면 자신도 덩달아 마음이 진정되곤 했었다.

'오빠가 먹을 걸 좀 구해 올 테니까니, 죽은 체하고 여기 숨어 있으라.'

장롱 속에 숨겨 둔 여동생 순옥, 그녀가 죽지 않고 살아 있었다. 그런데 대체 그로부터 얼마나 오랜 시간이 흐른 것일까? 15년? 20년? 흡혈귀에게 붙잡힌 오빠는 여전히 소년의 모습으로 못 박혀 있는데, 어린 여동생은 오빠의 이모뻘로 훌쩍 커 버린 것이다.

순철은 하늘의 달을 보며 중얼거렸다.

"거참, 뉘가 들으문 참 못된 농담이라 하갔는디."

9

"못된 농담이네, 그거."

탄의 아이다운 반응에 순철은 피식 웃었다. 굳었던 표정이 조금이나마 풀어졌다.

"어쨌든 여동생이 날 몰라본 게 얼마나 다행인지 모른단다. 그때 난 얼굴에 땟물이 줄줄 흐르고 있었던 데다 너무 어릴 때 헤어진 오빠라 머릿속에 안 남아 있었겠지."

하긴, 20년 전 헤어져 생사도 몰랐던 오빠가 어릴 적 모습 그대로 나타난다면 까무러치는 것 외에 뭘 할 수 있을까? 탄은 순철이 자신이 인간이 되고 싶어 하는 이유를 깨달은 순간에 대해 듣고 있었다.

새벽녘, 흙과 피에 범벅이 된 몸으로 순철은 낭림산맥의 동굴로 돌아왔다. 기다리던 만찬이 오지 않았기에 성질이 난 동무들의 아우성을 헤치고 소년 흡혈귀는 곧바로 수장 벼락뿔을 찾아가 빌었다.

"약속은 못 지켰습네다. 하디만 이자 더는 못 하갔서요."

인간들이 눈치를 챘다, 앞으로 도시에 내려갈 수는 없을 것 같다는 순철의 변명을 잠자코 듣고 있던 벼락뿔이 예상외의 답변을 내놓았다.

"기래. 그만하문 됐서. 너를 놓아 주마. 남조선으루 가라."

수장의 명령이 떨어지자 듣고 있던 흡혈귀들이 술렁이기 시작했다. 일족이 생긴 이래, 멀쩡한 몸으로 자유를 찾은 흡혈귀는 이제껏 없었다.

무릎을 꿇은 채 어안이 벙벙한 얼굴의 순철에게 칼날코가 가까이 다가와 물었다.

"기래, 별사슴이. 남조선꺼지 어떻게 내려갈지는 생각해 봤나?"

순철이 고개를 젓자 칼날코가 그럴 줄 알았다는 듯 코웃음을 쳤다. 칼날코는 무작정 철조망을 넘어가려 했다가는 온몸에 구멍이 숭숭 뚫릴 테니 땅속을 통해서 가라는 귀띔을 해 줬다. 순철은 칼날코가 흡혈귀가 되기 전 북조선의 특별 기동 부대에 속해 있었다는 사실을 어렴풋이 기억해 냈다.

칼날코가 땅굴의 자세한 위치까지 알려 주고 나자, 벼락뿔이 진중한 목소리로 명을 내렸다.

"이자 가 보라."

순철은 큰절을 한 번 하고 동굴을 빠져나왔다. 밖에는 눈다람쥐가 기다리고 있었다.

"별사슴 동무, 정말 갈 거임메?"

눈다람쥐의 질문에 순철이 고개를 끄덕이자, 꼬마 흡혈귀는 노골적으로 섭섭한 기색을 드러냈다. 순철은 눈다람쥐의 귀에 대고 귓속말을 전했다.

"내 부탁이 하나 있는데, 들어 줄 테야?"

동무가 고개를 끄덕이자 순철은 눈다람쥐에게 해괴한 부탁을 늘어놓고는 몇 번이나 비밀을 지켜 달라며 신신당부를 했다. 눈다람쥐는 동무의 부탁을 잊지 않기 위해 계속 머릿속에서 되뇌었다. 순철의 부탁이란 시내의 매춘부 중 '옥'이란 여자에게 충분한 돈을 줘서 중국으로 보내 달라는 것이었다.

"동무, 그 매춘부가 뉘긴데 그래?"

순철은 산맥 아래쪽으로 발걸음을 옮기며 대꾸했다.

"내가 사람이 되문 제일 먼저 찾아갈 사람."

"너무 내 얘기만 했구만기래. 넌 어떠니? 부모님은 어디 계셔?"

순철의 이야기에 흠뻑 빠져 있다가 갑작스런 기습을 당한 탄은 당황했다. 머리를 긁적이며 아이가 입을 열었다.

"음……, 부모님이 누구인지는 나도 몰라. 할아범한테 몇 번 물어봤는데 그때마다 주워 왔다고만 하고 어디서 주워 왔는지도 말 안 해 줬거든. 한번은 끈질기게 매달려서 물어봤더니 '지옥에서 주워 왔다, 이놈아!' 하고 머리통을 쥐어박더라고. 그 뒤로 엄마와 아빠에 대해선 더 이상 궁금해 하지 않기로 했어."

배시시 웃는 탄과 달리 순철의 표정은 서글퍼 보였다.

'이 아이도 사실 외롭고 힘들었겠구나. 부유한 남조선이라고 해도 부모 없이 자라는 슬픔은 만국 공통이갔지.'

가라앉은 분위기가 마음에 들지 않은 탄이 화제를 돌렸다.

"그런데, 형. 여기 걸려 있다는 마법이 효과가 있긴 있어? 이제 사람……, 안 물고 싶고 그래?"

"응. 그 구미호 할마씨의 말이 틀리지 않았서. 사람을 물고 싶은 생각이 전혀 들지 않아. 그 대신……."

순철이 말을 맺기 전에 그의 배가 먼저 반응을 보였다.

꼬르륵.

소년 흡혈귀의 입가가 슬며시 올라갔다.

"다른 게 먹고 싶어졌지 않갔서?"

10

달리는 열차 안에서 길후는 옛 생각에 빠져 있었다. 지나치게 오랜 세월 마법사로 살아왔기에 두꺼운 기억의 화석들이 머릿속에 몇 겹이나 쌓여 혼란스러울 때가 더 많지만, 그런 단단한 기억의 지층 속에서도 명징하게 살아 있는 순간들이 있기 마련이다.

지금껏 듣도 보도 못 한 괴력의 불가사리가 여수를 휩쓸고 있다는 소식을 접했을 때, 하필 길후는 울릉도에서 두억시니를 사냥하고 있었다. 그가 뒤늦게 현장에 도착했을 때 불가사리의 덩치는 이미 5층 건물 정도로 커져 있었다. 길후는 자신의 생령들을 한계까지 다그쳐 불가사리의 에너지원인 금속을 구할 수 없는 깊은 산중으로 불가사리를 몰아넣었다. 그 뒤 잠시 틈을 타 부상당한 마법사들이 머물고 있다는 모텔을 찾았다.

　무수한 마법사들이 각기 다른 신체 부위에 치명상을 입고 괴로워하고 있었다. 로비의 마법진 위에 앉아 마력을 쏟아붓고 있는 안변해가 없었다면 진즉에 세상을 떠났을 목숨들이었다.

　길후는 그중에서 가장 심각한 상처를 안고 있는 악취 마법사 방국봉에게 다가갔다. 늘 악수들에게 "방귀나 처먹어!"라며 냄새 공격을 해 대던 강인한 마법사이자 동료 마법사의 집중력을 흐트러뜨린다는 볼멘 항의를 껄껄 웃어넘길 만큼 대가 센 청년 마법사였다. 그런 그의 복부 한가운데에 냄비만 한 구멍이 나 있었다. 숱한 전장을 다니며 온갖 잔인한 장면들에 익숙해진 길후마저도 절로 눈이 찌푸려질 만한 광경이었다. 불가사리의 후각은 그리 예민하지 않다. 후방에서 지원을 맡는 게 더 나았을 국봉이 어째서 이런 치명적인 상처를 입은 것일까?

　"기, 길후 선배이십니까?"

　환영 마법사는 몽롱한 눈빛으로 자신 쪽을 올려다보는 방국봉을 향해 고개를 끄덕였다.

　"그래, 날세. 이 친구야, 이게 어떻게 된 건가?"

　국봉은 대답 대신 자신의 오른쪽 팔을 턱으로 가리켰다. 갓난아이가 쌔근쌔근 잠들어 있었다. 두 살도 되지 않아 보이는 사내아이였다.

　'저 아이를 구하려고 위험을 무릅쓴 건가?'

　국봉이 한숨을 토하듯 설명했다.

　"이틀 전, 불가사리가 방앗간을 습격했어요. 그 안에 있는 분쇄기들이 전부 쇠로 되어 있다는 사실을 마법사들이 간과해서 방어선을 펼치지 못했거든요. 방앗간에서 제일 가까운 곳에 있었던 마법사가 저였습니다.”

“그럼 이 아이는?”

“가까스로 불타는 방앗간에서 데리고 나왔습니다. 부모는 아이를 지키다 사망했고요. 저는 그 와중에 불가사리가 내쏜 철침에 맞고 말았습니다.”

기묘한 광경이었다. 상처는 진행되지도 아물지도 않고 있었다. 전신을 감싸고 있는 화상도 가벼워 보이지 않았다. 그럼에도 불구하고 국봉의 얼굴에는 소중한 생명을 지옥에서 데리고 나온 뿌듯함이 서려 있었다.

“그 아이, 자네 옆에 꼭 붙어 있으니 마치 부자 사이 같구먼.”

길후의 말마따나 오동통한 몸집의 아이는 아버지의 품에 안긴 것처럼 편안하게 잠들어 있었다. 국봉은 머리를 긁적였다. 22세에 각성한 국봉은 아버지의 심정을 알지 못했기에 아이의 이런 행동이 어색하기만 했다.

“신기한 것이……, 잘 울지도 않아요. 얌전한 녀석 같습니다.”

“그런가? 그럼 그 아이는 됐고, 자네 상처는 좀 어떤가?”

국봉의 얼굴에 그늘이 드리워졌다.

“치료 마법사의 말로는 가망이 없답니다. 불가사리의 철침엔 해독이 불가능한 극독이 묻어 있다더군요. 아마 안변해의 결계가 풀리면……, 전 죽게 되겠죠.”

길후의 기억은 휙휙 노를 저어 그로부터 며칠 뒤로 건너갔다. 치

열한 전투 끝에 불가사리는 결국 산속 깊은 곳에서 쓰러졌고 여수
는 다시 악수의 손길로부터 안전해졌지만 막대한 희생을 치른 뒤였
다. 그리고 희생자의 마지막 이름은 고정 마법사 안변해였다.

"그래도 마지막까지 버틸 수 있어서 다행입니다."

안변해가 눈을 감기 전 내뱉은 말이었다. 불가사리가 격퇴됐다
는 이야기를 전해 듣자마자 8일 동안 결계를 유지하던 고정 마법사
는 그 자리에서 기력이 다해 숨을 거두었다. 치료 마법사가 마지막
으로 안변해의 맥박을 재고 사망을 확인했다.

현장에 있던 마법사들의 기나긴 묵념이 끝나고, 총지휘를 맡고
있던 길후는 또 한 명의 동료 마법사와 작별하기 위해 방국봉의 상
태를 보러 갔다. 그런데 현장에 있던 모든 마법사들을 경악하게 만
드는 일이 일어났다. 방국봉의 상처가 악화되지 않은 것이다. 안변
해의 숨이 끊어진 뒤에도 고정 마법사의 결계는 흐트러지지 않고
있었다.

탄은 인상을 잔뜩 구긴 채 홀로 산길을 걸어가고 있었다.

평소와 달리 심통이 나 있는 이유는 다 방 영감 때문이었다.
그중 가장 심하게 탄의 볼 면적 증가에 이바지하고 있는 원인
은 방 영감의 대책 없는 '은둔 본능'이었다. 탄은 방 영감이 망
치 모텔 바깥으로 나간 것이 언제인지 정확히 기억나지 않는
것에 더 이상 놀라지 않았다.

어쨌든 방 영감은 자기는 숙직실에서 꼼짝도 않는 주제에

탄에게 온갖 심부름을 시켜 댔다. 한겨울 난방을 위해 장작을 패 오라며 뒷산 나무들을 괴롭히게 만들었고, 물 값을 아껴야 한다며 빨래는 모두 개울가에서 해결하게 만들었다. 장사가 안 되니까 자연히 보일러나 세탁기를 살 돈이 없다는 것이 방 영감의 핑계였다. 그리고 탄의 심기를 불쾌하게 만드는 원인이 바로 그 지점에 있었다.

'어쩌면 이 할아범은 날 괴롭히면서 즐거워하는 게 아닐까? 망치 모텔이 경제적으로 재앙의 수준에 다다랐다는 것을 뻔히 아는 양반이 일주일치 숙박비를 아무렇지도 않게 돌려주다니! 난 아홉 살의 나이에 주부 습진에 위협받고 있다고. 내 생고생을 무시해도 유분수지.'

"수지타산이 너무 안 맞아. 앞으로 흡혈귀는 문전박대다!"

소리를 빽 지르고 나서야 탄은 목적지가 지척이라는 것을 깨달았다. 그러고는 왠지 자신이 장소와 썩 어울리지 않는 말을 내뱉었다고 생각했다.

탄의 눈앞에 구봉사九峰寺의 허름한 정경이 펼쳐졌다. 절 내로 들어서자마자 익숙한 얼굴의 스님들이 탄에게 인사를 보내 왔다.

"탄아. 허벌나게 오랜만이구마잉. 모텔에 손님 온 겨?"

"워매, 근디 뭣 땀시 얼굴 표정이 거시기허냐?"

마당을 쓸고 있는 스님들과 건성으로 인사를 나누며 탄은 타불 스님을 찾았다. 다행히도 타불 스님은 매우 눈에 잘 띄는 곳에 있었는데 그 위치와 자세가 탄을 꽤 당황스럽게 만들었다. 어쨌든 목적이 있는 탄은 마당 한가운데에 우뚝 서 있는 미륵불상으로 다가갔다. 타불 스님은 미륵불상의 어깨에 올라타 넙죽 엎드린 채 걸레로 불상을 닦고 있었다.

탄이 합장하며 인사했다.

"나무아미타불."

그러자 타불 스님이 걸레질을 멈추고는 탄을 내려다보며 응수했다.

"……타불."

저 젊은 스님은 뭐든 대충대충이다. 오죽하면 염불도 끄트머리만 웅얼거릴까. 탄은 이 막내 스님이 '나무아미'를 생략한 채 염불을 외운다는 사실을 발견한 뒤부터 그의 본래 법명을 뇌리에서 지우고 '타불 스님'이라고 부르고 있었다.

불상에서 내려온 타불 스님은 한탄부터 시작했다.

"아따, 어제 갑자기 숙방이 꽉 찼당게. 요게 뭔 일인지……. 그려서 생전 안 허던 짓거리를 허고 있다."

"주지 스님이 시키신 거예요?"

타불 스님이 고개를 끄덕였다. 어젯밤 다섯 남자가 절을 찾아와 며칠 묵겠다고 숙방에 들어앉았다는 것이다. 탄의 눈에도 낯선 사내들이 암자 주변을 어슬렁거리는 것이 들어왔다. 드물게 찾아오는 고시생들인 것 같았다. 탄은 곧 그들로부터 관심을 껐다.

어쨌든 잡일을 도맡아 하는 타불 스님은 갑자기 몰려든 불자들 덕분에 매우 바빠졌다. 특히 미륵불상에 관광객들이 남기고 간 낙서를 지우라는 주지 스님의 엄명 때문에 곤란해 하고 있었다.

"워떤 망할 불자가 보살님 손등에 유성 매직으로 낙서를 해 놨지 뭐여. 도통 지워지질 않는당께."

탄은 타불 스님이 가리킨 곳을 쳐다봤다. 합장을 하고 있는 미륵불상의 오른쪽 손등에 '예수천당 불신지옥'이라는 글자가 큼지막하게 쓰여 있었다. 누군지 알 수 없는 그 범인은 신앙심이 매우 투철한 모양이었다. 저걸 모험 의식의 증거라고 봐야 하나, 괴이한 장난이라고 봐야 하나? 어쨌든 탄은 그 내용이야 둘째 치고 장소를 따져 봤을 때 참 짓궂은 낙서라고 생각했고 동시에 타불 스님이 안쓰러워졌다. 방 영감 때문에 고생하는 자신의 처지와 비슷하다고 생각했기 때문이다.

"근디 탄아. 넌 뭣 땀시 키가 그럼시롱 안 큰다냐? 우유도 안 마시는 겨?"

순간 탄은 타불 스님에게 갖고 있던 동지 의식을 깨끗이 지워 버렸다.

"스님 아저씨는 하루가 다르게 늙어 가네요. 눈가에 주름들이 모여서 법회를 열고 있어요."

속없는 타불 스님은 탄의 머리를 한 번 헤집더니 탄이 손에 들고 있던 소쿠리를 가져갔다.

"방 씨 할아버지는 아직꺼정 밥솥을 안 샀고마잉. 징허다, 징혀."

그 말을 던지고는 타불 스님은 많이는 못 준다며 소쿠리를 들고 어디론가 사라졌다. 밥솥이 없는 망치 모텔의 사정상 어디선가 밥을 공수해 와야 하는 것은 필연적이었고, 방 영감은 정기적으로 탄을 위봉사에 구걸(?) 보냄으로써 이 문제를 해결해 왔다.

순철이 10여 년 만에 처음으로 밥을 먹고 싶어 한 건 반가운 일이지만, 덕분에 이 멀리까지 와야 하는 것이 탄은 좀 귀찮았다.

타불 스님이 사라지자 무료해진 탄은 모욕에 가까운 낙서를 손등에 새긴 미륵불상을 곰곰이 뜯어보기 시작했다. 하지만 탄은 숙방의 창문 틈으로 자신을 노려보고 있는 사내들이 있다는 것을 전혀 눈치 채지 못했다.

11

탄이 구봉사로 떠나자 방 영감은 텅 빈 로비에서 골똘히 생각에 잠겼다. 탈북한 흡혈귀가 사람이 되겠다고 모텔에 찾아온 사건은 분명 예상할 수 있는 범위를 훌쩍 넘어 있었다. 그렇지만 순철의 등장은 방 영감으로 하여금 오히려 중대한 결심을 내리게 만드는 계기가 되었다.

'그래. 미룰 만큼 미뤘지.'

방 영감, 과거 악취 마법사로 맹활약했던 방국봉은 순철에 대해서는 완전히 안심하고 있었다. 이 흡혈귀가 만약 나중에라도 사고를 칠 거라면 천둥트림이 그것을 미리 내다보지 못할 리 없다. 즉, 이 예쁘장하게 생긴 녀석이 모텔에 붙어 있어도 문제 될 것은 없다는 것이다.

'인간이 되겠다고? 이 무슨 웅녀도 아니고 말이야.'

혀를 끌끌 차면서 방 영감은 무의식적으로 복대를 어루만졌다. 아주 오랫동안 풀어 보지 않았지만 그 안에는 텅 빈 공간이 자리 잡고 있었다. 시체나 다름없는 몸이지만 엄연히 움직이고 있는 흡혈귀와 언제 죽어도 이상하지 않을 상처를 갖고 여태껏 버텨 온 자신 중에 누가 더 '인간'에 가깝다고 할 수 있을까?

방 영감의 눈이 상념에 젖어들었다.

시전자인 안변해가 목숨을 거뒀는데도 불구하고 모텔 안의 마법 결계가 가동되는 것에 그 어떤 마법사도 명쾌한 답변을 내놓지 못했다. 다만 고정 마법이라는 것의 특성이 워낙 독특하고, 그것이 인간의 한계를 넘어서서 8일 동안이나 유지되는 바람에 그 잔류 현상이 지속되고 있는 게 아니겠냐는 추측만이 나돌 뿐이었다.

"결국, 전 언제 죽어도 이상하지 않다는 거군요."

"그래. 원인이 명확하지 않으니 이 기적의 유효 기간이 내일까지일지, 1개월 뒤까지일지, 아니면 영원할지 아무도 모른다네."

텅 빈 냉장고마냥 모두가 떠난 모텔에는 길후만이 자석 병따개처럼 떠나지 않고 남아 있었다. 그리고 국봉의 손으로 살려 낸 아이는 국봉의 머리카락을 헤집으며 놀고 있었다. 두 마법사의 분위기가 얼마나 심각한지는 아이에게 아무런 상관도 없는 일이었다.

길후가 말했다.

"안변해의 아티팩트는 자네의……, 사망이 확인될 때까지 이곳에 놔두기로 했네."

"감사합니다."

"저 아이는 어떻게 할까?"

"여기에 둘 순 없죠. 데려가 주십시오."

고개를 끄덕인 길후가 양팔을 아이의 겨드랑이에 끼고 들어 올리려고 한 순간이었다. 아이가 국봉의 옷자락을 꽉 잡더니 빽빽 울기 시작했다. 그 악력이 어찌나 센지 길후가 아무리 세게 힘을 줘도 떼어 낼 수가 없었다.

"저……, 그만하시죠. 옷 늘어나겠습니다."

국봉의 목소리에는 왠지 모를 습기가 스며들어 있었다. 길후의 손으로부터 자유로워진 아이는 언제 그랬냐는 듯 국봉의 옆에 찰싹 붙어서 방싯방싯 웃었다.

오랜 침묵이 있은 후 국봉이 결의에 찬 표정으로 입을 열었다.

"제가 키워 보겠습니다. 언제……, 죽을지는 모르겠지만요."

까다롭게 따지면 원칙에 위배되는 일이었지만 길후는 국봉의 단호한 표정에 고개를 끄덕일 수밖에 없었다. 국봉은 길후에게 한 가지 부탁을 더 했다. 그것은 아티팩트 회수를 연기하는 것이나 아이를 국봉의 손에 남겨 두는 것보다는 훨씬 간단하고 쉬운 부탁이었다.

"외모를 바꿔 달라고? 그것도 백발이 듬성듬성한 꼬부랑 영감으로?"

"네, 최대한 늙어 보이게 해 주십시오."

실제로는 몇 백 살을 먹었지만 환영 마법으로 어린아이의 모습을 하고 다니는 길후에게 그 정도 마법은 유치원 성적표를 위조하는 것만큼이나 쉬웠다. 그러나 국봉의 요구에 담긴 진의를 모를 리 없기에 마음이 무거워지는 것은 어쩔 수 없었다.

미뤄 둔 죽음이 언제 닥칠지 모르므로, 국봉은 아이 앞에서 당장 죽어도 이상하지 않을 모습으로 살아가려는 것이었다.

방 영감이 회한에 잠겨 있는 그때, 탄은 보리밥이 담긴 소쿠리를 머리에 이고 산길을 내려오고 있었다. 타불 스님의 말은 빈말이 아니었다. 보리밥의 양은 정말 적었다. 그렇기에 탄의 머리가 이토록 무거운 것은 보리밥의 무게 때문이 아니라 타불 스님이 스치듯 남긴 한마디 때문이라고 봐야 했다.

'넌 뭣 땀시 키가 이리도 안 큰다냐?'

발끈해서 대들긴 했지만 그 말은 분명 사실이었다. 그러고 보니 탄은 한창 클 나이인데도 불구하고 키가 크질 않았다. 물론 방 영감도 어깨가 하마처럼 널찍해서 그렇지 위아래로 따져 보면 인상적인 키는 결코 아니다. 하지만 피가 섞인 사이도 아니므로 탄이 방 영감을 닮을 이유는 없었다.

'어쩌면 난 난쟁이의 자식?'

피식, 하고 헛웃음이 나왔다. 하지만 탄은 마음속에서 계속 솟아나는 의심을 모른척하기 위해 자기 최면을 걸 수 있을 정도로 영악한 아이는 아니었다. 탄은 걸음을 우뚝 멈췄다.

'망치 모텔의 고정 마법이 내 키를 붙잡아 놓고 있는 건 아닐까?'

그것은 탄의 정체성의 목젖을 강하게 깨무는 질문이었고,

아이의 인생에 있어서 손에 꼽을 정도로 중대한 물음이었다. 발길을 멈추고 골몰해 봐야 할 만큼……. 만약 망치 모텔 때문에 키가 크지 않는 거라면, 그리고 앞으로도 크지 않을 것이라면 연정이한테 거북이 천 마리를 줘서 고백에 성공한다 한들 앞날은 어두웠다.

탄은 방금 떠올린 '꺼림칙한' 의심을 붙잡고 있느라 사내들이 가까이 다가오는 것을 알지 못했다. 물론 아이가 주변 상황에 주의를 기울이고 있었다 해도 다섯 사내들의 접근을 눈치채진 못했을 것이다. 사내들의 움직임은 그만큼 예사롭지 않았다.

탄에게는 마치 눈 깜짝할 새에 뭔가 시커먼 것이 나타나 눈앞을 가로막는 것처럼 느껴졌다.

"꼬마야, 내 뭣 좀 물어보갔는디……."

눈이 양옆으로 찢어진 깡마른 사내가 탄을 향해 허리를 숙이고 말했다. 황급히 주변을 둘러보니 네 명의 동료들이 탄이 도망칠 곳을 막아서고 있었다. 사내들의 포위에 탄은 본능적으로 어깨가 움츠러드는 것을 느꼈다.

탄은 자신에게 말을 걸어 온 사내가 대장이라는 것을 깨달았다. 눈빛과 말투에서 명령조가 묻어 나오는 데다 그의 손에만 인상적인 물건이 들려 있었기 때문이다.

'저런 거, 홍콩 영화에나 나오는 건 줄 알았는데…….'

탄은 침을 꿀꺽 삼켰다.

사내가 천천히 들어 올려 아이의 이마에 겨눈 것은 싸늘한 감촉의 권총이었다.

"거짓부렁할 생각은 않는 게 좋을 기야. 너그 모텔 말이다.
북조선 아새끼를 델고 있지 않니?"

12

"기리니까, 내보고 카운터 보이를 맡아 달라는 말씀이신가요?"

순철은 고개를 갸웃하며 되물었다. 방 영감은 햇빛이 강렬해지자 아예 이불을 돌돌 말고 있는 소년 흡혈귀를 향해 마치 이불 더미와 대화하는 기분으로 대꾸했다.

"그래. 어차피 이 모텔에 붙박일 생각이면 아예 취업을 해 보라는 거지."

"조금 당황스러운데요. 잊으신 것 같아서 굳이 말씀드리자문 전 흡혈귀입네다."

"야간 당직에 제격이지. 자넨 밤에 더 쌩쌩할 거 아닌가. 지금은 낮에는 내가, 밤에는 탄이가 돌아가면서 카운터를 지키고 있는데 인간으로서 오래 할 짓이 못 돼. 자네들과 달리 인간은 햇빛을 먹고 살아야 하거든.”

방 영감의 말을 듣고 순철이 잠시 생각해 보더니 고개를 가웃했다.

“기럼 탄이라는 아이는 어찌 되나요? 그 아이는 뭘 하죠?”

“내쫓을 거야. 이 모텔에서 영영 내보낼 셈이네.”

“아아, 어디 맡겨 놓을 데가 있는 겁네까?”

“그딴 거 없어. 내쫓는다고 했잖아. 바깥세상에 나가면 뭐든지가 알아서 해야지.”

노인의 표정이 너무 평온했기에 순철은 달리 대답할 말을 찾지 못했다. 아동 학대 혐의로 방 영감을 비판해야 하는 건지 아니면 무언가 말 못 할 사정이 있는 거냐고 물어야 할지 감을 잡을 수가 없었다. 순철의 선택은 후자였다.

“뭔가 말 못 할 사정이 있나 보군요.”

방 영감은 자리에서 벌떡 일어난 뒤 순철에게 따라오라는 손짓을 했다. 그 손짓에 묘한 박력이 있었기에 소년 흡혈귀는 침대에서 일어나 방 영감을 따라 문을 나섰다.

방 영감은 계단을 내려가며 입을 열었다.

“자네, 우리 탄이가 카운터를 보면서 뭘 하고 있는 줄 아나?”

순철은 자신이 모텔에 온 날, 카운터 위에서 흰 병을 본 기억을 떠올렸다.

“종이를 접고 있지요. 무슨 동물 모냥인 것 같던데…….”

“거북이야. 그거 천 마리를 접으면 연정이에게 준다는군. 연정이는 녀석이 첫눈에 반한 정육점 집 계집아이지.”

순철은 흐뭇한 미소를 지었다. 아홉 살짜리 사내아이가 품을 만한 귀여운 소원 아닌가. 순철은 등밖에 보이지 않는 방 영감 역시 웃고 있을 거라고 생각했다. 그러나 방 영감의 표정은 몹시 경직돼 있었다.

방 영감이 순철을 데리고 간 곳은 숙직실이었다. 비좁은 2층 침대에 옷가지가 아무렇게나 널브러져 있었다. 돼지우리에 비유하면 돼지가 명예 훼손으로 소송을 준비할 것같이 지저분했지만 방 영감은 전혀 민망해 하지도 않고 숙직실 한구석에 세워져 있는 큼지막한 장롱 앞으로 다가갔다.

"탄이가 그 계집아이한테 홀딱 빠진 것은 4년 전이야. 큰맘 먹고 읍내에 고기 심부름을 시켰더니 그렇게 돼 버렸더라고……. 그 이후로 난 탄이한테 정육점 심부름을 시킨 적이 없네."

"왜죠?"

"그러고 싶어도 이젠 이 동네에 정육점이 없거든. 탄이가 거북이 천 마리를 주려고 안달 나 있는 그 연정이란 아이의 가족이 3년 전에 읍내를 떠난 후로 말이야. 그 사실을 나도 알고, 저 구봉사의 까까중들도 알아. 그런데 오직 탄이만 모르고 있어."

순철이 노인의 말을 반절도 이해 못 하겠다는 표정을 짓자 방 영감이 장롱의 문을 활짝 열고 안을 보여 주었다. 눈앞에 펼쳐진 광경은 참으로 괴상했다.

족히 스무 병은 되어 보이는 유리병들이 장롱 안에 차곡차곡 쌓여 있었다. 각각의 유리병들에는 누군가의 정성이 고스란히 들어가 있는 종이 거북이들이 가득 차 있었다. 단 한 사람이 만들어 놓은 광경이라면 꽤 오랜 시간이 걸렸으리라는 것을 어렵잖게 추측할 수 있었다.

"탄이는 오래전 이미 그 계집아이한테 거북이 천 마리를 선물했다네."

방 영감의 목소리는 건조했다. 탄이 거북이를 접기 시작한 지 두 달 만에 천 마리를 완성해 싱글벙글하는 모습을 봤을 때, 방 영감은 마냥 흐뭇하기만 했다. 교육상 매우 안 좋은 '모텔'이란 곳에서, 그것도 마법사가 지어 놓은 모텔에서 자라난 아이라 평범한 아이로 자라지 못하면 어쩌나 늘 근심이 가득했기 때문이다.

연정이의 생일에 맞춰 손가락이 부르트도록 종이를 접어 읍내로 나서는 탄의 발걸음은 가벼워 보였다. 방 영감 역시 그때 빈 모텔에서 절로 콧노래를 불렀다.

몇 시간 뒤 탄은 잔뜩 풀죽은 얼굴로 깨진 병을 안고 망치 모텔로 돌아왔다. 흙이 잔뜩 묻은 병 안에 아무렇게나 갈무리돼 있는 거북이들을 보고 방 영감은 탄에게 아무런 말도 꺼내지 못했다. 불가사리의 맹공 앞에서 탄을 구하고 그때껏 키우면서 처음 보는 얼굴이었기 때문에 어떻게 반응해야 할지 몰랐던 것이다.

다음날 탄은 아무렇지도 않게 종이 거북이들을 다시 접기 시작했다. 처음에 방 영감은 탄이 '열 번 찍어 안 넘어가는 나무 없다.'는 속담을 실천하려는 줄만 알았다. 그러나 실상은 더욱 심각했다. 두 번째 유리병을 완성했을 때 탄의 발걸음이 움직인 곳은 읍내 정육점이 아니었다. 숙직실 한편에 자리 잡은 장롱이었다.

"탄이는 그 장롱에 완성된 유리병을 집어넣고는 다시 거북이를 접기 시작했다네. 마치 계집아이한테 거절당했던 적이 없었던 것처럼……. 연정이가 이미 떠나 버렸다는 말을 전해 주면 실컷 울고는 다음날 잊어버린다네. 미칠 노릇이지. 우리 모텔에 걸려 있는 안내문을 봤는가? 그래, 이곳은 사랑과 증오가 못 박히는 곳이지. 이렇게 생각할 수밖에 없지 않는가. 탄이의 기억은 강제로 고정된 거야. 고백을 위해 열심히 거북이를 접던 그때로……."

순철의 몸을 둘둘 말고 있던 이불이 주르륵 흘러내렸다. 이야기가 주는 충격에 말을 잇기 힘들었다.

방 영감은 장롱 문을 조심스럽게 닫았다. 유리병에 담긴 거북이들이 당장이라도 떨어질까 조심하는 것처럼…….

"마을 사람 모두가 사투리를 쓰는데 탄이는 사투리를 쓰지 않아. 내가 서울말을 쓰기 때문이지. 4년 전부터 키도 자라지 않아. 아홉 살에서 기억과 함께 성장도 멈춰 버렸어. 원래 고정 마법은 그렇게 작동하지 않지만 당사자인 안변해가 죽었으니 누군가에게 따질 수도 없는 노릇이지. 이대로 10년이 지나면 어떻게 될 것 같은가?"

"……."

"내보내야 해, 하루라도 빨리. 아무래도 이유 없이 나가라고 하면 말을 안 듣겠지. 솔직히 말해 자네가 그 핑계가 돼 줬으면 좋겠네.”

방 영감의 목소리가 숙직실의 먼지처럼 묵직하게 내려앉았다. 그리고 침묵이 빈 공간을 메웠다. 한데 그 고요하고 무거운 공기 속에서 순철의 코를 자극하는 냄새가 있었다.

“몇 명의 인간덜이 모텔로 다가오고 있습네다. 탄이의 냄새두 기 중에 섞여 있고요.”

“그래? 손님을 데리고 오는 거겠지.”

방 영감의 말에 순철은 고개를 가로저었다.

“반가운 사람덜은 아닌 것 같습네다. 피 냄새가 짙어요. 이건……, 사람을 많이 죽여 본 이덜만 풍길 수 있는 냄샙네다.”

흡혈귀는 아니다. 모든 흡혈귀들은 피 냄새를 숨기는 법을 알고 있으며 대낮에 버젓이 돌아다니지도 못한다. 망치 모텔로 다가서는 이들은 분명 인간들이었다.

순철과 방 영감은 망치 모텔 로비에 서서 초초하게 방문자들을 기다리고 있었다. 순철은 문을 걸어 잠그자고 주장했지만 방 영감은 그것이 좋지 않은 생각임을 알고 있었다. 무엇보다 탄이 함께 있다면 일단 피 냄새를 풍기는 주인공들의 정체를 알아보는 것이 먼저였다.

망치 모텔의 문이 열리고 탄의 앙증맞은 발이 문턱 위로 모습을 내밀었다. 아이의 얼굴에는 긴장감과 함께 의아함이 깃들어 있었다.

“어라? 왜 다 나와 있대?”

뒤통수에 총구가 겨눠진 아홉 살 아이의 얼굴치고는 수우미양가 중에 '우' 정도는 줄 수 있을 만큼 꽤 양호한 편이었다. 그러나 후들거리는 두 다리는 탄이 얼마나 긴장하고 있는지 여실히 보여주고 있었다.

"고맙게스리 숨어 있지두 않아 주는고만. 아야, 니가 땅굴로 남조선에 내려온 간나 새끼디?"

대장으로 보이는 남자가 순철을 쏘아보며 물었다. 걸걸한 목소리에는 한겨울에 차가운 쇳덩이가 목덜미에 닿았을 때나 느낄 수 있는 섬뜩함이 묻어 있었다.

순철은 흠칫했고, 방 영감은 한결 날카로워진 눈으로 모텔의 출구를 막아선 다섯 사내를 훑어보았다. 평범한 등산객의 옷을 입고 있지만 옷으로 가릴 수 없는 야생 동물의 그것과 같은 근육이 그 안에 숨어 있었다. 신체의 극한까지 단련해 온 자들이라는 것을 한눈에 알 수 있었다.

탄의 뒤통수에 총구를 겨눈 사내가 입을 열었다.

"어떤 겁 없는 역도가 2호 땅굴을 발각시키는 바람에 민족의 혁명적 무장력이 짓부셔졌어. 계순철이, 어떤 패거리의 사주를 받은 기야?"

순철이 자신을 손가락으로 가리키며 물었다.

"설마……, 절 잡으러 예꺼지 오신 거임메?"

"평양에서 지령이 내려왔지야. 공화국의 비밀을 갖고 내뺀 놈일지두 모른다고. 느그 같은 아들, 목 따 버리는 우리 동무덜이 남조선에 천지빼까리야."

그건 정말로 몰랐다. 순철은 인간이 만들어 놓은 땅굴을 파고 내려온 것이 인간들의 세계에서 어떤 의미인지에 대해 고려해 본 적이 없었다. 탈북자들을 암살하는 간첩들이 남조선에 있을 것이라고 어떻게 상상할 수 있었겠는가.

순철은 천천히 탄의 뒤통수에 닿아 있는 총구에 시선을 집중시켰다.

'위험하다. 나야 총알 몇 방은 맞아도 되고, 동시에 한두 명은 물어뜯을 수 있지만 다섯은 너무 많아.'

그야말로 암담했다. 어둠이 흡혈귀를 가려 주는 밤이라면 모를까, 제한된 공간에서 살상 훈련을 받은 자들을 물러나게 하기란 불가능에 가까웠다. 무엇보다 네 개의 창문에서 모텔 바닥을 향해 대각선으로 내리꽂히는 햇빛은 순철에게 큰 부담이었다.

그때, 잠자코 있던 방 영감이 입을 열었다.

"그래서……, 쉬러 온 거요 묵으러 온 거요?"

도무지 상황에 어울리지 않는 말에 순철과 탄은 어안이 벙벙했다. 그리고 간첩 대장의 얼굴에 처음으로 표정이 떠올랐다. 비웃음이었다.

"이 할아바이가 상황 파악을 못 하는 기야 노망이 난 기야?"

대장이 굵은 팔뚝으로 탄의 목을 휘감고는 아이의 관자놀이에 총구를 갖다 댔다. 그 행동이 의미하는 바는 명확했다. 탄은 당장이라도 오줌을 지릴 것만 같았다.

"다 죽여 버리러 왔어. 답이 됐나?"

"그럼 곤란하지. 숙박객 아니면 안 받거든."

"노망났구만, 영감. 어디 이 꼬마 아새끼의 대갈통에 바람구멍을 내 줘두 기런 헛부렁을 뱉을 수 있는지 보갔서."

순철이 짧은 신음을 흘렸다. 당장이라도 달려들 수 있도록 몸에 힘을 줬지만 총구를 겨눈 자들과의 거리가 너무 멀었다. 저 매서운 눈의 사내가 아무 거리낌 없이 방아쇠를 당길 수 있는 위인이라는 것을 순철은 흡혈귀의 본능으로 알 수 있었다. 그러나 방 영감의 표정은 평온했다.

"당겨 봐."

탄이 목을 졸린 채로 발악했다.

"할아범, 돌았구나! 부려 먹은 것도 모자라서 이제 죽이려고……."

"암, 손님도 아닌 녀석들을 달고 왔으니 죽어도 싸지. 그리고 평생 이 망치 모텔에서 살아왔으면서 이 건물의 안내문을 깜빡하는 녀석의 머리에 구멍 좀 나면 또 어때?"

시뻘겋게 달아오른 얼굴로 반박하려던 탄이 멈칫했다.

'안내문?'

탄은 머리를 굴려 모텔 입구에 세워져 있는 안내문의 문구를 떠올렸다. 그리고 방 영감을 제외한 모텔 내의 모든 이들을 당황케 만드는 행동을 했다. 해맑아진 표정으로 손가락을 튕긴 것이다.

"아하!"

그리고 탄은 대장의 품에서 쑥 빠져나왔다. 대장의 총구는 이제 허공을 겨냥하고 있었다. 간첩 중 한 명이 얼빠진 듯 물었다.

"동지, 머 하는 기래요?"

대장은 대꾸할 수가 없었다. 분명 힘을 줘 조르고 있었는데 빗장 풀린 문처럼 팔이 열려 버린 것이다. 그러나 오른손에 들린 총의 무게가, 무수한 적을 침묵시킨 도구의 익숙한 질감이 그를 다시 침착하게 만들어 줬다. 대장은 탄을 붙잡아 놓느라 숙였던 허리를 세우고는 지체 없이 아이의 뒤통수를 향해 방아쇠를 당겼다.

이번에야말로 정말 당황할 차례였다. 손가락이 움직이질 않았다. 수백 번 당겨 봤던 방아쇠가 꿈쩍도 하지 않자 대장은 지극히 이성적인 결론을 내렸다.

'기렇군. 고장이 나 버린 기야.'

그는 오른쪽에 서 있는 부하를 바라보며 명령을 내렸다.

"동무가 쏴 버리라우."

대장이 지목한, 눈망울이 커다란 간첩은 저격수였다. 2킬로미터 떨어진 상대의 고환을 쏴서, 죽이지 않고 생식 능력만 빼앗을 수 있을 만큼 뛰어난 사격술의 소유자였다. 그러나 그가 꺼내 든 총의 방아쇠 역시 당겨지지 않았다. 마치 강철처럼 고정되어 버린 듯했다.

급기야 다섯 간첩이 차례로 총을 꺼내 방 영감과 탄을 향해 방아쇠를 당기려 힘을 쓰는 진풍경이 벌어졌다. 간첩들의 손가락이 움찔할 때마다 경직된 순철의 어깨도 덩달아 움찔했다.

그러나 방 영감의 표정은 심드렁했고, 탄은 허리에 손을 얹은 채 싱글벙글 웃고 있었다. 가장 마지막 순서였던 간첩은 아예 품에서 총을 꺼내지도 못하고 있었다. 총이 몸에 달라붙어 버린 것이다.

"아저씨들, 애써 봐도 안 될걸요. 이 모텔은 보통 모텔이 아니거든요."

'사랑과 증오가 못 박히는 곳이죠. 즉, 이 모텔에선 사랑의 결실도 생기지 않지만 증오의 표출도 허락되지 않아요. 누군가를 때리거나 할퀼 수도 없는데 총을 쏜다는 건 말도 안 되지.'

탄은 그 사실을 잊어버리고 조금 전까지 벌벌 떨고 있던 자신의 머리를 쥐어박고 싶었다. 그리고 진짜로 방 영감이 자신의 정수리를 쥐어박았을 때는 이놈의 할아범이 독심술까지 익혔나 하고 깜짝 놀랐다.

"우쭐대지 말고 빨리 전화기로 튀어 가서 간첩 신고나 해라. 다섯 놈이면 우리 모텔 이름이 '금망치 모텔'로 바뀌고도 남겠군."

탄은 영리한 아이였으므로 몇 번으로 걸어야 하냐고 되묻는 대신 황급히 숙직실로 달려갔다. 물론 숙직실에 전화기 따위는 없었다.

이때 순철은 흡혈귀가 이빨을 드러낼 수도 없고 총구도 당길 수 없는 마법이 지배하는 곳에서 방 영감이 자연스럽게 순철의 머리를 쥐어박는 장면에 위화감을 느끼고 있었다. 왜 그는 탄을 '때릴' 수 있는 거지?

답은 한 가지밖에 없었다.

'일말의 증오두 담겨 있지 않은 순수한 행동인 건가?'

총에 대한 미련을 버리고, 열리지 않는 칼집에서 손칼을 꺼내려고 노력하던 간첩 대장은 결국 상황을 받아들였다. 이성적으로 납득할 수는 없지만 이 모텔에서 총이나 칼을 쓸 수 없는 것은 분명했다. 그리고 더욱 적응하기 힘든 것은 철저한 살인 교육을 받은 자신의 뇌리에 평화, 화해, 관용 따위의 단어들이 뭉게뭉게 피어오르기 시작한 것이었다. 인민군에게는 익숙한 상황이었다. 강제 세뇌, 마치 살의가 생기지 않도록 압박을 당하는 것 같은 기분이었다.

"잇쌍! 일단 물러나라. 다음을 기약하자우."

네 명의 부하들이 황급히 모텔을 빠져나갔고 간첩 대장이 마지막으로 뒷걸음질 치며 방 영감을 향해 이를 드러냈다. 방 영감은 팔짱을 낀 채 마주 보며 푸석푸석한 미소로 응답했다.

"다음이 어디 있어? 숙박비 가져와도 안 들여보내 줄 거다."

13

탄은 썰렁한 농담을 들으면 코를 찡그리며 투덜거리는 버릇이 있었다. 그 버릇을 누구보다 잘 알고 있는 방 영감은 이번에도 아이가 코를 찡그리려 하자 칼로 무 자르듯 말했다.

"농담 아니다. 오래 생각해서 결정한 거야."

"그래서, 나보고 여길 나가라고?"

"응. 앞으로 카운터는 이 흡혈귀 친구가 봐 주기로 했어. 돈도 필요 없다니 횡재지, 암. 그러니 넌 드디어 네 갈 길 찾아 떠나면 돼."

꽁꽁 언 계곡물에 빨래를 할 때보다 더욱 차갑고 싸늘한 말투였다. 방 영감의 무뚝뚝한 입가에 입김이 서린다 해도 놀라지 않을 만큼…….

탄은 홱 하고 얼굴을 돌려 계단에 앉아 있는 순철을 쳐다봤다. 소년 흡혈귀는 눈을 마주치지 못하고 고개를 떨구었다. 탄은 자신이 모르는 사이에 무슨 일이 벌어진 건지 알 수 없었다.

"내일 아침, 날이 밝는 대로 떠나. 황 순경에게 말해 놓을 테니 알아서 잘 처리해 줄 거다."

'처리라니? 지금 누굴 어떻게 처리한다는 거야?'

당황한 탄이 방 영감을 쿡쿡 찔러 봤다.

"에이, 왜 그러는 거야? 아침에 먹은 것이 체한 거야?"

노인의 태도는 요지부동이었고, 한번 결심하면 꺾는 법이 없는 위인이라는 것은 줄곧 함께 해 온 탄이 가장 잘 알고 있었다.

급기야 탄이 어금니를 꽉 깨물고 발악했다.

"이 할아범, 언제 노망이 나나 타불 스님이랑 내기했었는데 그게 오늘이었어? 내가 갈 데가 어디 있다고 내쫓는 거야?"

탄 스스로도 평생 깨닫지 못했던, 버림받는 것에 대한 두려움이 아이의 음성을 미세하게 떨리게 만들었다. 그러나 방 영감에게는 줄곧 잊지 않고 있던, 언제든 아이와 헤어져야 한다는 다짐을 각인시키며 살아온 나날이었다.

"못 나가! 안 나가!"

방 영감이 바락바락 대드는 탄의 머리를 쥐어박았다.

"이 멍청아! 오늘 죽을 뻔하고서도 정신을 못 차렸냐? 이 모텔은 위험해. 어디로든 떠나서 네 멋대로 살란 말이다!"

노인의 주먹이 정수리를 쥐어박은 건 전혀 아프지 않았다. 그러나 탄은 너무 억울하고 분해서 아랫배에 힘이 꽉 들어가고 눈물이 나올 것 같았다.

"에잇, 씨!"

탄은 방 영감을 한 번 쏘아본 뒤에 순철을 밀치고 2층 객실로 올라가 버렸다. 쾅 하고 문이 닫히는 소리와 철컥 잠기는 소리가 로비까지 똑똑히 들려왔다.

방 영감이 의자에 힘없이 주저앉았다.

"두 번은 못 할 일이군. 누굴 닮아서 저렇게 말귀를 못 알아듣는 거야?"

순철이 다가와 방 영감의 어깨에 손을 올렸다. 흡혈귀의 손답게 온기는 없었지만 의도는 충분히 전달되었다. 방 영감은 위층의 탄에게는 들리지 않을 만큼 나직한 목소리로 말했다. 시선은 바닥을 향하고 있었다.

"처음엔 말이야. 저 아이의 시간이 아홉 살에서 멈춰 선 것이 연정이한테 퇴짜 맞은 충격이 너무 커서 그런 거라 믿었다네. 한데 문득 그게 아닐 수도 있겠다는 생각이 들더군. 왜 하필 아홉 살일까 따져 봤더니 이 아이를 처음 키우기로 마음먹었을 때 내가 나 자신에게 했던 맹세가 떠오르는 거야."

'홀로 설 수 있을 때까지만이야. 그래, 열 살! 딱 열 살이 되면 떠나보내야지.'

방 영감이 스스로에게 했던 다짐이었다.

"이런 생각이 드는 거야. 어쩌면 탄이를 아홉 살에 멈춰 버리게 만든 건 내가 아닐까? 무의식적으로 저 아이가 열 살이 되지 않도록 이 모텔에 빌어 온 것은 아닐까? 그런 생각이 머리를 떠나지 않는 건 참 지랄 맞은 일이었어.”

방 영감이 고개를 들어 석판에 적힌 안내문에 시선을 던졌다.

‘사랑과 증오만 못 박히는 걸로 족해. 저 아이의 삶을 여기에 못 박을 권리는 내게도, 이 모텔에도 없어.’

노인의 모습으로 10년이 넘도록 ‘죽어가고 있는’ 전직 마법사와 소년의 모습으로 ‘죽지 않는 흡혈귀에서 떠나려는’ 인간 지망생은 그렇게 오랫동안 모텔에 켜켜이 내려앉은 먼지들과 함께 앉아 있었다.

두 명의 마법사들이 모텔을 찾은 것은 해질녘이었다.

“여긴 10년째 그대로구먼. 변한 게 하나도 없어.”

방 영감은 노을을 배경으로 로비에 들어선 두 사람 중 키가 작은 쪽의 얼굴을 알고 있었다. 영락없는 노인의 말투지만 얼굴은 시골에 곤충 채집이라도 온 듯한 꼬마의 그것이었다.

‘변한 게 없는 건 선배님도 마찬가지 아닙니까? 10년이 넘었는데도 여전히 그 멜빵에 곰돌이 티셔츠로군요.’

“오랜만일세, 방국봉.”

“건강해 보이셔서 다행입니다.”

백발노인이 꼬마에게 허리를 잔뜩 굽혀 인사하는 장면은 상식의 엉덩이를 있는 힘껏 걷어차고 있었지만 로비에 있는 그 누구도 이상하다고 느끼지 않았다. 길후의 뒤에 서 있는 곽찬은 현직 마법사로서 겉모습에 속아선 안 된다는 것을 숙지하고 있었고, 방 영감 곁에 있는 순철은 자의는 아니지만 길후와 사정이 비슷했기에 그 상황을 자연스럽게 받아들였다.

"그래, 자네가 맡아 키우던 그 아이는 어디 있나? 지금쯤 훌쩍 컸을 것 같은데……."

"흠, 설명하자면 좀 깁니다. 앉아서 얘기하실까요?"

노인과 소년은 테이블을 빙 둘러앉았고, 청년은 벽에 기대선 채 주변을 경계했다.

길후는 방 영감에게 자초지종을 재촉했다.

"흡혈귀는 흡혈귀인데, 인간이 되고 싶다? 피 빠는 것도 체질에 안 맞고?"

순철은 고개를 끄덕였다. 흡혈귀 최대의 천적이라는 마법사들 두 명과 마주 앉아 있으니 온몸이 저릿저릿한 것은 어쩔 수 없었다.

길후와 곽찬이 서로 시선을 교환했다.

'이런 거였군. 사람을 안 물겠다고 작정한 흡혈귀이니 천둥트림을 헷갈리게 만들 수밖에…….'

인간에게 피해를 줘야만 마법사들을 출동시킬 수 있는 환수 천둥트림의 기준에 순철은 포함되지 않았던 것이다.

"피에 알레르기가 있는 흡혈귀 친구, 그렇게 벌벌 떨지 않아도 돼. 아직 자네를 퇴치하겠다고 결정한 건 아니니까. 흡혈귀가 진짜 사람이 될 수 있는지 개인적으로 궁금하기도 하고……."

길후는 웃으며 순철을 안심시키려 했지만 '아직'이란 단어가 순철의 안색을 어둡게 만들었다. 그 모습에 길후와 곽찬이 말

없이 시선을 교차했다.

'역시 이 쥐콩만 한 흡혈귀는 토벌 대상이 아니었어. 그럼 천둥트림은 왜 우릴 여기로 파견한 걸까?'

방국봉의 말에 의하면 낮에 이곳을 점거하려 했던 무뢰배들은 잘 단련된 암살자들이라고는 해도 '인간'이었다. 마법과는 하등 관련이 없는 것이 분명하다고 방국봉이 설명한 바 있었다.

순철처럼 체구가 작은 흡혈귀라면 어설픈 견습 마법사라도 혼자서 능히 때려잡을 수 있었다. 그런데도 불구하고 천둥트림은 서울 지부에서 손꼽히는 베테랑 마법사 둘을 이 촌구석까지 출동시켰다. 대체 이곳에서 무슨 일이 일어나려는 것일까?

타아아아앙!

그 대답은 구봉산 깊숙한 곳에서 울려 퍼지는 메아리의 모습으로 찾아왔다. 모텔뿐 아니라 산자락 전체에 널리 퍼질 만큼 강렬하고 절대 놓칠 리도 없는 그 소리는……, 분명 귓가를 쩌렁쩌렁하게 울리는 총성이었다. 모텔 내의 네 남자가 자리를 박차고 일어섰을 때 또 한 번의 총성이 울려 퍼졌다. 간격을 두고 다시 한 번, 세 번째의 금속음에는 뭔가 다급한 느낌마저 실려 있었다.

길후의 눈매가 날카로워졌고 곽찬은 급히 마안을 발동시키며 임전태세에 들어갔다. 돌격 마법사 곽찬이 길후에게 허락을 구하듯 눈을 마주쳤고, 길후는 절도 있는 몸짓으로 고개를 끄덕였다. 길후의 턱이 제자리로 돌아온 순간, 곽찬은 이미 그 자

리에 없었다. 모텔의 문이 틱틱 소리를 내며 앞뒤로 움직이고
있었다.

"아까 그 간첩덜인 것 같습네다."

"아마도……. 그런데 누구한테 총을 쏴 대고 있는 거지?"

순철의 말에 방 영감이 의아함을 드러냈다. 당연하지만 총
을 쏜다는 것은 그곳에 '적'이 있다는 얘기다. 그때 잠자코 듣고
있던 길후가 순철을 다그쳤다.

"자네 말이야. 정말로 혼자 내려왔나?"

"예? 아, 예. 수장님이 무리를 떠나는 걸 허락해 준 데다 남
조선은 마법사덜이 활개 치는 땅이라고 모두 겁내는걸요."

길후는 생각에 잠겼다. 총성은 짧게, 각기 다른 세 곳에서
한 번씩 울려 퍼졌다. 같은 장소에서 총성이 두 번 울리지 않았
다는 것은 그 총의 보유자가 '싸움'을 하는 것이 아니라 '습격'을
당하고 있다는 소리였다.

'아귀가 맞질 않아.'

천둥트림은 분명 땅굴을 통해 온 흡혈귀는 단 하나뿐이라고
말했다. 순철의 전에도 후에도 북한에서 내려온 흡혈귀의 반
응은 없었다. 더군다나 순철 덕분에 발견된 2호 땅굴은 나라가
발칵 뒤집힐 만한 사건이었기 때문에 즉각 폐쇄됐을 것이다.

길후는 어둑어둑한 창밖을 내다보았다. 보름달이 천공의 꼭
대기를 향해 뜨고 있는 중이었다.

"어이, 알레르기 꼬마. 흡혈귀는 숨을 오랫동안 참을 수 있
지 않나?"

"네? 예, 기렇지요."

순철은 경험에 의거해 대꾸했다.

"지치지도 않을 거고?"

"예."

"제기랄, 그거였군."

눈은 총성의 진원지인 산등성이를 보고 있었지만 길후는 산맥 너머에 있는 것을 생각하고 있었다. 10여 년 전 불가사리를 궁지에 몰아넣기 위해 이 근처의 지리를 모두 조사했던 길후는 보지 않고도 그 너머에 무엇이 있는지 알고 있었다.

"땅굴이 아니었군. 물속을 통해서 온 모양이야."

산등성이 너머에는 남해 바다가 있었다.

평범한 사람의 눈에는 보이지도 않을 속도로 휙휙 몸을 날린 곽찬이 멈춰 선 곳은 구봉산 중턱에 위치한 공터였다. 빽빽한 활엽수들이 밤바람에 몸을 부대끼고 있었다.

곽찬의 아티팩트인 카모나이트가 돌격 마법사의 피부를 감싸기 시작했다. 적을 감지한 '어금니'의 눈빛이 형형하게 빛났다. 그의 정면에는 콧날이 매서운 장신의 사내가 앞을 가로막고 있었다. 곽찬의 날카로운 감각은 숲 이곳저곳에도 비슷한 기운들이 발톱을 감춘 채 숨어 있는 것을 감지하고 있었다.

"남조선의 공기는 좋쿠나야. 기렇지 않네?"

붉게 충혈된 눈에 송곳니까지, 곽찬은 사내를 쓰윽 훑어보고 결론을 내렸다.

"흡혈귀 칼날코, 맞나? 순철이란 친구의 말대로 참 못생긴 코를 갖고 있군."

칼날코는 곽찬만큼이나 전투에 능숙한 흡혈귀였기에 단순한 도발에 쉬이 흥분하지 않았다. 대신 송곳니를 한껏 드러내며 몸을 웅크렸을 뿐이다. 돌격 마법사 곽찬은 그것이 흡혈귀의 신체구조상 매우 영리하고 합리적인 돌격 자세라는 것을 파악하고 박수를 쳐 주고 싶었지만 그럴 틈은 없었다. 곽찬의 목덜미를 노리고 칼날코가 송곳니를 번뜩이며 덤벼들었기 때문이다. 흡혈귀의 송곳니가 섬광 같은 직선 궤도를 허공에 그렸다.

까득.

칼날코가 문 것은 곽찬의 목이 아니라 재빠르게 들어 올린 그의 왼팔이었다. 악마의 화석으로 몸을 감쌌기에 흡혈귀의 단단한 송곳니도 그의 팔에 흠집을 낼 수는 없었다. 칼날코는 미련 없이 몸을 뒤로 날렸고, 그 빈자리에 강력한 힘을 실은 곽찬의 주먹이 허공을 갈랐다.

칼날코는 땅에 착지하자마자 허리춤에서 총을 꺼내 곽찬의 얼굴을 노렸다. 방아쇠가 당겨지자 총구가 연발로 불을 뿜었다. 미처 예측하지 못한 공격임에도 곽찬은 뛰어난 반사신경으로 두 발을 피하고 한 발을 손등으로 쳐 냈다.

칼날코는 조금 감탄한 표정을 지은 뒤 망설임 없이 총을 버리고 다시 덤벼들어 왔다. 사정 봐 주지 않고 급소만을 노린 손속이었다.

'쓸 만하군.'

곽찬의 순수한 감상이었다. 그러나 그때까지만 해도 전투에 임하는 곽찬의 각오는 '사냥'의 그것이었다. 때려잡기가 조금 까다로울 뿐, 흡혈귀 한 마리에 쩔쩔매서야 돌격 마법사라고 할 수 없었다.

문제는 숲 속에 숨어 둘의 싸움을 지켜보고 있는 '다섯 존재들'이었다. 아직은 살기를 감추고 있지만 이들의 참전에 따라 곽찬의 전투태세는 달라질 수밖에 없었다.

14

"내를 따라 내려왔다문 칼날코 동무일 긴데……. 벼락 뿔님의 직속 수하나 마찬가지인 무시무시한 흡혈귑네다."

순철의 말에 길후가 추가 설명을 요구했다. 순철은 칼날코가 흡혈귀가 된 경위에 대해 희미한 기억을 되짚었다.

오래전 사람의 발길이 닿지 않는 낭림산맥 깊숙한 곳에 일단의 무리가 진지를 친 적이 있었다. 인민군 무리였다. 당연히 흡혈귀들은 굴러들어 온 호박이나 마찬가지인 인간들을 향해 송곳니를 드러냈고 군부대와 흡혈귀 사이에 전면전이 일어났다.

"칼날코 동무는 그중에서 가장 마지막꺼지 살아남아 있던 인간이랬습네다. 그의 손에 흡혈귀 셋의 모가지가 날아갔다고 들었지요. 결국 벼락뿔 수장님이 직접 나서서 그를 제압했고, 동지로 만들었다고 들었습네다."

"흡혈귀의 생리에 대해선 잘 모르지만, 인간이었을 때 질겼던 놈은 흡혈귀가 되면 더 질겨지겠지?"

"칼날코 동무의 경우를 보문……, 기렇다고 생각합니다."

순철의 답이 떨어지자 길후는 멜빵의 끈을 단단히 조였다. 흡혈귀들의 속셈이 무엇인지는 아직 모르지만 아까의 그 총성은 분명 의미심장했다. 방국봉이 내쫓았다는 다섯 간첩들이 모두 흡혈귀에게 물려 신생 흡혈귀가 되었을 최악의 상황까지 생각해야 했다.

'조련된 살상 병기에 흡혈귀의 육체까지 주어진다면 골치가 좀 아프겠군.'

순철이 중얼거렸다.

"분명 순순히 절 보내 줬는데……, 어째서 여기꺼지 따라온 걸까요?"

"안절부절할 것 없네. 저 흡혈귀들이 자네 하나 괴롭히자고 이 멀리까지 내려오진 않았을 거야. 분명 시커먼 속셈이 있겠지. 그게 뭔지는 조금 두들겨 패 준 다음 들으면 될 일이고……."

모텔을 나서는 길후의 발걸음은 가벼웠다. 그가 시야에서 사라지기 직전 순철은 길후가 입은 티셔츠의 곰돌이들이 맹렬하게 뛰어다니는 모습을 본 것 같았다.

돌격 마법사 골곽찬의 주먹이 벼락같이 내리꽂혔다. 칼날코가 그 주먹을 가까스로 피할 수 있었던 것은 인간의 반사 신경을 훌쩍 능가하는 발놀림 덕분이었다.

마법사가 되기 전 링 위에서 숱한 상대를 매트 위에 눕힌 복서였던 곽찬은 손에 묻은 자갈의 잔재들을 툭툭 털어 내며 생각했다.

'까다로운 아웃복서로군. 게다가 예민하기까지 해.'

"탐색전은 그만하면 됐어."

중얼거림을 마친 곽찬은 포탄처럼 튀어 나가 칼날코와의 거리를 일순간에 없애 버렸다. 전진과 동시에 휘둘러지는 괴력의 오른손 훅이 칼날코의 관자놀이를 노렸지만 또다시 허공을 가를 뿐이었다. 뒤로 몸을 날린 흡혈귀는 공격을 무위로 허비한 돌격 마법사의 입가가 올라가는 것을 보고 찰나의 불안감을 느꼈다.

'걸렸군.'

곽찬의 훅, 그 궤도에 숨어서 따라오던 카모나이트의 일부가 철퇴를 연상시키는 박력으로 공중에 뜬 칼날코의 복부에 적중했다.

"크헉!"

예상치 못한 공격에 칼날코는 몸이 기역 자로 꺾인 채 한참을 날아갔다. 처참한 비행은 네다섯 그루의 나무를 박살 내고 나서야 멈췄다. 평범한 인간이었다면 즉사했을 충격이었지만 칼날코는 지체 없이 다시 일어섰다. 다만 갈비뼈 몇 대가 부러졌는지 표정은 잔뜩 일그러져 있었다.

곽찬의 등 뒤로 여섯 개의 등뼈가 각기 다른 생물체인 것처럼 움직이고 있었다. 대악마 카몬의 등뼈, 카모나이트는 스스로 목표물을 노리는 사슬 추와도 같았다.

조금 전까지 곽찬은 모처럼 인간과 똑같은 외양의 악수와 싸우다 보니 자신도 모르게 맨손만 사용하고 있었다. 하지만 그가 애용하는 최강의 무기는 주먹이 아니었다.

"여기가 링 위도 아니고, 괴물들끼리 서로 잡아먹는 데 맨손 대결을 할 필요는 없지."

오솔길의 공기가 달라졌다. 곽찬이 병기로서의 자신을 일깨운 순간 팽팽했던 균형이 깨졌다는 것을 칼날코 역시 몸으로 느끼고 있었다. 그러나 흡혈귀는 처음 마법사에게 달려들었던 순간과 마찬가지로 지금도 자신이 불리하다고는 생각하지 않았다.

칼날코는 인간 시절의 버릇을 미련 없이 버린 곽찬과 반대로 인간 시절의 습성을 되살려 내고 있었다. 인민군 특수 장교였던 칼날코가 인생의 절반을 바쳐 육신에 새겼던 기술은 기만과 교란, 즉 게릴라전의 기술이었다. 적군의 전력이 아군보다 우세할 경우에는 유리한 전장으로 유인하는 것이 우선이다.

슬금슬금 뒷걸음질을 치던 칼날코가 이윽고 산등성이 언덕 쪽으로 내달리기 시작했다. 골곽찬은 그것이 노골적인 유인책임을 알면서도 1초의 지체도 없이 발을 굴러 칼날코를 쫓았다. 지금은 '사냥'의 시간, 상대가 미끼를 던진다면 그 미끼까지 한꺼번에 박살 내면 그만이다.

골곽찬과 칼날코가 두 개의 탄환이 되어 산 정상을 향해 추격전을 벌이며 자리를 떴다. 그러자 둘의 육탄전으로 난장판이 된 숲 속 여기저기에서 다섯 인영人影이 걸어 나왔다.

낮에 망치 모텔을 습격했던 무장 간첩들이었다. 그들이 이미 인간의 테두리에서 탈피했다는 것을 창백한 피부와 기형적인 송곳니로 알 수 있었다. 어둠 속에서 붉게 빛나는 열 개의 눈동자가 골곽찬과 칼날코의 뒷모습을 좇았다.

"계획대로 가고 있어. 이거, 무서울 정도로구만."

더욱 사나워진 기세의 간첩 대장의 입에서 흘러나온 말이었다. 기척을 눈치 채지도 못한 사이에 무언가에 습격당한 후 정신을 차려 보니 육식 괴물이 되어 있었다. 다섯 사내는 아직 이 상황을 어떻게 받아들여야 할지 알 수 없었지만 칼날코의 명령에 따라야 한다는 강한 일념에 사로잡혀 있었다.

"기럼 가자우. 우리덜의 '주적'을 쳐 죽이러……."

투쟁의 대상을 확실히 정한 늑대들처럼 다섯 남자들이 곽찬과 칼날코가 사라진 방향으로 몸을 날렸다.

탄은 자신이 몇 호실의 침대에 누워 있는지도 모른 채 엎드려 있었다.

'도대체 방 영감은 무슨 속셈으로 날 여기서 내보내려는 걸까? 간첩들 때문에 위험하다면 원흉인 순철을 내쫓아야지, 왜 애꿎은 날 떠밀어? 여길 떠나서 대체 뭘 하라고?'

망치 모텔이 아닌 곳에서의 삶은 단 한 번도 생각해 본 적이 없었다.

자신의 등껍데기로부터 결별 선언을 들은 거북이의 심정마냥 혼란스러웠다. 방 영감과 함께 투숙객들과 지지고 볶으면서 평화롭게 지내던 나날들이 요 며칠 새 통째로 뒤흔들리고 있었다. 어디서부터 바로잡아야 할지 아이에겐 너무 벅찬 문제였다.

마법사가 만든 모텔에 찾아온 탈북 흡혈귀. 탄은 푹 자고 일어나면 이 모든 일이 다 없었던 일로 돌아가면 얼마나 좋을까 하고 아이다운 소망을 가져봤다.

그때 톡톡, 창문을 두드리는 소리가 났다.

탄은 이불에 파묻은 몸을 일으켜 창문 밖을 내다보았다. 지금, 이곳에 나타날 거라고는 상상할 수도 없었던 사람이 창문 너머에서 문을 열어 달라고 손짓하고 있었다.

"연정이?"

정육점 집 딸인 연정이가 창문 사이로 탄을 마주 보며 싱긋 웃고 있었다.

'여긴 왜 온 거지? 아직 천 마리 다 못 접었는데…….'

탄이 반한 아이는 지금까지 봤던 모습 중에 가장 예쁜 얼굴을 하고 있었다. 거의 보여 준 적도 없는 환한 미소와 함께……. 꿈처럼 비현실적인 장면이었다.

그래서일까? 탄은 이곳이 2층이란 것도 까맣게 잊고 홀린 듯이 창문을 열었다.

연정이의 미소가 더욱 짙어졌다.

15

"뭐야, 여긴?"

칼날코가 도주를 멈춘 곳은 어둠에 싸여 있는 널찍한 공터였다. 조금 무리했다면 손쉽게 흡혈귀의 뒤를 따라잡을 수도 있었지만 곽찬은 유인할 테면 유인해 보라는 심정으로 느긋하게 칼날코를 추적했다. 돌격 마법사 특유의 못 말리는 자신감이었다.

그러므로 칼날코가 공터 한가운데에서 네 흡혈귀와 함께 자신을 기다리고 있는 광경을 봤을 때 곽찬이 고개를 갸웃한 것은 숨어 있던 다섯 흡혈귀 중 넷이 결국 모습을 드러냈기 때문이 아니었다. 단지 이토록 인적 드문 산중에 인공적으로 다듬은 듯한 평지가 존재한다는 것이 의아해서였다. 한 팀을 일곱 명 정도로 추린다면 축구를 즐길 수 있을 만큼의 넓이였다. 구봉산의 봉우리를 사람의 머리에 비유한다면 이곳은 큼직한 땜통이나 다름없었다.

"잘도 이런 곳으로 안내했군. 쥐새끼처럼 숨어 있던 놈들도 이제야 튀어나왔고……."

갓 흡혈귀가 된 네 간첩의 얼굴이 흉포하게 일그러졌다. 순철이 곽찬과 대면했을 때 느꼈던 마법사의 강압적인 투기에 본능적으로 공격성을 드러낸 것이다. 심드렁한 표정을 짓고 있지만 덩치 큰 마법사는 흡혈귀에게 맨살에 면도날을 갖다 대고 있는 것 같은 위협감을 주고 있었다.

반면 흡혈귀들의 수장 벼락뿔을 곁에서 보좌해 온 칼날코는 압도적인 살기와 존재감에 이미 익숙해져 있었다. 게다가 아무리 강하다 해도 저 마법사는 결코 지능적이지는 못했다. 왜 이곳까지 자신을 유인했는지 전혀 감도 못 잡고 있는 것 같으니 말이다.

"기래, 이자 다시 시작해 보자구."

칼날코가 앞으로 나서자 나머지 네 흡혈귀가 서로 눈빛을 교환하고는 곽찬을 빙 둘러쌌다. 돌격 마법사는 독립적인 유기체처럼 움직이는 악마의 등뼈에 마력을 흘려 넣으며 흡혈귀들의 움직임을 주시했다.

5 대 1.

'한 녀석은 여전히 숨어 있는 건가?'

골곽찬은 이제야 사냥이 아닌 대결을 할 수 있으리란 생각에 일말의 기대감마저 품고 있었다.

칼날코가 땅을 박차고 덤벼들었다. 물소의 돌격 같은 담백한 공격에 곽찬은 성의 있게 응답해 주기로 결심했다. 두 사내는 서로의 손을 마주 잡고 힘겨루기를 시작했다. 곽찬의 발뒤꿈치가 조금씩 밀리기 시작했다. 믿기 힘든 괴력이었다. 좀 전과는 비교도 할 수 없을 정도의 압박감이었다.

'성가시군.'

곽찬은 등뼈 하나를 휘둘러 칼날코의 턱을 쳐올렸다. 칼날코의 몸이 날아올랐다. 칼날코의 역할이 유인책이었음을 깨달은 것은 칼날코에게 신경을 쓴 사이 흡혈귀 중 두 녀석이 곽찬의 양다리를 붙잡는 데 성공한 순간이었다.

'뭐 하자는 거지?'

무언가 날카롭고 묵직한 비행체가 공기를 가르며 날아오는 소리가 들렸다. 마력은 전혀 담겨 있지 않았지만 엄청난 속도로 날아오는 괴물체, 그것이 닿기 직전 곽찬은 본능적으로 전신을 카모나이트로 뒤덮었다.

훌륭한 임기응변이었다.

꽈아아아아앙!

곽찬과 두 흡혈귀가 집채만 한 폭발에 휩싸였다.

곽찬이 폭발에 휩싸이기 몇 분 전, 순철은 방 영감과 함께 1층 로비를 지키고 있었다.

"할아바이두……, 마법사셨군요."

"마법을 써 본 지가 언제였는지 까마득하군. 지금은 안변해의 고정 마법에 의지해 목숨을 질기게 유지하고 있을 뿐이야.”

순철은 당장이라도 내려앉을 것 같은 망치 모텔의 천장을 훑어봤다. 남조선에 처음 내려올 때까지만 해도 반신반의했지만 이제는 믿을 수밖에 없었다. 간첩들의 총구가 얼어 버린 것을 두 눈으로 보지 않았는가.

‘이곳이라문, 누구도 서로에게 증오를 표출할 수 없는 이곳이라문 사람을 물지 않고 60일을 버틸 수 있어.’

어디선가 커다란 바위가 폭발로 부서지는 듯한 굉음이 들려왔다. 그 소리는 순철의 마음에 불안감을 심어 주었다.

“일없을까요?”

“괜찮냐고? 신길후 선배는 가장 연륜 있는 마법사니까 흡혈귀에게 쉽게 당하시지는 않을 거네. 그리고 우리도 안변해의 보호를 받는 한 안전할 거야.”

‘문제는 저기 위에서 곤란해 하고 있는 녀석이지.’

“안변해란 마법사는 대단한 사람이었나 봅네다.”

“좋은 친구였지. 자신을 배신한 사람도 미워하지 못하는 지독히 순한 마법사였어.”

순철이 고개를 갸웃하자 방 영감은 다시 한 번 과거의 일을 떠올렸다.

병상에 누워 있을 때 방 영감은 딱 한 번 안변해와 대화를 나눌 기회가 있었다. 불가사리와 마법사들의 격전은 정점에 달해 있었고, 안변해는 이미 자신의 죽음을 직감하고 있었다.

"국봉 선배, 우린 아마 살아남기 힘들 겁니다."

"알고 있어. 뭐, 죽음이란 마법사에게 있어 불청객도 아니지 않나?"

"이렇게 마지막 순간이 되니까 인간이었을 시절, 바람난 아내 생각이 나네요."

그날 방 영감은 안변해를 둘러싼 소문이 전부 사실은 아니었음을 깨달았다. 아내의 바람을 현장에서 확인하는 바람에 마법사로 각성한 사내, 사람의 마음을 붙잡고 싶어 고정 마법이란 것을 세상에 선보인 마법사.

"사실 무서운 건 아내의 변심이 아니었습니다. 내가 그녀를 미워하게 될까 봐 그게 두려웠어요. 진실을 알고 나서도 여전히 사랑의 감정을 잃고 싶지 않았나 봅니다. 내 마음을 어딘가에 못 박을 수 있다면 그렇게 하고 싶을 정도로……."

인생을 좌지우지할 만큼의 갈증과 갈망이 마법사의 전공을 택하는 데 영향을 준다는 것이 암암리에 퍼진 속설이었다. 방 영감은 그제야 그 이야기가 제법 신빙성이 있다고 생각하게 되었다.

'그러니 더더욱 저 녀석을 보내 줘야지. 내 갈망과 이기심으로 붙잡기엔 이미 충분한 시간을 함께했으니까.'

자신은 모텔 밖으로 한 발짝도 나갈 수 없으면서 방 영감이 기를 쓰고 핑계를 만들어 탄을 외출하게 만든 것도 가족도 아닌 두 사람의 관계가 이대로 못 박히는 것에 대한 무의식중의 두려움 때문은 아니었을까?

내면으로 침잠한 방 영감을 두고 순철은 잠시 다른 생각을 하고 있었다. 정말로 벼락뿔이 수하들을 내려보냈다면 칼날코가 선두를 맡았을 것이다. 하지만 그가 아무리 강해도 남자 흡혈귀이니 낮의 간첩들을 동지로 만들 수는 없다.

'그렇다면 분명 여자 흡혈귀가 함께 따라왔을 텐데⋯⋯. 그녀는 지금 어디에 있을까?'

순철이 거기까지 생각했을 때 불쾌한 냄새가 흡혈귀의 코를 찔렀다. 냄새의 진원지는 2층.

"할아바이, 위층에 뭔가가 있습네다."

그 말에 방 영감이 퍼뜩 상념에서 깨어났다. 탄의 안위에 관한 걱정이 즉시 그의 현실감을 되살려 주었다. 고정 마법의 방어를 뚫고 여기까지 누가 침입했다는 것일까?

노인과 소년 흡혈귀는 시선을 한 번 교환한 다음 조심스러운 걸음으로 2층으로 올라갔다. 순철의 옆방인 203호에서 뭔가가 벽에 부딪히는 둔탁한 소리가 들려왔다. 문이 잠긴 것을 확인하고, 방 영감은 열쇠를 1층에서 가져오느니 문을 박살 내는 쪽이 낫다는 판단을 내렸다.

와지끈!

둘이 함께 몸을 부딪치자 녹슨 문이 맥없이 부서졌다. 방 영감과 순철은 직관적으로는 당장 이해하기 힘든, 괴이한 광경과 마주했다. 탄은 멍한 눈으로 입을 헤 벌린 채 침대에 걸터앉아 있었고 열린 창문 사이로 몇 마리의 박쥐가 드나들고 있었다. 어찌나 비대한지 덩치가 닭만 한 박쥐들은 바깥에서 모텔 안으로 타원형의 물체를 나르고 있었다.

"저, 저게 뭐이웨까?"

순철은 처음 보는 것들이 벌써 침대 위에 수북이 쌓여 있었다. 순철의 코를 자극했던 것은 그것에서 풍기는 불길한 화약 냄새였다. 방 영감이 신음 소리를 냈다.

"수류탄이군. 이 정도 양이면 모텔 전체를 날려 버릴 수 있겠어."

흡혈귀인 순철에게 박쥐에 대한 공포심이나 거리낌 따위는 전혀 없었다. 순철은 망설임 없이 뛰어올라 박쥐들을 붙잡은 다음 모두 창밖으로 내쫓았다. 문제는 서른 개는 되어 보이는 수류탄들이었다. 흡혈귀들이 인간의 무기를 들고 다닐 리는 없고, 모두 간첩들에게서 뺏은 물건들로 보였다.

방 영감은 어깨를 흔들어도 탄이 제정신을 차리지 못하자 힘껏 뺨을 때렸다.

짝!

그러자 탄의 눈에 제법 초점이 돌아왔다.

"어라? 할아범이 여기 왜……, 연정이는 어디 있어?"

순철이 창문을 닫고 침대 쪽으로 다가왔다.

"여자 흡혈귀의 최면술에 당한 모냥이에요."

"무, 물린 거야?"

다급한 방 영감의 물음에 순철이 탄의 앳된 목덜미를 살폈다.

"다행히……, 물리진 않았습네다."

탄의 목덜미는 상처 없이 깨끗했다. 방 영감은 안도의 한숨을 내쉰 뒤 수류탄 더미를 건드리지 않도록 조심하면서 아이를 둘러업었다. 순철은 1층으로 내려가는 방 영감을 뒤쫓으며 걱정스러운 표정으로 물었다.

"저것덜을 모두 밖으로 내버려야 하디 않갔어요?"

방 영감은 고개를 저었다.

"안 돼. 모두 핀이 뽑혀 있었어. 이 모텔 바깥으로 나가는 즉시 터져 버릴 거야. 아니, 솔직히 고정 마법이 수류탄의 폭발까지 막아 준다는 장담을 못 하겠군. 일단 자네가 탄이를 데리고 몸을 피해야…….."

"고저, 잠깐만요. 분명 기린 짓을 꾸민 여자 흡혈귀가 바깥에 있을 거라요. 그녀를 먼저 처리해야 합네다."

순철이 바깥 상황을 보고 오겠다며 방 영감을 제지했다. 순철이 모텔을 빠져나가자 방 영감과 탄, 둘만이 로비에 남게 되었다. 탄은 자신이 왜 여기에 있는지 도통 모르겠다는 표정이었다.

방 영감은 직감적으로 박쥐들이 이 모텔에 오래전부터 드나들었음을 눈치 챘다.

'생쥐도 몇 마리 살고 있는 것 같은데, 보이는 즉시 고이 잠들게 해 주도록…….'

생쥐가 아니라 박쥐였다.

방 영감은 대체 그들이 언제부터 계획을 꾸민 것인지 알 수 없었다.

곽찬이 불꽃 속에서 천천히 몸을 일으켰다. 단단하기로는 물질계에서 한 손 안에 꼽히는 카모나이트의 내구력이 아니었더라면 벌써 산산조각이 났을 정도로 강력한 충격이었다. 주변을 둘러보니 돌격 마법사의 양다리를 붙잡고 있던 두 흡혈귀의 육신은 새카맣게 그을려 있었다.

득의만만하게 웃고 있는 칼날코의 등 뒤로, 저 멀리에 한 마리의 흡혈귀가 포복 자세를 취하고 있었고 그의 앞에는 군용 박격포가 포신에서 연기를 내뿜고 있었다. 간첩 중에서도 평생을 저격수로 살아온 흡혈귀가 박격포에 또 다른 탄환을 장전했다.

곽찬은 인간이 인간을 말살하기 위해 만들어 낸 발명품에 당했다는 것도 어이없었지만 동료들까지 희생물로 삼는 흡혈귀의 지독함에 잠시 치가 떨렸다. 그러나 이는 곽찬의 오해였다. 쓰러져 있던 흡혈귀들이 신음소리 한 번 없이 스르르 일어난 것이다.

"기가 막히는 회복력이군."

곽찬이 어렴풋이 짐작하고 있던 사실이 더욱 확고해졌다. 아마도 이 공터는 거대한 마력을 지닌 존재가 자신의 영향력을 행사했던 곳임에 틀림없었다. 아마도 악명 높았던 여수 불가사리가 이 장소에서 퇴치되었을 것이다.

악수의 에너지가 가장 활발한 만월의 밤을 골라 침투해, 음기가 강한 장소로 유인해 힘과 회복력의 극대화를 꾀한다. 영리하고 효율적인 전략이라는 점에서 박수를 쳐 주고 싶었다.

"꽤나 오랫동안 준비한 모양이군. 안 그런가?"

칼날코는 아무런 대꾸도 하지 않았다. 박격포를 견뎌 내는 인간이라니, 흡혈귀의 입장에서도 심각한 반칙이라는 생각이 들었기 때문이다. 하나 곽찬의 카모나이트가 아무리 견고하다 해도 그것을 물질세계로 끌어 오는 것은 곽찬의 마력이었다. 충격의 양이 한계를 넘으면 강제로 무장 해제될 수도 있었다. 그렇기 때문에 곽찬은 박격포를 두 번 맞을 생각은 추호도 없었다.

아무런 예고 동작 없이, 돌격 마법사가 칼날코를 향해 화살처럼 쇄도해 들었다. 녀석들을 차례대로 격파하려면 먼저 지휘 계통인 흡혈귀의 목을 단시간에 분리해야 했다. 당황한 칼날코가 몸을 날렸으나 그의 움직임을 미리 간파하고 있던 곽찬의 등뼈가 흡혈귀의 오른쪽 다리를 휘감았다. 그대로 당겨 목을 움켜쥐려는 순간 세 명의 흡혈귀가 동시에 자신에게 달려드는 모습이 포착됐다. 아쉬움에 혀를 차며 곽찬은 허공에서 휘둘리고 있는 칼날코의 몸을 던져 흡혈귀 한 녀석을 나동그라지게 하고 다른 두 흡혈귀는 각각 턱과 명치에 등뼈를 적중시켜 물러나게 했다.

하이에나의 무리가 코끼리를 상대하는 양상이었다. 문제는 하이에나들의 목숨이 먼저 산화되느냐 코끼리의 체력이 먼저 고갈되느냐였다.

"큰소리치더니 쩔쩔매고 있구먼, 어금니."

어둠 속에서 조그만 형체가 걸어 나왔다. 목소리는 걸걸한 노인의 것이었는데 겉모습은 곱게 자란 꼬마의 것이었다.

"왜 이렇게 늦었습니까?"라고 말하기에는 곽찬의 자존심이 허락지 않았다. 그러나 곽찬의 속마음을 모를 리 없는 길후는 조용히 돌격 마법사의 앞을 가로막고 섰다. 곽찬은 길후의 티셔츠에 그려진 곰돌이의 숫자가 몰라보게 줄어들었음을 알아챘다.

새로운 마법사의 출현에 흡혈귀들은 그를 경계의 눈초리로 바라보았다. 아이의 모습을 하고 싱글벙글 웃고 있었지만 길후가 풍기는 위압감은 결코 만만치 않았다.

길후가 쩌렁쩌렁 울리는 목소리로 선포했다.

"내가 너희들이라면 지금 당장 꽁무니를 빼겠어."

환영 마법사의 말이 끝나자마자 흡혈귀은 진동을 감지했다.

쿵, 쿵, 쿵.

간격을 두고 땅이 흔들리고 있었다. 뭔가 육중한 질량을 가진 재앙이 산 정상에서 달려 내려오는 소리였다.

여유 있는 미소를 지으며 길후가 말했다.

"불가사리가 자신의 숨을 다한 곳에 우릴 유인한 건 칭찬해 주겠어. 그런데 말이야, 인간은 음기가 강한 곳을 가만히 내버려 두지 않는다고. 뭔가 더 강력한 것으로 음기를 누르려 하지."

길후의 말이 끝나자마자 거대한 것이 숲을 뚫고 공터의 하늘 위로 모습을 드러냈다. 그 정체를 확인한 순간 흡혈귀들은 물론 골곽찬도 입을 쩍 벌려야 했다.

날렵하게 비상하고 있는 것은 돌로 만들어진 미륵불상이었다.

16

순철은 모텔에서 조금 떨어진 곳까지 걸어 나왔다. 소년 흡혈귀의 정면에는 두 개의 붉은 눈이 자신을 쏘아보고 있었다. 익숙한 자매의 얼굴, 벼락뿔의 최측근 중 한 명이자 순철을 물어 흡혈귀로 복종시킨 자매 홍구슬이었다. 그녀의 입가에는 간첩들의 목을 물었던 핏자국이 여전히 남아 있었고, 어깨에는 박쥐 몇 마리가 장식품처럼 앉아 있었다.

순철을 바라보는 홍구슬의 시선은 싸늘했다. 마치 자신의 생각과는 정반대로 완성된 흉상을 보는 조각가의 눈빛 같았다.

"왜 내를 가만두지 않는 겁네까? 사람이 되는 걸 벼락뿔님이 허락해 주셨잖아요."

입술을 짓이기는 듯한 목소리로 순철이 내뱉었다. 그러자 홍구슬이 코웃음을 쳤다.

"니, 단단히 오해를 하고 있쿠나야. 흡혈귀가 정말로 사람이 될 수 있다고 믿는 거니?"

"무슨 소리웨까, 기것이?"

홍구슬은 실패작은 거침없이 부숴 버리겠다고 선포한 조각가의 얼굴로 입을 열었다.

"벼락뿔님은 지루한 걸 싫어하시지. 기래서 니가 사람이 되고 싶다고 했을 때 뜬구름처럼 떠도는 얘길 해 주신 기야. 물론 그분두 니가 그 정도로 설치고 다닐 줄은 모르셨갔지. 사람이 되갔다고 마음먹은 흡혈귀는 지금꺼지 없었시니까."

이어지는 홍구슬의 얘기는 충격적이었다.

원래 벼락뿔은 순철을 남조선에 보낼 생각이 추호도 없었다. 인간을 잡아 오는 용도로 이용하다 폐기 처분할 생각이었던 것이다. 흡혈귀 사회에서 인간이 되고 싶어 하는 흡혈귀를 살려 둬서 좋은 것이 없다는 것이, 벼락뿔이 내린 결정이었다. 그런데 전혀 의외의 인물이 그것을 말렸다. 벼락뿔이 가장 신뢰하는 오른팔, 칼날코였다.

"칼날코 형제는 널 없애지 말고 이용하자 하셨지. 땅굴루 니놈을 내려보내문 마법사들이 헷갈려 할 것이고, 그때를 틈타 '거사'를 도모하자고."

"거사? 기게……, 머웨까?"

홍구슬은 손가락 하나를 얼굴 앞으로 들어 좌우로 까닥거렸다. 그것까지 알려 줄 수는 없다는 뜻이었다.

"어쨌든 안 됐구나. 사람이 되고 싶은 니 사정이야 딱하디만 널 물었던 나루서는 자존심이 무척 상하는 일이야. 형제자매덜이 내게 문제가 있었던 게 아니냐고 등 뒤에서 반푼이 취급하는 건 정말 괴로웠지비. 저 요사스런 건물은 오늘부루 사라질 기야. 거, 벽돌 하나 남지 않갔지."

그제야 순철은 이 여자 흡혈귀가 주저리주저리 떠들었던 것이 시간을 끌기 위해서라는 것을 깨달았다. 망치 모텔 2층에 수북이 쌓여 있는 수류탄들이 폭발하길 기다리고 있는 것이다.

이번에는 순철이 손가락을 까닥거릴 차례였지만 소년 흡혈귀는 그렇게 방정맞은 성격이 아니었기에 조용히 고개를 가로저을 뿐이었다.

"수류탄은 안 터질 겁네다, 자매. 당신의 비뚤어진 증오심은 저기에 못 박히고 말 거요."

홍구슬이 요염한 얼굴을 씰룩거렸다. 강렬한 살기에 어깨에 앉은 박쥐들이 푸드득 날아올랐다.

"기럼 다른 방도를 찾아봐야디 않갔서?"

"내래 가만 안 있을 겁네다."

"푸핫! 일족 중에서두 약골 중의 약골인 니가 날 막갔다고?"

홍구슬의 비웃음을 순철은 가만히 버텨 냈다.

'저 자매는 지금 배가 부르다. 반면 나는 굶주린 흡혈귀, 보름달이 떠 있는 지금이라면 승산이 있서.'

"망치 모텔은 건드리지 못합네다!"

순철이 송곳니를 드러내고 홍구슬에게 덤벼들었다.

간첩 흡혈귀 하나의 등이 미륵불상의 옆차기에 터져 나갔다. 돌로 만든 10척尺 불상은 흡혈귀들에게는 상대하기 벅찬 괴물이었다. 흡혈귀들은 이리 치이고 저리 치이며 굴욕을 당하고 있었다.

놀랍게도 미륵불상의 움직임은 매우 민첩했다. 흡혈귀 한 마리를 당수로 날리고서는 상체를 낮춰 묘한 공격 태세를 취했다.

미륵불상의 활약을 지켜보던 곽찬이 신음을 내뱉었다.

"저거, 설마 당랑권 같은 겁니까?"

길후가 배시시 웃으며 대꾸했다.

"정답일세. 역시 미륵불상이니만큼 중국 권법이 어울리지, 암. 지금쯤 구봉사의 땡중들은 난리가 났을 거야. 발칵 뒤집혔겠지."

불가사의할 정도로 많은 나이의 소유자이지만 이럴 때만큼은 겉모습처럼 영락없는 꼬마였다.

"그나저나 저 불상에 흡혈귀들이 꼼짝을 못 하는군요. 특히 오른손에 닿을 때마다 비명을 내지르잖습니까? 무슨 마법이라도 추가로 걸어 놓으신 겁니까?"

"킥킥킥. 마법이라면 마법이지. 내가 건 것은 아니지만……."

곽찬이 설명을 요구하는 눈빛을 보내자 길후는 여유를 부리며 불상이 오른쪽 손바닥을 쫙 펴 보이도록 조종했다. 곽찬은 미륵불상의 손바닥에 큼지막하게 휘갈겨져 있는 여덟 글자의 문구를 보고 실소를 금치 못했다.

예수천당 불신지옥.

"불상을 타고 올라가 저걸 적어 놓은 교회 신자의 신앙심은 살인적으로 투철했던 모양이야. 저 흡혈귀들에게는 쥐약이나 다름없지."

추풍낙엽처럼 쓰러지는 흡혈귀들을 지켜보면서 칼날코는 송곳니를 뿌드득 갈았다. 저격수가 박격포로 맞춰 보려 했지만 어이없게도 미륵불상은 공중제비를 돌아 포탄을 피해 버렸다. 워낙에 무거워서 달려들어 발을 묶은 뒤 적중시킨다는 작전도 소용없었다. 선호하는 방법은 아니지만 칼날코는 도박이나 다름없는 노림수를 던지기로 했다.

"어이, 꼬마 마법사!"

미륵불상이 날뛰는 가운데 칼날코의 외침이 길후의 귀에 또렷이 들려왔다.

"왜, 이빨 긴 친구?"

"지금 여게서 이러고 있을 틈이 없을 텐데……. 별사슴 녀석이 숨어 있던 보금자리가 활활 불타는 꼴이 보고 싶지 않다문……."

말을 마치고 칼날코는 뭔가 빛나는 물체를 집어 던졌다. 일직선으로 날아온 그 물체를 맨손으로 잡은 것은 곽찬이었다.

그것은 수류탄의 핀이었다.

표정으로 드러내진 않았지만 길후는 뜨끔했다. 불탄다는 경고와 수류탄에서 뽑힌 핀, 그것이 무엇을 의미하는지 짐작하는 것은 어려운 일이 아니었다.

"양동 작전을 쓴 건가? 뒤통수를 당했구먼그래."

악수가 인간의 무기를 사용하다니 유래가 없는 일이었다. 잠시 뭔가를 궁리하던 길후가 곽찬의 종아리를 툭 걷어찼다.

"자네, 날 좀 업게나. 빨리 망치 모텔로 돌아가 봐야겠어."

곽찬이 재빨리 길후를 둘러업은 것은 선배에 대한 존경심 따위와는 거리가 멀었다. 저 흡혈귀 녀석의 잔꾀에 걸려든 것 같아 기분은 꺼림칙했지만 길후의 예감은 거의 빗나가지 않기 때문이었다.

"다시 돌아와서 박살 내 주마."

곽찬은 돌아서기 전, 칼날코를 향해 살기 어린 경고를 던졌다. 물론, 영락없이 꼬마를 등에 업은 보모의 모양새라 그 효과는 크지 않았다.

곽찬과 길후가 시야에서 사라지자 칼날코와 다섯 흡혈귀는 미륵불상을 빙 둘러쌌다.

"3초문 된다. 3초만 붙잡고 있으라. 기럼 내가 처리할 테니…… . 기회는 단 한 번밖에 없시니까 정신 바짝 차리라우."

비장한 말을 내뱉은 칼날코가 품속에서 수류탄을 꺼내 들었다. 그리고 망설임 없이 핀을 뽑아 던졌다. 그것을 신호로 다섯 흡혈귀가 동시에 미륵불상에 덤벼들었다.

"못 나가! 안 나가!"

방 영감은 기둥을 붙잡고 버티는 탄을 떼어내 보려 했지만 무리였다. 어디서 저런 괴력이 솟아났는지 꿈쩍도 하지 않았다. 방 영감이 다시 한 번 악에 받쳐 소리를 빽 질렀다.

"이 미련한 놈아! 이 모텔이 통째로 불타 버릴 거라니까! 나가라는 게 아니라 도망치라는 거다!"

아무리 윽박질러도 탄은 고개를 홰홰 저을 뿐이었다.

"안 속아! 그럼 왜 나 혼자 내보내려는 거야? 할아범도 같이 도망쳐야지!"

방 영감의 얼굴이 딱딱하게 굳었다. 어떻게 하면 자신이 모텔을 나가는 즉시 피를 토하며 죽을 거라는 사실을 납득시킬 수 있을까?

창밖으로 시선을 돌리자 밖에서는 순철과 여자 흡혈귀가 말 그대로 '피 튀기는' 혈전을 벌이고 있었다. 원래 흡혈귀의 싸움이 저런 것은 아닐진대 순철과 홍구슬의 싸움은 매우 처절했다. 순철은 홍구슬의 머리칼을 움켜쥐고 있었고 홍구슬은 그런 순철의 얼굴과 팔 등을 손톱으로 마구 할퀴고 있었다. 품위와는 무척이나 거리가 있는 막싸움이었다.

'저래서야 기대하기 어렵겠어.'

마음을 굳게 먹은 방 영감이 탄에게 다가가 진중한 목소리로 입을 열었다.

"지금부터 내가 하는 말 잘 들어라, 방구탄."

탄의 눈이 휘둥그레졌다. 방 영감이 성을 붙여 자신을 부른 적이 거의 없었기 때문에 무언가 심각한 말을 꺼낼 것이라고 짐작했기 때문이다. 이름을 직접 지어 줬음에도 불구하고 방 영감이 일부러 탄의 이름을 성과 함께 부르지 않았던 것은

탄이 피붙이처럼, 가족처럼 느껴지는 것이 무서웠기 때문이
었다.

"이 할애비는 말이다, 사실 오래전에 하늘나라로 갔어야 했
던 몸이야."

방 영감은 천천히 허리춤에 손을 얹었다. 그리고 10년이 넘
는 세월 동안 단 한 차례도 푼 적이 없는 복대를 풀기 시작했
다. 사실 그것은 복대라기보다는 칭칭 감겨 있는 붕대에 가까
웠다. 방 영감이 뱀이 허물을 벗듯 붕대를 다 벗겨 낸 뒤 러닝
셔츠를 가슴까지 들어 올리자 탄은 그 자리에 주저앉고 말았
다. 분명 방 영감의 배가 있어야 할 자리에 반대편 벽이 보이고
있었다. 방 영감의 복부에 나 있는 구멍은 그만큼 커다란 크기
였다.

"알겠느냐, 탄아? 나는 이곳의 고정 마법에 의지해 간신히
살아온 거야. 이곳을 나가는 순간 난 비참한 모습으로 죽고 말
거다. 네게 그런 흉한 꼴을 보이고 싶지 않아. 그러니 어서 이
모텔에서 나가라. 나는 신경 쓰지 말고……."

"어찌 됐든 할아범……, 죽는다는 거잖아?"

탄의 목소리에 물기가 스며들기 시작했다. 잔뜩 약해진, 기
운 없는 목소리에 방 영감은 아랫배에 힘을 꽉 주고 말했다.

"멈췄던 시간을 되돌리는 것뿐이야. 진작 죽었어야 할 놈이
이제야 미뤄둔 일을 하는 거다."

그때 문이 벌컥 열리고 피투성이의 형체가 모텔 안으로 들
어섰다. 방 영감은 황급히 일어나서 탄을 가로막고 섰다. 하지

만 자세히 보니 순철이었다. 여자 흡혈귀에게 지독히도 당한 모양이었다.

순철이 다급한 목소리로 말했다.

"잠깐 돌멩이루 머리를 쳐서 기절시켜 났어요. 날래 안 도망치구 머하는 거웨까?"

사정을 설명할 틈이 없었다. 방 영감은 눈짓으로 탄을 가리켰다.

"자네가 좀 데리고 나가 줘. 억지로 버티면 힘으로라도……."

그때 순철의 눈에 방 영감이 벗어 놓은 복대가 들어왔다.

'모든 사실을 밝히고 말았구나.'

순철은 방 영감의 처연한 눈빛에 고개를 끄덕이고는 탄을 둘러업었다.

"안 돼! 내려놔, 이 망할 흡혈귀야!"

괴성을 지르며 탄이 발버둥을 쳤지만 순철은 아랑곳하지 않고 모텔 밖으로 나가려 했다. 그런데 뭔가에 걸린 듯이 발이 움직여지지 않았다. 탄의 강마른 손가락이 방 영감의 러닝셔츠를 꽉 움켜쥐고 놓지 않고 있었다. 얼마나 힘을 주었는지 주먹이 부들부들 떨리고 있었다.

'네놈을 처음 만났을 때도 이렇게 내 옷자락을 꽉 쥐었었지. 그때 내가 뭐라고 대답했더라?'

쉰 듯한 방 영감의 목소리가 천천히 입에서 흘러나왔다.

"이거 놔라, 이놈아. 옷 늘어나겠다."

방 영감은 부드러운 동작으로, 그러나 단호하게 꽉 쥐어진 탄의 손가락을 하나씩 펴기 시작했다. 손가락을 하나둘 떼어 낼 때마다 아이와 함께했던 지난 세월들이 뭉텅뭉텅 잘려 나가는 느낌이었다. 방 영감은 다섯 손가락을 다 떼어 낸 뒤 조심스럽게 뒤로 물러섰다.

"할아범……. 나 그냥 같이 죽을래, 응?"

방 영감의 입에서 헛웃음이 튀어나왔다.

"그런 말 할 거면 방귀나 처먹어라, 이놈."

그 순간 굉음과 함께 망치 모텔이 진동을 했다. 2층의 수류탄이 드디어 터진 것일까 가슴이 덜컹했지만 그건 아니었다.

방 영감이 황급히 창밖을 내다보자 홍구슬이 수류탄 하나를 숲 속에 터트렸는지 매서운 불길이 치솟고 있었다. 곧이어 홍구슬은 괴이한 행동을 시작했다. 어깨에 앉아 있던 박쥐에게 뭔가를 속삭이더니 불구덩이로 집어 던진 것이다. 몸에 불이 붙은 박쥐는 괴로워하며 날아올랐다. 그리고 그 박쥐가 비틀대며 향한 곳은 망치 모텔이었다. 2층의 창문은 깨진 상태 그대로였다.

홍구슬은 박살 난 머리를 감싸 쥐며 중얼거렸다.

"증오가 못 박힐 거라고? 하디만 박쥐에게두 증오가 있을까?"

방 영감이 창문에서 몸을 떼며 다급히 외쳤다.

"어서 나가라! 수류탄에 직접 불을 붙일 셈이야!"

순철은 방 영감의 말이 끝나기도 전에 이미 망치 모텔의 문을 걷어차고 달리고 있었다. 순철의 등에 거꾸로 업힌 채 탄은 방 영감과 서로 마주 보고 있었다. 아이가 마지막으로 본 것은

방 영감의 머리 위로 거대한 불길과 함께 망치 모텔의 천장이
내려앉는 장면이었다.
　귀를 먹먹하게 하는 굉음과 함께, 망치 모텔이 폭발했다.

17

골곽찬과 신길후가 망치 모텔 앞에 도착했을 때, 망치 모텔은 거의 타다 남은 재만 남아 있었다. 짙은 화약 냄새가 어둑어둑한 밤공기를 가득 채우고 있었다.

"늦은 건가?"

길후가 곽찬의 등에서 내려서며 말했다. 사위를 둘러보니 후폭풍에 휩쓸렸는지 순철과 탄이 부둥켜안은 채 자갈밭에 쓰러져 있었고, 그로부터 조금 떨어진 곳에 웬 여자가 머리에서 피를 흘리며 누워 있었다.

길후는 순철과 탄 쪽으로, 곽찬은 여자 쪽으로 발걸음을 옮겼다.

"이봐, 이북에서 온 친구. 내 말 들리나?"

순철의 뺨을 때리며 길후가 소리쳤다. 잠깐 기절한 것뿐이었는지 순철은 곧 눈을 떴고 황급히 탄의 안위를 살폈다.

"걱정 말게. 이 아이도 숨은 붙어 있어. 다행히 모텔이 저 지경이 되기 전에 빠져나오는 데 성공했구먼."

순철이 안도의 한숨을 내쉬었다. 그러나 폐허가 돼 버린 망치 모텔의 잔재가 눈에 들어오자 곧 허망한 심정이 됐다.

'사람이 될 수 있는 유일한 희망이었는데, 이렇게 돼 버리다니……'

몇 백 년 동안 쌓아 온 눈치가 있었기에 길후는 방 영감의 안부를 묻지는 않았다. 어차피 모텔 밖으로 나서면 살 수 없는 몸…….

'모텔과 함께 하늘로 돌아가 버렸군.'

이윽고 깨어난 탄이 망치 모텔을 우두커니 바라보며 멍한 표정을 지었다. 모텔과 함께 방 영감이 목숨을 잃었다는 사실을 받아들이는 데는 시간이 필요할 듯했다.

잠시의 시간이 흐른 뒤, 곽찬이 홀로 터벅터벅 걸어왔다.

"흡혈귀였어요. 이미 기진맥진해 있어서 숨통을 끊어 놓고 왔습니다."

"그런가? 어찌 됐든 이 소동이……, 대충 마무리된 것 같군."

그 순간, 순철은 이상한 느낌에 사로잡혀 있었다. 망치 모텔이 없어졌으니 자신은 이제 흡혈 본능이 다시 되살아나야 했다. 경험에 비춰 봤을 때 오래 굶주린 만큼 피에 대한 갈망은 깊고 진할 터였다. 공격 가능한 인간이 옆에 있으면 앞뒤 따지지 않고 당장 달려들 정도로……. 그런데 여전히 사람을 물고 싶지 않았다. 왜일까?

대답은 순철과 탄의 바로 옆에 수직으로 박혀 있던 작은 석판이 대신해 주었다. 길후는 석판을 들고 먼지를 툭툭 털더니 설명했다.

"고정 마법사 안변해의 아티팩트야. 서울 지부가 일부러 회수하지 않고 모른 척한 유일한 아티팩트지. 네가 피를 원하지 않는 이유는 이것 때문일 거야."

순철은 납득한 듯 고개를 끄덕였지만 길후의 표정은 어두웠다. 아티팩트는 남아 있지만 그 마력을 공급하던 마법사 안변해는 오래전에 사망했다.

길후는 망치 모텔에 남아 있던 마력의 잔재가 고정 마법을 유지시키고 있을 것이라 지레짐작하고 있었다.

그것도 아니라면, 가능성은 거의 없지만 종류가 전혀 다른 방국봉의 마력이 기형적으로 작용하는 것일지도 모른다고 생각해 왔다.

'그런데 지금도 이 석판이 고정 마법을 작동시키고 있다? 어째서지?'

길후는 순철이 자신의 손에 들린 석판을 뚫어져라 쳐다보고 있는 것을 모른 척하기 힘들었다.

'뭐, 이왕 모른 척한 아티팩트, 조금만 더 대출 기한을 연장하는 것도 나쁘진 않겠지.'

길후는 순철에게 석판을 내밀었다.

"받게나. 자네가 사람이 될 때까지 빌려 주도록 하지. 꼭 간직하고 다니게.”

“저, 정말 주시는 거임메?”

“빌려 주는 거라니까. 이걸 갖고 있으면 누군가한테 공격당할 일은 없을 거야. 증오의 표출이 통하지 않는 물건이니까. 자네가 사람이 될 때까지 유통 기한이 될지는 모르겠지만……..”

순철은 감격에 차 석판을 받아 들었다. 아니, 그러려고 했다.

익숙하고도 섬뜩한 느낌이 순철을 사로잡은 것은 길후에게서 석판을 받아 들기 위해 자리를 털고 일어서는 그 순간이었다. 모텔이 박살 난 뒤 흩어진 불씨들이 여기저기 널려 있었지만 어둑어둑한 한밤중이었고, 순철과 길후의 자세가 어정쩡했던 탓도 있다. 석판을 주려는 자와 받으려는 자의 손이 동시에 석판에 닿았을 때 발소리를 내지 않은 흡혈귀가 어두운 숲 속에서 검은 총탄이 되어 날아왔다.

타악!

재빠른 속도로 몸을 날려 공중에서 석판을 낚아챈 것은 칼날코였다. 관성으로 몇 바퀴를 구른 칼날코는 회심의 미소를 지으며 몸을 일으켰다. 반사 신경이 극도로 예민한 곽찬이 옆에 있었다면 그 돌진을 저지할 수 있었겠지만 안타깝게도 돌격 마법사는 멀리 떨어져 있었기에 물리적으로 시간이 너무 부족했다.

“수고했다, 별사슴이. 미안하디만 이 석판은 내가 개져가야 갔어.”

칼날코는 왼손으로 석판을 꽉 쥔 채 선포했다. 그의 오른팔은 어디론가 날아가 없어져 있었다. 그 비대칭적인 모습이 불길한 위화감을 불러일으키고 있었다.

길후가 혀를 찼다.

"지독한 놈일세. 미륵불상을 쓰러트린 건가?"

칼날코가 침을 퉤 뱉었다. 침이라기보다는 핏덩이에 가까웠지만……

"머리통을 붙잡고 박격포탄을 박아 녀 버렸지. 덕분에 내 팔 한쪽두 이케 됐디만……"

"죽을 자리를 찾아 여기로 온 건가?"

곽찬이 쏘아붙이자 칼날코가 코웃음을 쳤다.

"기럴 리가……. 수장님의 명령에 따라 전리품을 개져가려는 거다."

"그게 무슨 소리지?"

칼날코는 이제 알려 줘도 상관없다는 듯이 어깨를 으쓱였다.

"배고픈 늑대덜이 원하는 게 머이갔어? 양치기의 눈치를 보지 않고 마음껏 포식을 하는 기지. 기런데 우리 일족을 줄곧 괴롭혀 온 골칫거리가 있어."

사람의 경우에 비유하자면 그것은 개봉한 후에 유통 기한이 극히 짧아지는 음료를 먹는 상황과 비슷했다. 아무리 실종돼도 상관없는 인간 사냥감만 까다롭게 골라 잡아먹는다 해도 한 번 목덜미에 구멍이 난 이상 피의 신선도는 오래가지 못했다. 인간 사냥이 일족에게 큰 부담이 된 지금 그들에게는 무엇보다

'냉장고'의 필요성이 절실했다.

"기리던 차에 별사슴이의 집착 덕분에 남조선에 재밌는 물건이 있다는 걸 알게 됐지. 그 안에 있으문 모든 것이 고정된다던가?"

칼날코는 석판을 쓰다듬으며 말을 이어 나갔다.

"예를 들어 흡혈귀에게 피를 빨린 인간도 죽지 않고 살 수 있갔지. 기걸 가능하게 하는 물건만 손에 넣으문 말이야. 마르지 않는 피의 샘을 얻게 되는 것 아니갔서?"

곽찬의 머릿속에 하나의 명징한 장면이 그려졌다.

'흡혈귀에게 목을 물린 인간, 원래대로라면 시름시름 죽어갈 테지만 고정 마법이 발휘되는 공간 안에 감금된다면 상처가 멈추고 죽지도 않겠지. 그러다가 흡혈귀가 다시 갈증을 느낄 때 키핑해 둔 위스키처럼 꺼내서 마신다는 계획인가?'

벼락뿔과 칼날코는 이를 위해 긴 시간 동안 치밀하고도 흉악한 계획을 세웠다. 망치 모텔에 밀정으로 박쥐를 보내고 동향을 주시하다가 계획대로 별사슴이 마법사들의 관심을 끌자 예상치 못했던 곳에서부터 습격했다. 간첩들이 순철을 추적할 것을 미리 염두에 두고 동지로 만든 것도 인민군 출신에 게릴라전에 능한 칼날코의 기지였다.

모든 것이 계획대로였다. 칼날코는 입가의 피를 쓱 닦고는 웃었다.

"이 모든 게 저 멍청한 녀석 덕이지. 사람이 되고 싶다는 얼빠진 바람으루 남조선꺼지 맨몸으루 내려와 준 게 아니갔서.

덕분에 손 안 대고 코를 풀 수 있었지비."

곽찬이 등뼈를 휘두르며 앞으로 나섰다.

"당장 그 아티팩트를 내놓지 않으면 왼팔도 절단 내 주마."

"아서라, 아서. 내가 입이 간지러워서 너이덜 앞에 모습을 드러낸 줄 알아? 다 믿는 구석이 있기 때문이야."

칼날코의 말이 무슨 뜻인지는 곧바로 알아챌 수 있었다. 등뼈가 꼼짝도 하지 않은 것이다. 증오스러운 적이 눈앞에 있는데도 순한 뱀처럼 가라앉아 있었다.

'잠깐, 증오라고? 저 망할 석판! 고정 마법이 저 흡혈귀까지 지켜 주고 있는 건가?'

"건드릴 수 없을걸. 난 이 석판과 내내 붙어 있으문서 북조선으루 돌아갈 거다. 너이 마법사덜이 떼루 달려들어두 날 어쩌지 못할 기야. 이 석판만 있으문 우리 일족은 더 강해질 기다. 피의 잔치를 느긋하게 기다리라우. 느그 남조선 마법사덜두 장차 이 모텔 꼴이 날 테니까니."

'도무지 방법이 없군. 안변해의 고정 마법이 우리의 발까지 묶게 생겼어. 방국봉도 죽은 판국에 도대체 누가 저 석판에 마력을 공급하고 있는 거야?'

길후는 장군을 외치는 기사의 모습을 보는 심정이었다.

차라라랑.

그때, 머리를 쥐어뜯고 있는 길후를 구원하듯 망치 모텔의 잿더미에서 하얀 빛무리가 솟아올랐다. 길후와 곽찬은 물론 칼날코까지 시선을 빼앗길 수밖에 없는 상황이었다. 스스로 빛을 내고 있는 빛무리, 빛에 눈이 익숙해지자 길후는 그것이 무수한 종이 거북이들이라는 것을 깨달았다.

순철은 그것이 무엇인지 알고 있었다.

"탄이가 접은……, 종이 거북이."

'저 아이가 접었다고?'

길후는 넋 나간 표정으로 종이 거북이들의 승천을 바라보고 있는 탄의 얼굴과 역시 넋이 나가 있는 칼날코의 얼굴을 번갈아 바라보았다.

그러고는 쾌재를 불렀다.

'답을 찾았군. 안변해가 죽었는데도 고정 마법을 유지시켜 방국봉의 목숨을 살리고 있던 주인공이 누구인지…….'

천천히 탄의 눈에 생기가 돌아왔다. 불타는 복수심에 의해 깨워진 그 눈빛의 흉흉함은 장내의 마법사와 흡혈귀들을 움찔하게 만들 정도였다.

몸을 일으킨 탄이 칼날코를 향해 걸어갔다. 한 걸음, 한 걸음 내딛을 때마다 느껴지는 알 수 없는 박력에 흡혈귀는 뒷걸음질 칠 수밖에 없었다.

"네가 우리 모텔을 부순 거야? 우리 할아버지를……, 죽인 거야?"

순간, 종이 거북이들이 일제히 고개를 돌려 칼날코를 향했다. 길후의 설명이 이어졌다.

"도망칠 수 없을 거야, 칼날코. 무의식중에 고정 마법에 힘을 실어 주던 마법사가 드디어 각성을 했거든."

길후는 고개를 들어 새벽하늘을 가득 메운 종이 거북이들의 위용을 직시했다.

'탄환? 아니, 화살이라고 해야 하나? 이 운명의 아이러니를 어떻게 받아들여야 할까. 모든 것이 못 박히는 곳에서 태어난 발사되는 못, 그 위력은 얼마나 강력할까?'

길후는 고정 마법이 걸린 모텔에서 자라 온 '저격' 마법사의 탄생을 지켜보고 있었다.

"방귀나 처먹어랏!"

빽 하고 소리를 지르는 탄의 외침에 반응하듯 종이 거북이들이 목표물을 향해 내리꽂혔다. 빛나는 점들은 선이 되어 흡혈귀의 육체에 맹공을 퍼부었다. 칼날코는 저항도 하지 못한 채 온몸을 꿰뚫려 하늘 저편으로 날아가 버렸다.

칼날코의 비명 소리가 아스라이 공중에 흩어진 후 그 자리에 있던 모든 사람들은 탄의 달라진 모습에 숨을 들이마셨다. 어깨가 훤칠하게 넓어졌을 뿐 아니라 다리도 길어져 있었다. 탄은 더 이상 아홉 살 아이가 아니었다. 이미 훌쩍 성장한 소년이었다. 못 박힌 시간이 터 오는 먼동과 함께 그의 품으로 돌아온 것이다.

이후 소년 탄이 기억하는 장면들은 명확하지 않다. 각성의 충격 때문에 스쳐 지나가는 기억의 편린을 붙잡는 정도랄까?

종이 거북이들을 날려 보낸 뒤 기력을 다해 쓰러지는 탄의 눈에 가장 먼저 들어온 것은 길후의 목덜미를 노리고 달려드는 순철의 송곳니였다.

석판에 마력을 공급해 주던 탄이 각성하는 순간, 순철이 아 찔할 정도의 갈증을 느끼고는 이성을 잃은 것이다. 다행히 이 번에는 곽찬이 가까이 있었고, 그는 돌격 마법사 특유의 반사 신경을 제대로 발휘했다. 순철은 곽찬의 주먹에 뒤통수를 얻어 맞고는 기절했다.

순철이 깨어났을 때는 이미 길후가 자신의 생령인 아기 곰 몇 마리를 석판 속에 담아 고정 마법의 효과를 되살려 낸 후 였다.

정신을 차린 흡혈귀 순철은 일종의 계약을 제시하는 길후의 기나긴 얘기를 들어야 했다. 길후는 석판을 빌려 주고 마력을 공급해 주는 대신에, 순철에게 마법사들이 하기 까다로운 일을 해 달라고 부탁했다. 순철은 고민 끝에 그 임무를 수락했고 낭 림산맥의 흡혈귀 소굴로 마법사들을 안내하는 데 힘을 빌려 주 기로 했다.

마법사들의 지부로 탄을 데려간 이는 골곽찬이었다. 워낙에 말수가 적고 무뚝뚝한 이라 함께 가는 내내 서먹서먹하고 불편 했지만 탄은 그가 나쁜 사람은 아니라는 느낌을 받았다. 곽찬 은 '연이네 세탁소'로 탄을 데려갔고, 험악한 인상의 지부장과 괴물 고양이를 소개시켜 주었다.

매우 보드랍고 푹신한 털을 지닌 거대 고양이는 거꾸로 매 달린 채로 탄을 꽉 안아 주었다. 탄은 나중에야 알게 된 사실이

지만 천둥트림이라는 고양이가 머리를 쓰다듬는 그 순간이, 마
법사 아카데미에 입학하는 첫 절차였다고 한다.
　그로부터 4년 뒤, 탄은 마법사 조합 서울 지부의 저격 마법
사 '마춘대'가 되었다.

18

이야기가 좀 길어진 것 같군.

알겠지? 마법사에게 전공이란 인간이었던 시절 본인도 알지 못했던 '갈증'의 반영인 거야. 그 탄이란 소년은 결국 저격 마법사로 각성했고, 지금은 이렇게 자네 눈앞에서 아카데미 조교 일을 하고 있지.

저격 마법의 본질은 뭘까? 과녁을 적중시키는 것? 목표물을 관통하는 것?

그 사건이 있고부터 한참이 지난 뒤에 내가 어렴풋이 내린 결론이 있어. 흠흠, 내 입으로 꺼내긴 좀 민망하지만……. 그러니까 저격 마법이란……, 사실 '닿고 싶은 마음'이 아닐까? 못 박힌 몸에서 빠져나와 '누군가와 닿고 싶은 마음' 말이야. 뭐, 이게 정답인지는 천둥트림도 본부장도 모르겠지만…….

자네의 경우를 볼까? 대통령 경호원으로 악당들을 때려잡던 자네가 왜 물파스를 들고 동료들의 새살 만들기에 힘써야만 하는 걸까? 뒤집어 생각해 보자고. 아마도 자넨 소중한 누군가가 '다치는 걸' 평생 두려워해 온 게 아닐까? 그게 자네가 운명적으로 짊어져 온 '갈증'인 거지. 그래서 친구들을 지켜 주고, 대통령을 지켜 주고, 결국엔 마법사 동료들의 목숨까지 지켜 주게 된 게 아니겠어?

순철이 형, 그러니까 길후 선배를 도와 벼락뿔과 그 일족을 제거하기 위해 이북으로 넘어간 흡혈귀 얘기를 해 볼까? 그는 말이야, 결국 흡혈을 참아 내고 사람이 됐다고 해. 뭐, 순철이 형을 생각하면 송곳니와 피에 대한 갈증을 제외하고 인간과 흡혈귀의 차이가 대체 무엇일까 생각하게 되지만…….

그리고 순철이 형은 인간이 되고 난 뒤에도 남한과 중국의 마법사들이 펼친 낭림산맥의 흡혈귀 토벌 합동 작전의 참모 역할을 했어. 그리고 모든 일이 끝난 뒤 무사히 여동생을 만나러 갔다고 해. 길후 선배의 선물과 함께……. 그 선물이 뭔지 궁금하지?

노화였어, 노화. 어른이 된 여동생을 만나기 위해 자신도 늙어 보이게 해 달라고 부탁한 거야. 내 할아버지가 나를 위해 그랬던 것처럼……. 누군가를 만나기 위해, 닿기 위해 날아가는 것들에는 그만큼 비이성적인 추진력이 있는 거야.

그래, 마법사들을 불만스럽게 하는 건 정말 많지. 자네가 법명과 전공을 마음에 들어 하지 않는 것도 이해해. 사실 모든 마법사들은 악마를 때려잡아야 하는 병기로 다시 태어나는 순간 '운명'에 불만을 갖게 되는 거나 다름없으니까.

난 말이야. 운명론자는 아니지만 자기 자신의 깊숙한 곳을 직시해 볼 필요는 있다고 생각해. 자네가 일평생 누군가를 지켜 주고 싶었던 그 갈망이야말로 자네의 법명과 전공의 다른 얼굴일 테니까.

사실 좀 부럽기도 하군. 지켜 주고 싶은 사람이 많았다는 것은, 그래서 마법사가 된 뒤에도 동료를 지켜 주는 전공을 부여받았다는 것은 자네가 그만큼 많은 이들과 '닿아 있다'는 뜻일 테니까.

가을 반점

<h1 style="text-align:center">불판은 항상 달궈 놓아야
파리가 안 꼬인다</h1>

아버지는 평생 동안 주방장이었다. 전라도 촌구석 수만리의 유일한 중국집 '만리장성萬里長城'의 주방장. 나는 아홉 살 때까지 아버지가 그 사실에 자부심을 느끼는 줄만 알았다. 그런데 그건 착각이었다.

"뭣땀시 눈탱이가 밤탱이가 돼 왔냐, 시방?"

아홉 살의 여름. 옆 반 명섭이한테 흠씬 터지고 온 날이었다. 사실 말이 밤탱이지, 당시 부어오른 내 눈은 왕만두보다 더 컸고 옆구리가 터진 것처럼 피도 철철 흘리고 있었다.

한데 아버지는 내 얼굴을 보고도 양파만 썰고 있었다.

써걱써걱.

나는 그 모습을 멍하니 바라보다 대꾸했다.

"별것 아니여."

“그냐? 손님 별로 없웅게 싸게 드가라.”

양파를 써는 아버지의 팔뚝에는 변화가 없었다. 아버지는 다른 어른의 허벅지만 한 팔뚝을 가지고 있었다. 늘 그런 팔뚝에 맞고 자랐기 때문에 이 정도 상처로는 그의 관심을 끌지 못하리라는 것을 나는 어느 정도 예상하고 있었다.

‘제길, 아무리 그래도 그렇지 아들이 두들겨 맞고 왔는데 쳐다도 안 보다니…….’

나는 홱 하니 등을 돌리고 투덜거렸다.

“그 새끼가 내보고 에미도 없는 ‘짱개 집 아들’이라 혔는디.”

칼질이 멈췄다. 짱개란 말은 아버지 앞에서 절대로 꺼내서는 안 되는 말이었다. 슬그머니 뒤를 돌아보니 아버지의 넓디넓은 등짝은 조용히 살벌한 기운을 내뿜고 있었다. 아버지 팔뚝의 힘줄이 도드라졌다.

“느그 교실에 화분 있간?”

“있는디?”

“제일 큰 게 언 놈이여?”

“난초일 것인디.”

도마 위의 양파를 한칼에 산산조각 내며 아버지가 말했다.

“고것을 그 잡것 대갈통에 내리쳐 부러.”

그것이 아버지가 내게 처음으로 전수해 준 싸움의 기술이었다. 나는 다음날 아버지의 말대로 1교시가 끝나자마자 옆 반으로 쳐들어갔다. 양손은 부들부들 떨리고 있었다. 무서워서가 아니라 난초가 심어진 화분이 꽤 무거웠기 때문이다.

명섭이는 나를 보더니 움찔하며 말했다.

"류시황? 고게 뭐시야아악!"

명섭이는 말을 끝맺지 못했다. 정수리 위로 화분이 융단 폭격을 가했기 때문이다. 옆 반 아이들이 우르르 물러났다. 개미 떼 위에 말벌이 나타난 것처럼……. 쓰러진 명섭이의 얼굴 주위로 난초 몇 포기와 부서진 화분 조각, 물기를 머금은 흙더미가 폭탄의 잔해처럼 흩어져 있었다. 나는 준비해 온 말을 읊었다.

"잡것! 죽여 불랑게."

안타깝게도 명섭이는 그 말을 듣지 못했다. 이미 의식을 잃었기 때문이다. 녀석은 구급차에 실려 가 머리를 아홉 바늘 꿰맸고, 그날 이후 내 앞에서 '짱개'라는 말을 꺼내는 놈들은 급격히 줄어들었다.

다음날 교장실에 불려 온 아버지는 당당했다. 방금 굴에서 쑥과 마늘을 뜯어 먹다 나온 듯한 아버지의 기세에 눌려 명섭이 아버지는 아무 말도 하지 못했다. 더구나 주방장 옷을 입고 있는 곰은 교장에게도 고개를 숙이지 않았다.

"사내놈들이 다투다 보면 대그빡이 그칼 수도 있지요."

"아니, 시황이 아버님. 요건 그런 문제가……."

교장은 당황하며 대꾸했지만 아버지는 양파를 자르듯 그 말을 잘랐다.

"지가 단단히 교육시켜 놓겠습니다. 긍께 거시기하지 맙시다. 시황아, 가자."

아버지는 교장실을 빠져나왔고 나는 주춤거리며 그 뒤를 따랐다. 밖에는 소나기가 내리고 있었다. 아버지가 가져온 검은 우산은 둘이 쓰기에는 조금 작았다. 좁은 우산 아래에 꼭 붙어서 부자는 말없이 질퍽질퍽한 운동장을 걸었다.

한참을 걷다가 아버지가 말했다.

"시황아. 애비가 중국집 허는 게 쪽팔리냐?"

"아니. 샘이 그라는디 직업에 귀천은 없다드만."

실은 조금 쪽팔렸지만 거짓말을 하기로 했다. 그런데 아버지 입에서 의외의 말이 나왔다.

"애비는 쪽팔린다. 헐 줄 아는 것이 없응게 이 짓 하는 겨."

우산을 찢을 듯이 쏟아지는 빗방울 때문에 아버지의 말은 잘 들리지 않았다. 어쩌면 듣고 싶지 않았던 건지도 모른다.

"귀천이 없긴 개뿔……. 개나 소나 다 헐 수 있는 게 중국집 주방장이여. 그려도 쪽팔리게 살면 안 되는 겨. 또 누가 짱개라든지 엄마가 도망쳤다든지 놀리믄 아작을 내 부러. 덩치가 쪼까 작으면 워뗘? 뭘 집어 던져서라도 기를 죽여 놔야 한당게."

아버지는 우산 아래에서 평소에는 꺼내지 않던 말을 많이 꺼냈다.

공수 부대 시절 취사병 선임이 유일하게 가르쳐 준 것이 짜장면 만드는 법이었다고 했다. 사람 패는 재주로는 감방밖에 갈 곳이 없으니 그거라도 배워 감방 말고 주방에서 살라며 선임이 가르침을 내렸다고.

'이럴 수가, 만리장성 짜장면의 탄생이 숟가락으로 퍼 먹는

다는 군대 짬밥이었다니……. 왜 맛이 별로인지 이유를 알겠
네.'

순간 아버지가 교장에게 한 마지막 말이 떠올랐다.

"근디 참말로 나 때릴 거여? 아부지가 하란 대로 한 건디?"

"맞고 싶간?"

"아니."

"그럼 되얏다."

교문을 나서는 길에 큼직한 분홍색 우산을 들고 오는 한
아줌마를 보았다. 틀림없이 마중을 나온 누군가의 엄마일 거
였다.

'엄마…….'

나는 그 말을 잠시 입속에서 곱씹어 보았다. 반죽이 덜 된
면발을 씹을 때처럼 뭔가 껄쩍지근했다. 한쪽 살이 나간 우산
때문에 빗방울이 자꾸만 얼굴에 튀었다.

그날 아버지의 옷에서는 자꾸만 짬뽕 냄새가 났다.

야채와 여자는 어디로 튈지 모른다

아홉 살의 여름은 깨달음의 연속이었다. 유년의 우상이었던 통키가 실은 일본 놈이란 것을 깨달았고 남자의 그것에 배설이 아닌 다른 용도가 있다는 것을 깨달았다. 진시황은 단한 번도 짜장면을 먹어 본 적이 없다는 것도 깨달았다. 하나 그중에서 가장 충격적이었던 것은 아버지가 주방장 일을 그다지달가워하지 않는다는 사실이었다. 곰곰이 생각해 보니 아버지가 주방장 일에 한 점 부끄럼이 없다면 짱깨란 말에 그토록 예민하게 굴 이유는 없었지 않을까? 누군가 그 말을 꺼내면 ‘짱’과 ‘개’ 사이에 주먹을 날렸던 아버지의 속내에는 쪽팔림이 있었던 것이다.

그런데 그로부터 10년 뒤 오늘, 아버지는 말을 번복했다.

“니미. 주방장은 개나 소나 하는 줄 알어? 워디서 중국집을 차려, 차리긴."

하필 종만이네 아줌마를 장터에서 마주칠 줄이야. 아버지는 그동안 벼러 왔던 말을 꺼내는 중이었다. 2주일 전 종만이네 아줌마는 신통치 않은 백반 집을 때려치우고 중국집으로 간판을 바꿔 달았다. 만리장성에서 몇 발자국 떨어지지도 않은 곳이었다.

"개나 소나라니? 내도 종만이 아부지 떠나보내고 주방 생활헌 지 10년이 넘었고만. 아, 글고 시황이 아부지가 수만리에 전세라도 냈당가?"

종만이네 아줌마가 여유 있게 받아쳤다. 채소 파는 할머니 앞에서 어깨를 맞댄 두 중년 남녀의 사이에는 보이지 않는 기운이 스멀스멀 피어오르기 시작했다. 심상치 않은 아버지의 기세에 나는 한 발짝 물러설 수밖에 없었다. 아버지는 당근 한 개를 집으며 말했다.

"널 자리를 보고 다리를 뻗으라 캤는디. 종만네, 잘못 뻗었고만."

"잘못 뻗긴, 겁나게 편하기만 하고만. 옴마나? 고3 되드니 시황이는 다 커 부렀네. 솔찬히 야물었어. 장가가도 되겠다, 시방."

아줌마를 다시 봐야겠다. 아버지를 성나게 만들어 놓고 딴청을 피우다니, 동네북 최종만의 가족이라 덩달아 별것 아닐 줄 알았는데 우습게 볼 인물이 아니었다.

아버지는 애써 목소리를 낮추고 말했다.

"상도덕이 있는 것이여, 상도덕이. 이름도 그게 뭐시여? 가을 반점?"

"우리 종만이가 지은 건디 왜 뭐라싸요? 만리장성은 뭐 신선하고만?"

"코딱지만 한 동네에 중국집이 두 개라 허면 지나가던 개도 웃을 일이라니께."

"요새 수만리에 개새끼 없어진 지가 언젠디. 한 마리라도 돌아댕겼음 나가 중국집 말고 보신탕 집을 혔지. 아지매, 요 양배추 얼마래요?"

퍼석.

기어코 아버지 손에 쥐인 당근이 수수깡마냥 부서져 버렸다. 저런, 6백 원 날렸네.

"정녕 요로코롬 나와야 쓰겄는가?"

아버지의 손에서 당근즙이 만들어지고 있는 동안에도 종만이네 아줌마는 태평하게 양배추 세 포기가 담긴 봉지를 받아들며 할머니에게 안부를 묻고 있었다. 나라면 절대 하지 않을 행동이다. 저 당근 꼴이 되고 싶지는 않으니…….

그런데 아버지도 차마 여자에겐 어쩌지 못하는 모양이었다.

"다 먹고살자고 허는 짓인디 너무 거시기하면 쓰겄소. 그람 욕보소. 담에 보자, 시황아."

생긋 웃으며 떠나는 종만이네 아줌마의 인사에 나도 모르게 답하고 말았다.

"안녕히 가세요, 아줌마."

아버지는 그날 이후 화병에 걸려 버렸다. 종만이네 아줌마에게 그럴듯한 반격 한 번 하지 못한 게 영 분한 모양이었다. 주방에 있다가도 느닷없이 홀에 나와 가울 반점 쪽을 쳐다보며 온갖 쌍욕을 해 대었고, 마지막에는 항상 "잡것, 사내새끼였음 콱!"으로 끝맺곤 했다. 참으로 보기 드문 그 광경을 옆에서 지켜보는 건 꽤 즐거운 일이었지만 나는 웃지 못했다. 잔뜩 골이 난 아버지가 무서워서이기도 했고, 아버지가 화를 내는 진짜 이유를 눈치 채지 못할 만큼 멍청하진 않았기 때문이다.

만리장성은 망해 가고 있었다.

반면 가울 반점의 짜장면은 불티나게 팔려 나가고 있었다. 신장개업을 했으니 예의상 가 주는 거라고, 아버지도 나도 처음에는 그렇게 생각했었다. 오산이었다. 만리장성의 손님은 눈에 띄게 줄었고 가울 반점에는 이제 줄을 서서 기다리는 손님들이 생길 정도였다. 처음에는 아버지의 기세에 움찔하던 단골들도 하나둘 가울 반점 쪽으로 발걸음을 옮겼다. 시내나 외지에서 차를 몰고 가울 반점을 찾는 사람들도 있다는 얘기도 들렸다.

하루는 수만리에서는 그야말로 보기 드문 종류의 차를 구경할 수도 있었다. 온갖 기자재를 실은 봉고차였는데 차의 옆구리에 붙여진 'GBS'라는 스티커를 보고는 입을 쩍 벌릴 수밖에 없었다. 명찰을 찬 사람들이 카메라를 들고 가울 반점에 들어가는 광경을 나는 분명히 본 것이다.

아무리 맛이 좋기로서니 지역 방송국에서 촬영을 나올 정도란 말인가?

어쨌든 반평생을 면발과 씨름해 온 아버지였기에 그 충격은 매우 컸다. 자연스레 배달도 뚝 끊겨 버려 방학 동안만이라도 나에게 배달 일을 도우라던 아버지의 말이 무색하게 되었다.

"아니, 뭣 땀시? 맛있기만 헌디?"

"그려. 워데 가서 우리가 짜장면을 요로코롬 맘 편히 먹어 보겠는가?"

위봉사에서 내려온 스님 두 분이 아버지를 위로한답시고 말을 건넸다. 그러나 아버지는 주방에서 듣는 둥 마는 둥 칼만 다듬고 있었다. 사실 스님들이 우리 가게에만 오는 이유는 아버지의 짜장면이 더 맛있어서가 아니라 고기를 빼 주기 때문이었다. 물론 꽤나 번거로운 작업이다. 그리고 그것은 가울 반점이 스님들에게 일일이 신경을 쓸 수 없을 만큼 많은 손님들로 북적댄다는 뜻이었다.

스님 한 분이 주방 쪽으로 목을 내밀며 말했다.

"어이, 류 사장. 듣고 있는 겨? 만리장성 짜장이 최고랑게!"

그때 주방에서 나무판이 부서지는 소리가 들렸다. 스님들은 움찔했고, 나는 황급히 주방으로 달려 들어갔다. 도마가 반쪽이 나 있었다. 아버지는 부서진 도마는 쳐다보지도 않고 지갑에서 만 원짜리 하나를 꺼내더니 심부름을 시켰다.

그 심부름은 나를 꽤나 당혹스럽게 만들었다.

찌그러진 철가방 안에도 서열은 있다

다 태운 담배를 아래로 내던졌다. 담배꽁초는 정글짐에 두세 번 부딪치더니 모래 위로 떨어졌다.

'제길, 정말 이 웃기는 짓을 해야 하는 건가?'

안 하겠다고 하면 부서진 도마 신세가 될 테지만, 역시 껄끄러운 일임에는 틀림없었다. 자꾸만 핸드폰을 만지작거리게 된다. 그래도 이미 주사위는 던져졌다.

방금 전 나는 가울 반점에 짜장면 두 그릇을 배달시켰다. 수만 리 약수터로.

"너네 꼰대 뭣 땀시 그러는디? 경쟁 업체잉게 팔아 줘 불면 안 되는 거 아녀?"

중학교 시절부터 내 똘마니였던 태수가 시소에 앉은 채로 날 올려다보며 물었다. 이종 격투기 선수라 해도 믿을 만큼 어마어마한 덩치를 가진 놈이 시소에 앉아 발을 그러모으고 있으니 퍽 괴상한 풍경이었다. 정육점 집 아들다운 거대한 몸집과 몽타주가 그 원인을 제공하고 있었다.

"자존심 때문이여."

"자존심?"

태수가 고개를 갸웃거리며 묻자 나는 차근차근 대답했다.

"울 아부지 자존심에 가울 반점 짜장면은 묶어 놓고 고문을 혀도 안 먹을 것이여. 근디 무슨 맛인가 솔찬히 궁금하긴 허고……. 긍께 애꿎은 날 시키는 거지 뭐. 난 차마 못 먹어 보겠응께 니가 먹어 보고 평을 해 봐라, 뭐 그런 겨."

"그려? 나야 나쁠 건 한 개도 없지. 공짜로 짜장면 한 그릇 먹는 것인디."

시소를 흔들거리며 대꾸하는 태수의 표정은 해맑았다.

녀석은 중학교 1학년 때 전학을 왔다. 그때도 주목할 만한 덩치와 이목구비를 겸비하고 있었는데 녀석은 전학 온 지 이틀 만에 나를 찾아왔었다. 학교를 접수한답시고……. 점심시간, 우리는 조용히 체육관 뒤로 갔다. 나는 거의 병신이 될 만큼 맞았다. 제법 묵직한 주먹이었다. 하지만 아버지만큼은 결코 아니었다. 보릿자루를 두들기듯 날 두들기던 태수가 지쳐서 틈을 보이자 나는 재빨리 녀석의 허벅지 안쪽을 밟아 버렸다. 체중이 실린 악에 받친 일격에 녀석은 벌러덩 드러누웠다. 그때 내가 발목을 꺾어 버리지 않았다면 우리 위치는 정반대가 되어 있을 터였다.

"위에서 뭔 소리가 들리는디?"

태수가 시소에서 벌떡 일어나며 약수터 위쪽을 가리켰다. 마치 야생동물이 자신의 보금자리에 무언가가 침범했을 때 귀를 쫑긋 세우는 것과도 같은 민첩함이었다. 하긴, 오래전부터 이곳 약수터는 태수와 나의 아지트나 다름없으니 그리 다를 것도 없었다. 산 중턱에 위치한 약수터는 아이들의 놀이터이자 노인들의 운동 장소이자, 우리 같은 녀석들의 흡연 장소였다.

귀 밝은 태수가 무슨 소리를 들었다면 틀림없을 것이다. 나는 정글짐에서 훌쩍 뛰어내렸다. 약수터 위쪽이라면 애매한 크기의 공터에 '그것'이 세워져 있다.

"대갈 바위?"

태수와 함께 나뭇가지를 헤치고 올라가 보았다. 예상대로 외지인 남자 두 명이 카메라로 대갈 바위를 찍고 있었다. 대갈 바위는 그 명칭처럼 사람이 우뚝 서 있는 것처럼 보이는 돌덩어리다. 자연적인 바위치고는 머리 부분이 기이할 정도로 크기 때문에 수만리의 토박이들은 그것을 '대갈 바위'라고 불렀다.

"저걸 왜 찍는 겨?"

태수의 질문에 나는 어깨를 으쓱였다. 그 특이한 생김새와 작지 않은 크기 때문에 외지인들의 관심사가 될 순 있겠지만 수만리에선 유년기 아이들의 별명에 지대한 영감을 제공하는 바위일 뿐이다. 가까이에서 보면 분필이나 나뭇가지로 가득 적어 놓은 음란한 욕설이나 낙서들을 발견할 수 있을 것이다. 순간, 나는 그 외지인들이 입고 있는 조끼에 박힌 'GBS'라는 문구를 발견했다.

"시황아, 가 볼까?"

그쪽으로 올라가려는 태수를 내가 황급히 붙잡았다. 녀석이 묻는 듯한 시선을 보내 왔지만 나는 입 가운데에 손가락 하나를 올린 뒤 약수터 쪽으로 다시 내려왔다. 태수는 군말 없이 내 뒤를 따랐다.

"방송국 사람인 것 같은디? 수만리에는 뭣 땀시 왔을까?"

"몰러. '한국의 특이한 바위' 특집이라도 만드나 보지. 그거 아냐, 태수야? 충청도 어딘가에 그거랑 똑같이 생긴 바위도 있디야. 이름이 '자지 바위'랑게."

어디선가 주워들은 소리를 늘어놓자 태수는 껄껄 웃었다. 단순한 녀석답게 방송국 사람들에 대한 일은 벌써 잊어버린 듯했다. 하나 내 심기는 불편했다.

'저 사람들, 가울 반점을 촬영하러 온 게 아니었나? 그라믄 와 더 큰 가게인 우리 만리장성을 놔두고 가울 반점을 택한 거여? 누가 가울 반점을 추천한 겨? 제기랄.'

기분이 씁쓸했다.

"어? 온 거 같은디?"

그때 태수가 수만리 쪽을 가리켰다. 오토바이 한 대가 철가방을 실은 채로 언덕을 가로질러 이쪽으로 오고 있었다. 오토바이의 주인공은 익숙한 얼굴이었다. 나보다 네 살이나 많지만 언제나 내게 설설 기던 최종만이었다.

종만이를 알아본 태수가 반가운 듯 인사했다.

"어이, 최좆만. 제대했담서? 간만이여."

오토바이를 세운 종만이가 무표정한 얼굴로 대답했다.

"뭐야, 니들이었냐? 희한하게 약수터로 배달을 시켰다기에 누군가 했더니……."

의외였다. 언제나 말을 더듬던 최종만이 저토록 또렷하게 말을 하다니, 군대란 곳은 언어 교정도 시켜 주나?

종만이는 기계적인 동작으로 철가방을 열더니 안에서 짜장면 두 그릇과 단무지를 꺼내 내려놓았다.

"7천 원."

종만이에게 만 원을 건네고 거스름돈을 받으며 내가 말했다.

"뭣 좀 물어볼 것이 있는디, 무신 바람이 불어서 짜장면 집을 차린 거여?"

잠시 나를 쳐다보던 종만이가 철가방을 들며 대답했다.

"내가 어머니를 설득한 거야. 백반보다는 짜장면이 나을 것 같다고."

'오호라, 네놈이 시작한 일이란 말이지?'

발을 움직여 종만이에게 한 발짝 더 다가섰다. 종만이의 키는 나보다 머리 하나는 작았다. 일부러 목소리를 낮게 깔아 위압적으로 말했다.

"우리 가게가 떡허니 버티고 있는 걸 알면서 그랬다는 겨, 시방? 만리장성에 류시황이 있다는 걸 깜빡한 겨?"

"그게 무슨 상관이야? 우리가 너희 가게에 방해될 만한 짓을 한 기억은 없는데? 누가 되었건 한 마을의 중국집을 독점한다는 건 부당한 일이야. 우리는 깨끗한 영업을 할 뿐이라고.”

이 자식이 겁대가리를 비닐 포장해 뒀나? 무릎이 차올려지려는 순간에 태수가 선수를 쳤다. 한 손으로 가볍게 종만이의 멱살을 잡아 들어 올린 것이다. 그리고 오래전 태수를 처음 만났을 때 내게 걸었던 첫마디를 내뱉었다.

“새끼가……, 쳐 벌랑게.”

그때 종만이네 아줌마의 얼굴이 불현듯 떠올랐다. 쓸데없는 문제를 만들고 싶진 않았다. 내가 종만이를 내려놓으라고 하자 태수는 종만이를 바닥에 내팽개쳤다. 종만이는 곧바로 일어서더니 대수롭지 않다는 듯 옷에 묻은 먼지를 툭툭 털었다. 2년 전의 최종만과는 판이하게 다른 모습이었다.

“그릇은 미끄럼틀 아래 둬.”

그 말만을 남기고 종만이는 유유히 오토바이를 몰고 사라졌다. 녀석이 사라진 자리에 피어오르는 먼지구름을 바라보던 태수가 으르렁거렸다.

“새끼, 겁나게 컸네. 옛날엔 쪽도 못 쓰던 새끼가 말여.”

“태수야. 근디 종만이 말투가 원래 저래 불었나?”

그제야 이상함을 눈치 챈 태수가 고개를 갸우뚱거리며 대답했다.

“아따, 그르게? 글고 봉께 왜 말을 안 더듬는 겨?”

“것보담 서울말을 쓰잖여. 말 더듬는 걸 고치면 사투리도 고쳐지나? 니미, 헷갈려 부네.”

이쯤에서 생각을 접기로 했다. 눈앞에 당면한 과제가 있었기 때문이다. 개점한 지 얼마 되지 않았다는 티를 팍팍 내고 있는 하얀 그릇에 짜장면이 담겨 있었다. 보기만 해서는 아버지의 짜장면과 별다를 것이 없어 보였다. 차이가 있다면 계란과 오이를 얹어 놓은 위치 정도일까?

"시황아. 뿔면 맛없잖여. 싸게 먹자."

태수가 나무젓가락을 떼어 내며 말했다. 나는 익숙한 솜씨로 비닐을 벗겨 내고 짜장면을 비볐다. 양파, 당근, 감자, 호박, 양배추, 돼지고기……, 특별한 재료가 들어간 것처럼 보이지는 않았다. 멀뚱히 쳐다만 보고 먹지 않고 있자 태수가 먼저 한 입 집어넣었다. 그리고 잠시 동작을 멈춘 녀석은 나를 한 번 쳐다보더니 허겁지겁 그릇을 비우기 시작했다. 순식간이었다.

"어뗘?"

내가 묻자 태수는 조금 당황한 듯한 표정을 지었다. 애써 대답을 찾고 있는 거겠지.

"솔직허게 말혀 봐. 괜찮응게."

태수는 한참 동안 말을 고르는 듯하더니 이윽고 말했다.

"존나 맛있는디. 시황이, 니도 어여 먹어 봐."

'그래? 그렇단 말이지?'

나는 젓가락을 들어 면발을 들어 올렸다. 향긋한 냄새가 코를 자극했다. 도대체 어떤 맛일까? 어떤 맛이기에 만리장성을 처참하게 무너뜨리고 아버지가 화병이 들게 한 걸까?

나는 가울 반점의 짜장면을 베어 물었다.

칼을 잡았으면 단무지라도 썰어라

"뭐라고 씨부렸냐, 시방?"

테이블에 팔을 괴고 있는 아버지의 목소리는 침착했다. 하지만 그 주먹이 언제라도 날카로운 훅이 되어 날아올 수 있다는 걸 난 잘 알고 있었다. 그래서 목숨을 거는 기분으로 아버지를 다시 한 번 설득했다.

"백반 집 허자고. 그것도 솔찬히 괜찮당게."

말을 뱉어 놓고 방어 자세를 취했지만 아버지는 손가락 하나 까딱하지 않았다. 그 대신 무거운 한숨을 내쉬더니 차분한 말투로 나를 재촉했다.

"또이또이 설명을 혀 봐. 애비는 뱅 둘러 말허는 거 질색잉게."

아무래도 오늘은 아버지의 주먹이 요리사 가운 밖으로 나올 일은 없어 보였다. 그래서 나는 심호흡을 한 번 하고 모든 걸

털어놓았다.

그동안의 내 혀가 바다 위를 헤엄치고 있었다면, 가울 반점의 짜장면을 먹는 순간 내 혀는 구름 위를 노니는 것과 같았다. 그윽하고 매콤한 향취가 첫 입부터 나를 사로잡았고 면발을 삼키는 순간 혈관을 타고 부드러운 물결이 찰랑이는 듯 나른한 행복감이 느껴졌다. 기름기는 결코 '윤기'의 범위를 벗어나지 않았고 춘장에서 느껴지는 맛의 깊이는 나이아가라 폭포보다 깊었다. 짜장면을 먹는 내내 양파와 당근, 감자와 고구마는 입 속에서 찬란한 무도회를 펼치고 있었다.

말을 마치자 아버지가 대꾸했다.

"긍께 뭐시여? 한 입 먹었을 때 맛허고 두 입 먹었을 때 맛허고 전혀 다르다는 겨?"

"그렇대도. 입에 넣을 때마다 다른 맛이 느껴지더랑게. 예를 들자면 거시기……, 처음엔 오아시스였는데 다음엔 장미 밭으로 변하고 그 다음엔 바람 부는 초원 위를 거니는 기분이라고나 헐까?"

아버지는 도통 이해하지 못하는 눈치였다.

"그랑게 아부지도 한 입 먹어 보면 쓰겄는디. 짜장면, 내보다는 아부지가 훨씬 잘 알 거 아녀. 그기 뭐가 들어갔는지도."

"니도 19년 동안 짜장면만 먹은 놈이잖여. 근디 뭐가 들어갔는지도 구별을 못 혔다고?"

고개를 끄덕일 수밖에 없었다. 처음 입에 댄 순간부터 내게 천천히 재료를 살펴볼 여유 따위는 없었기 때문이다. 물론 나

도 아버지가 가울 반점의 짜장면을 먹을 일은 통키가 불꽃슛을
하루에 세 번 쏘지 않는 이상 일어나지 않을 것을 안다. 한번
안 하기로 마음먹은 일은 목에 칼이 들어와도 안 할 사람이다.
아버지는 무언가를 골똘히 생각하더니 지갑에서 다시 만 원짜
리를 꺼내었다.

"내일은 먹지 말고 이리 가져와 봐. 뭐가 들었는지 한번 볼
랑게."

순간 나는 만리장성 주방장의 아들로서 조금 부끄러워졌다.
먹지 말라는 아버지의 말에 안도감보다 아쉬움이 들었기 때문
이다.

태수를 부르지 않은 건 쓸데없는 짓이었다. 어제 이후로 태
수는 최종만의 건방진 태도를 고쳐 주겠다고, 깜빡 흘린 겁대
가리를 도로 찾아 주겠다고 엄포를 놓고 다녔다. 어렸을 적 나
이키 신발이나 미니 겜보이를 바치며 설설 기던 최종만의 당당
한 태도를 녀석은 견디지 못하는 모양이었다. 한데 내게는 아
버지가 내린 임무가 더욱 중요했기 때문에 방해가 되는 태수는
부르지 않고 약수터에 혼자 나와 있었다.

그런데 철가방을 들고 온 건 최종만이 아니었다.

"아줌마, 오토바이 탈 줄 아셨고만요?"

모래사장 위에 철가방을 내려놓으며 종만이네 아줌마가 예
의 그 미소를 지었다.

"시황이 니일 줄 알았고만. 가는 어딨냐, 정육점 박 씨 아들?"

“돼지고기 썰고 있을 터인디…….”

사실 물어볼 사람은 나였다. 어째서 최종만이 오지 않고 아줌마가 대신 왔단 말인가? 내 표정을 읽었는지 아줌마는 철가방에서 짜장면 한 그릇을 꺼내 들며 말했다.

“느그 아부지 속이야 뻔허제. 염탐을 헐라면 정정당당히 헐 것이지, 뭣 땀시 애꿎은 니를 시킨대냐? 머 더고 자빠졌어, 짜장면 안 받고?”

말없이 짜장면을 건네받고 만 원을 꺼냈다. 사실 아버지가 도마를 부수게 만든 주원인을 제공한 사람과 살갑게 말을 주고받는 것도 우스운 일처럼 생각되었기 때문이다. 그때 거스름돈을 세던 아줌마가 느닷없이 입을 열었다.

“시황아, 울 가게가 밉제? 나가 수만리에서 뿌리 백고 살아온 세월이 월맨디 워째 그 맴을 모르겄어? 헌디 말이여……, 우리 가게는 이 길뿐이 없고만. 먹어 봤응게 알 꺼 아녀? 만리장성은 이제 안 돼야. 느그가 포기혀라.”

듣고만 있던 내가 가까스로 입을 열어 대꾸했다.

“울 아부지도 짜장면밖에 없는디요.”

“아니여. 느그 아부지야 나가 훤히 알지. 느그 아부지는 역도산 몸집의 주방장이 아니고 주방장 옷을 입은 역도산이여. 주방장으로 늙어 죽을 성미가 못 되야. 아직 나이도 젊은 편이고 월매든지 다른 일 시작헐 수 있당게. 니가 쪼까 잘 타일러 봐, 잉?”

아줌마는 정중히 우리에게 판에서 물러나기를 권하고 있었다. 왠지 분하고 억울했지만 틀린 말은 아니었다. 그녀의 말마따나 내가 직접 맛을 보았기 때문이다. 그 맛은 아버지가 죽었다 깨어나기 전에는, 아니 진시황이 무덤에서 일어나기 전에는 뛰어넘을 수 없는 경지였다.

내가 아무 말 없이 우두커니 서 있자 아줌마는 오토바이에 다시 올라탔다. 그리고 내 쪽을 돌아보며 전혀 예상치 못했던 한마디를 건네었다.

"시황아, 느그 엄마 보고 싶제?"

아버지 말이 맞았다. 여자는 언제나 뒤통수를 치는 존재다.

180도,
튀김이 안락함을 느끼는 기름의 온도
혹은 그녀가 돌아선 각도

사실 그 말은 어렸을 때부터 한동안 아버지가 잊을
만하면 꺼내던 말이었다.

"엄마 보고 싶냐?"

대체로 이 말은 졸업식이나 체육대회 같은 연례행사 때 자
주 들려왔고 비가 구슬프게 쏟아지는 날에도 가끔 들려왔다.
그리고 아버지가 술에 취한 날이면 혀가 꼬일 대로 꼬인 발음
으로 귀에 못이 박히도록 들어야 했다. 괜스레 아랫배에 힘이
꽈악 들어가고 숨통이 뜨거워지는 기분 때문에 처음에는 그 말
에 대꾸도 잘 못 했다. 한 마디라도 내뱉으면 둑이 무너져 내릴
것처럼 아슬아슬한 심정이었다. 아버지가 그 말을 멈춘 것은
내가 열세 살 즈음이었던 것 같다.

설날이었다. 아버지와 나는 논길을 걸으며 온 가족이 빙판

길에서 썰매를 타는 광경을 지켜보았다. 아버지가 또 그 질문을 던졌고 나는 망설임 없이 대답했다.

"그게 누군디?"

그 이후로 아버지는 내게 엄마 얘기를 꺼내지 않았다. 엄마라는 말을 곱씹어 보아도 이제는 큰 울림 따위 없다. 두 살 때 나를 버리고 도망친 여자다. 내 말문이 트이기도 전에 나를 등지고 돌아선 여자다. 난 엄마의 등을 보면서 울었을까 아니면 멍하니 바라보기만 했을까? 아버지가 절대로 이야기해 주지 않았기 때문에 그녀가 왜 나를 버리고 갔는지는 모른다. 그 이유가 어찌 되었든 간에 엄마를 다시 내 머릿속에 편입시킬 일은 없을 것이다.

"여기, 뭔가 있고만?"

한참 동안 면발을 뒤적이던 아버지가 뭔가를 발견했다. 나는 내가 놓친 부분을 아버지가 발견했다는 사실보다 진짜로 춘장 한 방울 입에 대지 않는 아버지의 인내심에 더 놀랐다.

"고것이 뭐간디? 기양 밀가루 뭉쳐진 거 아녀?"

"밀가루랑은 달러. 고기를 갈아 넣었고만. 눈에 잘 안 띄게 할람시로. 헌디 뭣 땀시 요런 짓을 혔을까?"

그것이 무슨 고기냐고 물어볼 참에 종소리가 났다. 손님이 온 것이다. 가울 반점의 개점 이후 아버지와 나는 종소리만 나면 화들짝 놀라는 버릇이 생겼다. 워낙 울릴 일이 없기에 종소리가 귀에 설어진 것이다. 주방에 아버지를 두고 홀로 황급히 뛰쳐나갔다.

스님들이었다. 그런데 새로운 얼굴이 있었다. 거동조차 불편해 보이는 노인 스님이었다. 아버지가 그를 알아보고 주방에서 달려 나왔기에 그 노인이 위봉사의 주지 스님이라는 사실을 알 수 있었다. 아버지가 저토록 몸을 굽혀 인사를 하는 사람은 처음 봤다.

"요것이 얼마 만인지 모르겠네요, 어르신. 뭣 헌다고 요런 누추헌 곳까지……."

"아이들이 하도 졸라서 내려왔네. 고기를 뺀 짜장면을 판다고? 그런데 내려오는 길에 보니 못 보던 간판이 새로 생겼던데……."

주지 스님은 마을에 자주 내려오지는 않는 모양이었다. 하긴, 당장이라도 부처님을 만나 뵈러 간다고 해도 하등 이상할 것이 없어 보이니 그럴 만도 했다. 그런데 '새로운 간판' 이야기에 아버지의 표정이 약간 무거워졌다. 주지 스님은 눈치 채지 못한 모양인지 말을 계속 이어 나갔다.

"원래는 백반 집 아니었나?"

아버지는 고개를 끄덕였다. 주지 스님은 대체 무슨 말을 하려는 걸까? 설마 이제 훨씬 뛰어난 중국집이 생겼으니 아버지에게 속세를 잊고 절로 들어오라는 말을 하려는 건가? 그렇다면 나 역시 곤란하긴 하지만, 만리장성에 더 이상 가망이 없다는 내 생각과도 얼추 들어맞았다. 뭐, 아무리 아버지라도 설마 주지 스님의 멱살을 잡진 않으실 테지. 그런데 주지 스님이 문

밖을 쳐다보며 진중한 말투로 의외의 말을 했다.

"마魔가 끼었구나. 마땅히 이곳에 없어야 할 것이 와 있어. 새로 생겼다는 저 중국집에서 뭔가 불온한 일이 벌어지고 있는 게야."

아버지는 바짝 긴장해서 물었다.

"고것이 뭔 것 같은지요, 어르신?"

하지만 그 순간 주지 스님의 눈가에 잠시 머물렀던 영롱한 기운이 사라졌고 해맑은 표정으로 아버지를 보며 말했다.

"나도 모르네. 이 불초에게 투시술이 있는 것도 아니고. 허허, 짜장면 세 그릇이나 맛있게 뽑아서 주게."

아버지는 떨떠름한 표정으로 주방으로 들어갔고 나는 세 스님에게 물과 단무지를 내어 주었다. 그리고 나무젓가락도……. 그것을 본 주지 스님이 빙긋이 미소를 지었다.

"여전하구나. 저 아이, 설거지를 귀찮아하지?"

나는 흠칫했다. 우리 가게는 홀에서 주문하는 손님들에게도 일회용 나무젓가락을 내어 주는데 주지 스님은 대번에 그 이유를 간파한 것이다. 뭐, 그것보다 아버지를 '아이'라고 표현한 것에 대한 뜨악함이 더 컸지만…….

"밥 먹을 때 쓰는 쇠젓가락도 있는디, 고거라도 드릴까요?"

내 말에 주지 스님이 고개를 저었다.

"괜찮네."

그러고는 앙상한 손가락으로 나무젓가락을 붙잡았다. 그런데 벌어진 아랫부분을 붙잡고 힘을 주고 있었다. 어라? 그렇게 하면……. 내 예상대로 젓가락은 균형 있게 쪼개지지 않고 한 쪽이 날카롭게 변해 버렸다. 내가 새 나무젓가락을 가져오려 하자 주지 스님은 천천히 손을 들어 내 옷깃을 붙잡았다. 그리고 날카로운 부분의 젓가락을 내게 내밀었다.

"아가야, 이 젓가락이 지금 무슨 생각을 하고 있겠느냐?"

함께 앉아 있던 스님들조차 어리둥절한 모양이었다.

'뭐지? 선문답을 하자는 건가?'

난 그의 말이 무슨 소린지 도통 눈치 챌 길이 없었다.

"잘 모르겠는디요."

주지 스님은 나무가 더 많이 붙은 쪽의 젓가락을 함께 들어 보이며 말을 이었다.

"지금까지 너를 키워 온 저 아이는 이 뾰족한 젓가락이나 다름없다. 이대로 놔두면 누군가의 손에 생채기를 낼 게 틀림없지. 원래부터 갖고 있어야 할 부분을 잃어버렸으니 무슨 생각을 할지는 빤하지 않느냐?"

주지 스님은 젓가락을 다시 모아 쥐며 내 얼굴을 물끄러미 바라보고 웃었다. 나는 뒤통수를 긁적이며 새 젓가락을 꺼내려 돌아섰다.

'도대체 아버지가 어쩐다는 거야? 거참, 해괴한 노인일세.'

짜장이냐, 짬뽕이냐, 중간은 없다

그로부터 사흘 후, 내 손에는 묵직한 봉투가 하나 들려 있었다. 가울 반점 주방에서 배출된 음식 쓰레기였다. 수만 리 구석에 있는 개울가에서 봉투의 배를 갈랐다. 내부에서 풍기는 냄새는 유쾌하지 않은 상상을 절로 피어오르게 할 만큼 독했다. 며칠 분량이 축적되어 있었던 모양이었다. 준비해 온 꼬챙이로 할복, 타살당한 쓰레기봉투의 내부를 헤집었다. 짓이겨진 양파, 양배추, 당근 등의 야채들이 거뭇해진 춘장 속에서 허우적대고 있었다.

'잘 들어라잉. 요리란 것은 하루아침에 영판 달라져 부는 것이 아녀. 솔찬히 대그빡에 든 게 있어야 허고 칼 맛도 익혀야 혀. 또 경험도 있어야제. 근디 가울 반점은 희한하잖어? 답은 하나뿐이여. 뭣인가 겁나게 특이헌 재료를 쓰고 있는겨. 그리

고 이제는 울더러 궁뎅이를 떼 부리라고 허지 않았냐?'

종만이네 아줌마와 나의 대면이 아버지에겐 큰 의미로 다가온 것 같았다. 대놓고 떠나라고 말했다는 것은 엄연한 도전이라고 여긴 아버지는 어떻게 해서든 수상쩍은 맛의 비결을 밝혀 내리라 결심한 것이다. 물론 정당한 방법으로 종만이네 아줌마의 콧대를 누르는 방법은 더 훌륭한 짜장면을 만들어 내는 것이지만 아버지 스스로도 그것은 힘들 거라는 것을 알았는지 우회로를 택한 것이다. 그 덕분에 나는 이 땡볕에 우스꽝스러운 짓을 하고 있었다.

그때 꼬챙이 끝에 무언가 작고 단단한 것이 걸렸다. 말라비틀어진 대파 무더기를 걷어 내니 허여멀겋고 기다란 것이 드러났다. 무언가의 뼈였다. 주지 스님의 음산한 한마디 때문인지는 모르지만 그 뼈를 보는 순간 무언가 차갑고 축축한 것이 등을 타고 스멀스멀 올라오는 기분이 들었다.

"소뼈도, 돼지 뼈도 아니여."
"참말로요?"
"그렇당게. 나가 네 발 달린 짐승 뼈다구는 못 본 것이 없는디 요건 특이하고만."
태수네 아버지는 펼쳐진 신문지 위에 놓인 뼈를 보고는 고개를 저었다. 두 뼘 정도의 길이에 얇은 굵기를 가진 뼈였다. 나는 정육점의 붉은 등 아래에서 태수와 똑 닮아 있는 아저씨의 얼굴을 향해 한 가지 질문을 던지고 싶은 욕망을 꾸욱 참아야 했다.

'아저씨, 두 발 달린 짐승 것은 못 보셨을 것 같은디요.'

나는 무의식적으로 고개를 저었다. 그럴 리가 없다. 가울 반점에서 인육을 쓰기라도 한단 말인가? 삼류 공포 영화에서나 나올 법한 이야기다. 터무니없다. 지나치게 현실성 없는 코미디다. 복잡한 심경을 그대로 얼굴에 드러낸 모양인지 태수네 아버지가 말을 걸어 왔다.

"소나 돼지보다는 덩치가 쪼까 작은 놈일 것이여. 뭐, 살쾡이나 고라니 같은 걸 수도 있응게. 그것보다 시황아, 요런 뼈다구 갖고 골머리 썩이지 말고 수만 의원에 한번 가 봐라. 태수 거깄응게."

"앗나양, 또 누굴 때렸는디요?"

"아녀, 때린 것이 아니고 지가 다쳐 분겨. 경운기에 부딪혔다는디 자세히는 모르겄다. 소고기를 납품해 주는 노 씨 할아버지가 한동안 고기를 안 주셔서 알아보라고 보냈더니만 고로코롬 돼 부렸다. 나가 바빠서 아직 못 가 봤응게 니가 한번 들러 주는 것이 워떻겄냐?"

나는 그러마고 대답한 뒤 정육점을 빠져나왔다. 물론 아직 정체가 밝혀지지 않은 뼈를 조심스럽게 신문지로 둘둘 말아 품에 넣은 채로……

수만 의원은 돌팔이 황 씨 아저씨가 운영하는 마을 병원이었다. 잡초를 뽑다가 뱀에 물리거나 허방다리에 잘못 빠져 똥독이 오른 환자들만 득시글거리는 작은 규모의 병원이기에 교통사고 정도면 황 씨 아저씨도 꽤 난감했을 것이다. 그런데 경운기에 부딪힌 것도 교통사고로 쳐야 하나?

상아빛 건물 안으로 들어서자 낡은 금성 에어컨에서 나오는 시원한 바람이 날 반겼다. 그리고 카운터에서 낯익은 얼굴 또한 나를 반겨 주었다. 팔짱을 낀 채 고개를 갸웃하며 노려보는 것도 반겨 주는 것이라면 말이다.

"시황이 오빠? 뭔 일이래?"

나는 슬쩍 신문지에 싸인 뼈를 등 뒤로 숨겼다. 이 뼈를 절대로 들켜선 안 되는 사람 중의 한 명을 만난 것이다. 종만이의 여동생 종미였다.

"느야말로 여는 웬 일이여? 알바하는 것이여?"

종미는 무심히 고개를 끄덕였다. 순간 나는 종만이보다는 그녀에게서 정보를 빼내기가 조금 더 수월할 것이라는 결론에 도달했다. 헛기침을 몇 번 한 뒤 말을 꺼냈다.

"종미야. 거시기……, 느그 가울 반점 짜장면 말인디. 거 무슨 고기를 쓰는 겨?"

"뭣 땀시 고걸 물어봐?"

내가 아무 대꾸도 하지 못하자 종미는 코웃음을 쳤다.

"나가 바본 줄 아는 겨, 오빤? 경쟁업체에 그걸 왜 말해 준디야."

역시 안 되는 건가? 포기하고 돌아서려는데 종미의 입이 살짝 오물거리는 것이 보였다.

직감 같은 것이었다. 나에게는 해서는 안 될 말이지만 동시에 내뱉고 싶어 견딜 수 없는 무언가가 있는 것이다. 순간 뇌리에 스쳐 지나간 것은 종만이의 얼굴이었다. 나는 도박을 해 보기로 결심했다.

"느그 오빠, 조금 거시기허지?"

종미가 흠칫 놀라자 나는 내 예상이 적중했다는 것을 깨달았다. 까짓것 몇 발자국 더 나가도 상관없겠지.

"예전의 최종만이 아니라 쪼까 어색해 불잖여. 가족잉께 그걸 모를 리가 없을 터인디?"

종만이의 기이한 변화를 종미도 느끼고 있었다. 그녀가 망설이고 망설이다 내게 해 준 얘기에는 아버지에게 들려줄 만한 것이 셀 수 없이 많았다.

그러니까 최종만이 입대한 지 두 달 정도가 지난 뒤의 일이었다. 갑자기 군부대에서 집으로 전화가 걸려 왔다고 한다. 충격적이게도 그 전화는 종만이가 보초를 서던 중 탈영을 했다는 내용을 담고 있었다. 그래서 헌병대가 곧 가택으로 조사를 나올 예정이라는 통보였다. 그 얘길 들은 종만이네 아줌마는 거의 실신 직전까지 갔다고 한다. 그런데 며칠이 지나도 헌병대는 오지 않았고 망연자실해 있던 아줌마에게 또 한 통의 전화가 걸려 왔다. 최종만 이병은 아무 탈 없이 군 생활을 하고 있고 탈영 통보는 단순한 행정 실수였다는 것이다. 처음에 두 모녀는 가슴을 쓸어내리고 안도했으나 시간이 흐를수록 뭔가 이상함을 느꼈다. 백일 휴가를 나온 종만이가 어딘지 모르게 달라져 있었기 때문이다.

"꼭 뭔가에 홀린 사람 같았고만……."

어머니와 여동생을 대하는 태도나 사람의 심성은 변하지 않았지만 어딘가 나사가 하나 빠진 듯한 모습이었다. 게다가 말을 더듬고 어수룩했던 예전의 모습은 눈을 씻고 찾아봐도 보이지 않았다. 종만이네 아줌마는 군대에서 단체 생활을 하다 보면 남자다워지는 거라고 했지만 종미는 여전히 무언가 석연치 않았다.

그리고 2년 뒤 종만이는 제대를 했고, 느닷없이 가족들에게 중국집을 차리자는 제안을 했다고 한다. 처음에 두 모녀는 망설였지만 종만이가 무척이나 강하게 의견을 밀어붙였고 결국 수만리에 두 번째 중국집이 생겨난 것이다.

"오빠가 가져온 그 고기를 넣응게 참말로 맛이 기가 맥혔어. 그려서 엄니는……."

"고기? 무슨 고기?"

종미는 아차 싶은 표정을 지으며 입을 다물었다. 그러나 내가 끈질기게 물고 늘어지자 결국 입을 열 수밖에 없었다.

"오빠랑 엄니가 무신 일이 있어도 말하지 말라 캤는디……. 더 이상 무서워서 내는 못 참겠어."

이어진 종미의 이야기를 듣다가 나는 하마터면 손에 들린 뼈를 놓칠 뻔했다.

태수는 왼팔과 오른 다리에 깁스를 한 채 누워 있었다. 침대가 내려앉지는 않을까 심히 염려되는 모습이었다. 녀석은 병실

문밖에 서 있는 나를 발견하고는 헤벌쭉 웃어 보였다.

"허는 짓이 골 때린당께, 니는. 참말로 경운기에 부닥쳐 분 거여?"

"그려. 캐묻지 말어, 쪽팔링게."

태수가 고개를 끄덕이며 말했다. 그러고는 왜 빈손으로 왔냐며 핀잔을 주기에 이르렀다. 나는 그 말을 한 귀로 흘리며 머릿속으로는 종미의 이야기를 정리하고 있었다. 어서 아버지에게 돌아가 의논을 해 봐야 했다. 이것은 만리장성의 미래가 달린 일이었다.

"그나저나 우리 아부지 심부름도 해야 허는디……."

"심부름?"

내 물음에 태수는 한숨을 내쉬었다.

"노 씨 아저씨가 요새 상태가 쪼까 요상허단 말여. 오밤중에 벌떡 일어나서 동네방네 소리를 지르고 다닌다드만."

"소리? 그 얌전한 양반이?"

내가 믿지 못하겠다는 기색을 드러내자 태수가 깁스한 팔을 흔들며 열변을 토했다.

"그려. 요새 누가 노 씨 아저씨네 소들한테 장난질을 치나 벼. 밤에 시끄러운 소리가 나서 나가 봉게 논밭이 막 파헤쳐져 있고 돼지우리는 망가져 있고……. 긍께 우리 정육점에도 납품이 제대로 안 되고 있는 거 아녀."

소나 돼지라……. 평소라면 그냥 희한한 일이라고 웃어넘겼겠지만 나는 최종만의 얼굴을 떠올리지 않을 수 없었다. 노 씨 아저씨가 사는 곳은 마을에서도 상당히 후미진 곳에 위치해서 가축 도난이 일어나도 이상할 것은 없었다. 하지만 이 가설에는 심각한 문제가 있는데, 이 작은 마을에서 소, 돼지를 훔쳐도 다시 팔 곳이 없을 거라는 점이었다. 만약 마을 외부로 반출시키는 전문 도둑이라면 그건 그것 나름대로 시간 낭비와 인력 낭비였다.

물론 사라진 가축들이 마을 내에서 '처리'된다면 이야기는 다르지만…….

내가 생각에 골몰해 있을 때 돌팔이 황 씨 아저씨가 의사 가운을 입고 간호사와 함께 병실에 들어섰다. 잠시 나와 태수의 말문이 뚝 끊겼고, 간호사는 이것저것을 체크했다. 황 씨 아저씨는 몸을 자주 움직여야 부러진 뼈가 빨리 붙는다는, 중학교 생물 교과서만 보아도 알 수 있는 처방을 내리고는 돌아섰다. 그 순간 나는 내 손에 들린 것이 무엇인지 알아볼 수 있는 사람이 바로 옆에 있다는 사실을 깨달았다.

"저, 황 씨 아저씨."

그러자 황 씨 아저씨가 획 하고 등을 돌리며 눈을 부라렸고, 나는 호칭을 정정했다.

"원장 선생님."

"그려, 왜?"

"요것이 워떤 동물의 뼈인지 혹시 아셔요?"

나는 신문지를 펼쳐 황 씨 아저씨에게 뼈를 보여 주었고, 그는 눈을 빛내었다.

뒤집힐 때를 알고 뒤집어지는
탕수육의 뒷모습은
얼마나 먹음직스러운가

아버지는 개업 이후 처음으로 9시가 되기도 전에 셔터를 내렸다. 나는 잠자코 테이블에 앉아 있었다. 어차피 이 판국에 만리장성을 찾아올 손님도 없었지만 아버지가 셔터를 내리는 행위에서는 무언가 비장함이 묻어 나왔다. 내가 앉은 테이블 위에는 문제의 뼈가 적나라하게 드러나 있었다.

"긍께……, 이 뼈가 거시기란 말이지?"

아버지의 시선은 테이블 위를 서성이고 있었고 나는 고개를 끄덕였다.

평소에 돌팔이라고만 생각했던 황 씨 아저씨는 의외로 뼈에 대해 상세한 대답을 해 주었다. 만약에 이 뼈가 사람의 뼈라면 가장 흡사한 부위는 발목뼈라고……. 그런데 문제는 크기였다. 성인의 그것이 아니라 생후 30개월 미만의 아기 뼈일 수밖에 없다는 것이다. 그리고 황 씨 아저씨는 석연치 않은 듯 한마디를 덧붙였다.

나는 그 말을 아버지에게 전했다.

"그러더랑께. 크기는 애기 뼈인디 애기 뼈는 요로코롬 단단헐 수가 없다는고만."

"니미, 그 양반 말은 당최 뭔 소린지 알 수가 있어야제. 그것보다 종만이가 가져오는 고기의 재료가 뭣인지 가족들도 몰라분다 이거 아녀?"

그랬다. 종미가 불안해 하며 털어놓은 이야기는 조금 음산했다. 밤마다 종만이가 큼직한 칼과 장도리 보따리를 들고 가서 새벽 즈음이 되면 무언가 묵직한 것을 들고 온다는 것이다. 그 보따리에 들어 있는 것이 무엇인지 상상의 나래를 펼쳐 보지 않은 것은 아니지만 그 얘기를 듣고서도 실감이 나지 않았다. 내가 알고 있던 최종만의 모습과 너무 판이하게 달랐기 때문이다.

그런데 아버지는 그 이야기를 매우 진지하게 받아들였다.

"종만이가 뭔가 거시기헌 짓을 해 불고 다니는 것 같어. 고것이 뭣인지 알아봐야 쓰겠다."

"고건 파출소 아저씨들이 헐 일 아녀?"

"별것 아닐 수도 있잖여. 그럼 동네방네 개망신에 낯짝 못 들고 다니는 겨."

하긴, 그 최종만이가 파출소 순경들과 대치하는 것도 참으로 웃긴 일이다. 그런데 아버지는 종만이를 만나서 어쩌겠다는 걸까?

"뒤를 캐 볼 것이여. 워디서 수상한 고기를 떼어 오는지 보고 거시기하면 거시기해야제."

달밤의 추격전이라……. 내가 수만리에서 목격한 범죄라고는 건어물 가게 영길이의 돼지 저금통이 분실된 사건이나 막역지우인 철물점 떡보 아저씨와 문방구 갈치 아저씨가 막걸리로 인한 취중 바둑을 두다 사소한 폭력 사태를 일으킨 정도가 전부였다.

누군가의 뒤를 쫓는다니, 조금 구미가 당기기 시작했다. 종만이가 정말로 위험하다고 생각되었다기보다는 순수하게 그 행위 자체의 스릴 때문이었다.

"그럼 내도 같이 가."

예상 외로 아버지의 태도는 단호했다.

"니는 여기 있어야제. 사람을 미행허는 것이 쉬운 줄 알어? 애비야 공수 부대 출신이지만 니는 고등학생 아니여. 거시기, 뭔 일 생기더라도 경찰에 연락할 사람은 남아 있어야 허는 기고."

아버지는 공수 부대의 모진 훈련을 견디어 낸 사람이다. 하나 동시에 취사병 출신이다. 물론 그 말을 입 밖에 내지는 않았다. 아버지의 표정이 워낙 진지하기도 했지만 여전히 미행이니 경찰이니 하는 말이 피부에 와 닿지 않았기 때문이다. 내게는 이 모든 것이 짜장면 승부에서 패배한 아버지의 심통이 만들어 내는 과장된 해프닝으로만 느껴졌다.

아니, 어쩌면 그렇게 믿고 싶은 건지도……

종미가 말한 밤 11시가 다가오자 아버지는 창고에서 먼지 묻은 야구 배트를 꺼내 허리춤에 묶기 시작했다. 그 모습을 보자 뭔가 엉덩이가 욱신거리는 듯한 착각이 들었다. 나무로 만들어진 저 야구 배트는 어렸을 적의 내게 그랑죠의 필살무기 엘디카이저보다 더 무시무시한 대상이었다. 당시의 기억은 의외로 강렬해서 지금의 아버지는 호랑이를 때려잡는다 해도 이상할 것이 없을 것처럼 느껴졌다.

그때 가울 반점에서 어두운 형체가 걸어 나왔다. 그러고는 마을 북쪽으로 망설임 없이 걷기 시작했다. 분명 최종만일 것이다. 종미의 말대로였다. 최종만은 마을 뒷산 방향으로 걸음을 옮기고 있었다. 마을 뒷산에는 약수터, 저수지 그리고 공동묘지가 있었다.

"아들, 댕겨올란다."

아버지는 마치 달나라를 마의 손에서 구해 내려고 최후의 전투를 떠나는 그랑죠처럼 일어섰다. 그러나 나는 어정쩡하게 웃을 수밖에 없었다. 내게 종만이의 코피를 터트린 기억은 바닷가의 자갈들만큼 많았고, 상대적으로 아버지에게 맞아 멍이 들었던 기억은 바닷가의 모래들만큼 많았다. 아버지가 아무리 심각하고 장엄한 표정을 짓고 있다 하더라도 마음속 깊은 곳에서는 결국 자신의 짜장면 실력이 별 볼일 없다는 사실과 직면하고 돌아올 주방장의 모습으로밖에 비치지 않았던 것이다. 곰곰이 생각해 보니 썩 유쾌한 일은 아니었다.

그래서 아버지에게 건넨 인사도 어정쩡할 수밖에 없었다.

"올 때 떡볶이 좀 사 와."

막상 만리장성에 혼자 남겨지니 별로 할 일이 없었다. 다른 집 전자레인지만 한 티비를 무심하게 돌려 보다가 익숙한 영상을 발견했다. GBS였다. 놀랍게도 화면에 잡히고 있는 것은 대갈 바위의 모습이었다. 그 사람들, 역시 가울 반점의 짜장면을 취재하러 온 게 아니라 대갈 바위가 목적이었던 모양이다.

"……제주도의 돌하르방, 이스터 섬의 모아이처럼 수만리의 이 인두석상人頭石像도 제단의 용도로 쓰였거나 누군가를 위한 표식으로써 기능했을 가능성이 크다. 또한……."

내레이터의 진지한 목소리에 그만 실소를 터트리고 말았다. 인두석상이라고? 하긴 대갈 바위라는 명칭을 방송에 쓰기에는 좀 그렇겠지. 프로그램명을 보니 '믿거나 말거나'식의 토픽을 다루는 프로그램이었다. 대갈 바위에 대한 이야기는 곧 지나가 버렸고 지루해진 나는 티비를 껐다. 집에 가면 컴퓨터라도 있겠지만 아버지가 돌아오기 전에 혼자 집에 갈 수는 없었다.

슬며시 가게 문을 열고 나와 담배를 꼬나물었다. 주위를 둘러보았지만 수만리의 대로변은 한산하기만 했다. 뭐, 사실 내가 담배를 피우는 모습을 누가 본대도 대놓고 따질 만한 사람은 없지만…….

"글고 봉께, 겁내 피곤한 날들이었고만……."

공기 중으로 흩어지는 담배 연기와 함께 지난 일들이 떠올랐다.

애초에 무엇 때문에 이런 일이 벌어진 걸까? 아버지 생각대로 종만이 때문이었을까? 아니면 곰의 성미를 긁은 종만이네 아줌마 때문이었을까? 그것도 아니면 가울 반점의 짜장면이 너무 맛있어서일까? 아니다. 나는 애써 결론을 회피하려 하고 있었다.

모든 것은 아버지의 뚝심 때문이었다.

사실 아들인 내가 생각해도 아버지의 짜장면이 누군가에게 도전받을 만한 일은 언제 일어나도 이상하지 않았다. 굳이 가울 반점이 아닌 다른 중국집이 생겼더라도 상황은 마찬가지였을 것이다. 별 생각 없이 아버지의 심부름을 다녔을 때만 해도 바람난 유부녀의 뒤를 캐는 흥신소 탐정이라도 된 것처럼 괜찮은 기분이었는데…….

어쩌면 아버지를 저 상황까지 몰고 간 것은 나일지도 모른다. 만약 진짜 종만이가 군대에서 살짝 맛이 가 밤마다 공동묘지에서 시체를 파내어 가울 반점의 짜장면을 만들어 내는 것이라 하더라도 그 결과가 꼭 만리장성에 낙관적이지는 않았다. 내가 직접 먹어 본 환상적인 맛을 수만리 사람 모두가 경험했다. 그런 상황에서 가울 반점이 없어진다고 만리장성이 다시 일어설 수 있을까?

대체 아버지는 왜 굳이 중국집 주방장을 하겠다는 걸까? 그의 말마따나 쪽팔림을 감수하면서까지…….

그때 수만리대로의 북쪽에서 커다란 형체가 이쪽을 향해 다가오고 있었다. 아버지가 벌써 돌아온 걸까? 나는 황급히 담배를 땅바닥에 던진 뒤 비벼 껐다. 형체는 가울 반점 앞에 멈춰섰다. 그러고는 우두커니 서 있었다.

자세히 보니 아버지는 아니었다. 덩치는 비슷했으나 키가 좀 더 컸다. 나는 그가 누구인지 깨닫고 그쪽으로 걸어갔다. 수만리에 아버지를 제외하고 정녕 영장류인지 의심케 만드는 덩치는 하나뿐이었다.

"태수 아녀? 벌써 퇴원한 겨?"

태수는 고개를 돌려 날 쳐다보았다. 아마 퇴원한 건 아닌 모양이었다. 환자복을 그대로 입고 있었기 때문이다. 그리고 녀석의 손에는 1.5리터짜리 물병이 들려 있었다. 뚜껑은 열려 있었다.

"뭣 허는 거여? 달밤에 물배 채우고 조깅하는 겨?"

실없는 말을 건네어 봐도 녀석의 표정은 어두웠다. 뭔가 잘못 돌아가고 있었다. 그때 내 코가 먼저 사태를 눈치 챘다. 태수가 든 물병에서 휘발유 냄새가 진동하고 있었다. 나는 황급히 녀석의 팔을 붙잡았다.

"박태수! 뭐여? 돌은 겨?"

"못 본 척혀 줘라, 시황아. 나가 여그를 확 불태워 불지 않으면 돌아 버릴 것 같응께."

이게 무슨 곰 풀 뜯어 먹는 소리인가?

"니가 시방 만리장성을 위해 니 한 몸 희생허겄다, 이거여? 됐응께, 고거 싸게 치워라."

“나 실은 경운기에 치인 거 아니여……. 맞은 겨.”

“맞아? 누구헌티? 내 말고 니 때릴 사람이 요 동네에 있간디?”

그때 태수가 가울 반점의 간판을 노려보았다. 녀석이 정말로 패고 싶은 상대가 생겼을 때 보이는 독기 어린 눈빛이었다. 발목을 꺾은 뒤로 두 번 다시 본 적 없는 그 눈빛……. 태수는 으르렁거렸다.

“최좇만이……, 그 새끼헌테 당한 겨. 개울가 옆 논두렁에서 우연히 마주쳤는디, 기냥 지나치기에 욱하드라고. 그려서 오토바이에서 내리게 한 다음에 손 좀 봐 줄라 캤지.”

종만이는 말도 없이 논두렁을 노려보고 있었다고 한다. 태수가 불러도 완전히 무시를 하는 바람에 더욱 약이 올랐다. 그래서 분노에 가득 찬 태수가 강제로 최종만을 돌려 세우려 할 때였다.

“그려서? 좇만이가 닐 요로코롬 만들었다 이거여? 차라리 다람쥐가 코끼리를 쓰러트렸다고 혀라. 고것이 말이 되간디? 느닷없이 기양 하이킥을 꽂아 불드냐?”

그런데 태수의 입에서 나온 말은 의외였다.

“몰러. 워디를 워떻게 맞아 분 건지, 알아차릴 겨를도 없었당게. 정신을 차려 봉께 논두렁에 처박혀 있드라고.”

“써글 놈. 상식적으로다가 말이 돼야지. 니가 요 정도면 최좇만이는 이미 뒈져 부렀어야제. 근디 나가 30분 전만 혀도…….”

그때 턱 하고 말문이 막혔다. 누군가 뒷덜미에 냉동 참치를 갖다 대고 있는 느낌이었다. 만약 이 녀석 말이 사실이라면 최종만이가 멀쩡히 동네를 돌아다닌다는 것은 말도 안 된다. 그런데 방금 전 내가 목격했지 않는가. 유유히 공동묘지 쪽으로 휘적휘적 걸어갔고, 그 뒤를……

"워매, 아부지!"

거의 발작적으로 소리를 지르는 바람에 태수가 휘발유가 담긴 물병을 떨어트렸다. 그러나 나는 녀석이 뭐라고 욕지거리를 하는지 들을 수 없었다. 그때쯤에는 이미 정신없이 마을 북쪽을 향해 달리고 있었기 때문이다.

군만두는 거들 뿐

나는 씩씩거리며 문제의 논두렁 앞에 서 있었다. 약수터로 가는 길 중간에 있는 논밭은 그냥 지나치려 해도 그럴 수 없을 만큼 인상적인 풍경을 하고 있었는데, 논 한가운데의 벼들이 흉하게 쓰러져 있었던 것이다.

"태수 새끼, 워떻게 자빠졌기에 논이 저 모양이 되얐다냐?"

논을 쓱 훑어보고 다시 달리려던 내 다리를 무언가가 붙잡았다.

애초에, 최종만은 왜 이곳을 바라보고 있었을까? 녀석의 얼굴이 머리를 자꾸만 가득 채워 불쾌해질 정도였다.

최종만, 최종만, 최좆만……

머리에서 털어 내려고 세차게 흔들자 어둠에 익숙해진 내 눈이 논두렁의 모습을 자세하게 비춰 주었다.

이상했다. 태수가 상습적으로 옷가게 점원들을 곤란하게 할 정도의 덩치라 해도 논두렁이 저 정도로 망가진다는 건 있을 수 없는 일이었다. 나는 심호흡을 한 번 한 뒤 벼가 잔뜩 쓰러져 있는 논밭으로 뛰어내렸다. 신발이 젖어 들었지만 아랑곳하지 않았다.

벼는 기묘하게 휘어져 있었다. 그리고 가까이서 보니 쓰러진 벼의 경계선이 정확히 원을 그리고 있었다. 고개를 들어 시선을 돌렸다. 꽤나 멀긴 했지만 벼가 쓰러진 곳이 북쪽으로 한 군데 더 있었다. 어쩌면 일직선으로 주욱 이어져 있을지도 모른다. 공중에서 한눈에 볼 수 있다면 좋겠지만 그건 불가능했다.

손가락을 들어 가상의 선을 그려 보았다. 원과 원을 잇는 직선. 수만리에서 태어나 19년을 살아온 몸이기에 그 순간 바로 알아챌 수 있었다. 직선은 거의 정확히 약수터를 향하고 있었다.

머릿속에서 불길한 하나의 가설이 세워졌다. 하지만 그걸 확인하려면 아버지를 따라잡는 수밖에 없었다. 나는 다시 논두렁 위로 올라와 달리기 시작했다.

얼마나 달렸을까? 산 중턱까지 올라오자 다리가 후들거렸다. 거의 쉬지도 않고 뜀박질을 하는 바람에 몸에 이상이 온 것이다. 담배 탓인지 심장이 터질 것처럼 뛰어대었다. 그래도 멈춰서 쉴 수는 없었다. 자꾸만 불길한 예감이 엄습했기 때문이다. 만약 진짜로 종만이가 태수를 그렇게 만든 거라면 아무리 아버지라 해도 안심할 수 없었다. 비실이 최종만이 어떻게 노련한 싸움꾼을 그렇게 만들었는지는 알 수 없지만 적어도 그 비실이는 지금 칼과 장도리를 가지고 있을 터였다.

한참을 달리자 오른편에 저수지가 보였다. 달이 휘영청 저수지 위로 떠올라 있었다. 초여름의 한가로운 풍경이었지만 구경이나 할 때가 아니었다. 얼마를 더 뛰었을까? 허름한 약수터가 나타났다. 그런데 그곳을 그냥 지나칠 수가 없었다. 마을 할아버지들이 힘겹게 매달리곤 하는 철봉 아래에 있는 익숙한 물건이 눈에 띄었기 때문이다.

야구 배트가 두 개로 쪼개져 있었다.

머릿속에 든 철가방이 철컹 하고 닫히는 기분이었다. 아무리 내 엉덩이를 때려도 부러지지 않았던 야구 배트가, 그것도 가로로 나뉘어져 있었다. 그렇다면 그 주인은 대체 어떻게 되었다는 말인가? 순간 내가 아버지에게 건넨 마지막 말이 떠올랐다.

'올 때 떡볶이 좀 사 와.'

나는 비명이 나오려는 입을 꽉 틀어막았다. 약수터 위쪽에서 전혀 기대하지 않았던 소리가 들려왔기 때문이다. 돼지 멱 따는 소리! 비유적 표현이 아니라 정말로 돼지가 몸부림 칠 때 내는 소리였다.

헐떡이는 호흡을 추스르고 살금살금 언덕 위쪽으로 올라갔다. 오직 달빛에 의지해서 바라본 광경은 직관적으로 이해하기에는 무리가 따르는 장면이었다.

가장 먼저 시선을 끈 것은 대갈 바위에 묶인 돼지 한 마리였다. 토실토실 살이 오른 녀석은 연신 '꾸엑꾸엑'거리며 흙을 튀겨 대고 있었다. 그리고 돼지로부터 조금 떨어진 곳에 서 있는 최종만의 모습이 달빛에 드러났다. 그리고 마지막으로 종만이의 등 뒤에 다소곳이 앉아 있는 아버지가 보였다.

당장에 달려 나가고 싶었지만 참아야 했다. 무슨 방법을 썼는지는 알 수 없지만 아버지가 저토록 무력하게 무릎을 꿇고 앉아 있다는 것은 종만이를 만만히 봐서는 결코 안 된다는 뜻과도 같았다. 내가 있는 장소는 대갈 바위에 가려져서 종만이의 눈에 띄지 않는 모양이었다. 아직은 기회가 있었다. 다급하게 아버지가 알려 준 싸움의 기술들 중 쓸 만한 것들을 찾아보려 애썼다.

'지 아무리 날고 기는 놈이라고 혀도 뒤통수를 후려쳐 불면 견딜 놈이 없는 거여.'

가장 좋은 공격은 무방비 상태에서의 공격이라 했던 아버지의 말을 떠올리고, 나는 숨을 죽이고 천천히 대갈 바위 뒤로 접근했다.

그때 종만이가 아버지에게 묻는 목소리가 들렸다.

"직업은 뭐지, 류덕수?"

아버지는 멍한 표정으로 대답했다.

"만리장성 주방장임."

아버지의 태도가 지극히 순종적이라는 사실도 놀라웠지만 그 음색이 너무나도 무미건조하다는 것이 더욱 경악스러웠다. 사람의 입을 통해서 나오는 말이라기보다는 기계가 발산하는 신호음처럼 딱딱하기 그지없었다.

"나이는?"

"마흔둘임."

종만이는 아버지에게 질문을 계속했다. 뭔가를 취조하고 있는 듯한 분위기였다.

다행히 돼지 녀석은 자신을 구속하고 있는 줄에만 관심이 있는 모양인지 내 존재를 알아채지 못하고 있었다. 나는 오른손에 들고 있는 큼직한 돌멩이를 꽉 움켜쥐었다. 종만이가 뒤돌아보는 순간, 그 면상에 내리찍을 요량으로 챙긴 것이다.

하지만 마지막 순간에 계획이 어긋났다.

"애청프로는?"

"다이나믹 란제리 쇼."

"란제리 쇼오오?"

우리 아버지가 그딴 걸 챙겨본다고? 너무 어처구니가 없어서 나도 모르게 비명을 지르고 말았다. 종만이가 휙 하고 뒤를 돌아보았고, 대갈 바위 뒤에서 뛰쳐나가려던 나와 눈이 마주쳤다. 쳐든 내 오른손에는 다른 용도를 생각하기 힘든 돌멩이가 들려 있었다.

"에라!"

나는 목줄을 벗어난 사냥개처럼 녀석에게 달려들었다. 그리고 녀석의 얼굴을 향해 돌멩이를 날렸다. 그런데 손끝에 닿은 것은 종만이의 얼굴 가죽과 광대뼈의 감촉이 아니라 허공이었다. 이윽고 피가 거꾸로 솟는 느낌이 들더니 내 몸이 공중을 한

바퀴 회전한 다음 볼품없이 나가떨어졌다.

어렸을 적 아버지는 상대방과의 싸움에서 넘어졌을 경우, 발길질이 날아오거나 상대방이 올라타기 전에 일어나지 못하면 진다고 가르쳐주었다. 그래서 나는 넘어져도 벌떡 일어나는 것이 몸에 배어 있었다. 그런 내가 일어나지 못했다. 육체적인 충격보다 정신적인 충격이 더욱 컸기 때문이다.

종만이는 분명 나를 털끝 하나 건드리지 않았다. 그저 손가락을 들어 날 가리켰을 뿐…….

"진정하고 내 말 들어, 류시황. 네 아버지는 죽은 게 아냐. 그냥 제압됐을 뿐이야. 과연 내 정체를 폭로할 만큼 위험한 인물인지 심문하고 있었어."

"심문? 폭로? 뭔 개소리여? 알아듣게 얘기혀 봐, 씨불 놈아."

나는 벌렁 드러누운 채 씩씩대며 말했다. 위압감을 주려 노력했지만 수치심과 당황스러움에 턱이 벌벌 떨리고 있었다. 종만이는 무표정한 얼굴로 아버지의 얼굴을 가리켰다. 그제야 아버지의 얼굴을 자세히 보니 아버지의 표정은 마치 몽유병에 걸린 사람처럼 멍했다.

종만이는 하늘을 쳐다보더니 혼잣말을 했다.

"아직 불확정 요소가 너무 많은데, 벌써 와 버렸군."

나는 그게 무슨 소리냐고 따지려 했지만 그럴 수 없었다. 하늘에서 갑자기 눈부신 빛이 우리를 덮쳐 왔기 때문이다. 처음에는 번개가 수백 번 연속으로 치는 줄 알았다. 그런데 그건 말이 안 됐다. 귀를 찢는 천둥소리도 없었고……. 만약 그랬다면 벌써 몸이 새카맣게 타 버렸을 테니까.

나는 이마에 손부채를 만들고 천천히 위를 올려다보았다.

"뭐시여, 저건?"

거대한 원반이었다. 하얗고 매끄러운 표면을 가진 그것은 마치 가울 반점의 새 짜장면 그릇 두 개를 맞대어 놓은 듯한 외양을 가지고 있었다. 아무 소음도 내지 않은 채 그것은 기괴하게 떠 있었다.

그때 보고도 믿기 힘든 광경이 펼쳐졌다. 발버둥치던 돼지가 천천히 공중으로 떠오르기 시작한 것이다. 녀석은 마치 물에 가라앉은 것처럼 사지를 흔들어 댔지만 그것을 희극적이라고 생각할 수는 없었다. 돼지를 묶고 있던 줄이 잠시 버티더니 이윽고 툭 끊어졌다.

꾸에에엑!

돼지의 마지막 단말마가 원반 안으로 쑥 사라졌다.

그리고 잠시 후 원반의 한가운데에서 무언가가 천천히 내려왔다. 그리고 땅 위에 무사히 착지한 그것은 유리 상자였다. 상자 안에는 도무지 지구의 생명체라고 볼 수 없는 기묘한 생물이 누워 있었다. 아니, 그걸 누워 있었다고 할 수 있을까?

녀석은 시커먼 털에 일곱 개의 다리를 갖고 있었다. 일곱 번째 다리는 등 위에 나 있었다. 얼굴로 보이는 부분에는 마름모 모양으로 난 네 개의 주황색 눈이 희번덕거리고 있었다. 그리고 난 깨달았다. 원반에서 내려온 그 생물에 집중한 사이 어느새 눈부신 빛이 말끔하게 사라져 있는 것을……

하늘에는 원래 그러했던 것처럼 아무것도 없었다. 종만이가 천천히 걸어가 유리 상자를 집어 들었다. 그리고 그때 내 머릿속에서는 여러 가지 톱니바퀴들이 한꺼번에 맞물리는 것처럼 몇 마디의 말이 떠오르기 시작했다.

'요새 수만리에 개새끼 없어진 지가 언젠디.'

그러게요, 아줌마. 대체 개들은 어디로 사라진 걸까요?

'요새 누가 노 씨 아저씨네 소들한테 장난질을 치나 벼.'

태수야. 난 그 장난질의 주인공을 마주하고 있는 것 같다.

'……누군가를 위한 표식으로써 기능했을 가능성이 크다.'

표식이라……. 이 작은 마을에서 대갈 바위만큼 적절한 표지판도 드물겠지.

최종만은 가만히 유리 상자 안에 들어 있는 기묘한 생물을 바라보다가 나를 쳐다보았다. 나는 이를 악물고 질문했다.

"그게……, 대체……, 뭐야……?"

녀석은 한참 동안 뜸을 들이더니 대꾸했다.

"이 녀석의 이름은 가우리브라쿠스. 우리 도라쉬크 공화국 모성母星에서 가장 보잘것없는 동물이지. 물론 식용은 아니야. 맛이 고약하거든. 그런데 지구인에게는 예외야. 그들의 미각에는 엄청난 화학 반응을 일으키지."

"최좆만이……, 니 이티 같은 거여?"

"최좆만이라는 호칭은 잘못 되었어. 최종만이라고 해야지. 그리고 무엇보다 난 네가 생각하는 최종만이 아니야. 최종만이라는 개체는 지구 시간으로 459일 전에 사망했거든. 내가 그의 육체를 탈취하고 가졌지. 너희 말로는 뭐라고 표현해야 할까?
강탈? 빙의? 최종만의 몸에 내 지성이 들어온 거지."

"최좆만……, 아니 종만이가……, 뒈졌다고?"

"물론 그의 생전의 기억은 갖고 있지. 하지만 압축 처리된
정보 더미일 뿐이야. 최종만을 이루던 모든 것은 소멸됐어. 대
신 내가 그 역할을 대신하고 있는 거야."

머리가 요상해지는 기분이었지만 나는 계속 물었다. 그렇게
하지 않으면 당장이라도 비명을 지를 것만 같았다.

"뭣 땀시?"

"나는 미각 연구가야. 우리 별 사람들의 식재료와 지구의 식
재료를 교환해서 비교하는 일을 하고 있어."

녀석의 말 중 절반은 알아들을 수가 없었다. 물론 내가 반쯤
공황 상태에서 헤어 나오지 못했기 때문일 수도 있지만…….
어쨌든 녀석 역시 요리사인 것처럼 말하고 있었다.

"희한하게도 우리 도라쉬크 공화국에서는 하층민도 건드리지
않는 이 가우리브라쿠스가 지구인들에게는 꽤 흥미로운 미각적
경험을 선사한다는 사실을 발견했어. 그런데 한 가지 문제점이
있었지. 이놈의 속살은 검은모래사막지대의 모래를 먹고 살기
때문에 지독하게 까맣거든. 갈아서 넣는 데도 한계가 있어. 어쩔
수 없이 애초에 검은색을 띤 음식에 집어넣는 수밖에…….."

모든 것이 이해되었다. 어째서 하루아침에 백반 집을 때려
치우고 종만이네 아줌마가 중국집을 차렸는지, 왜 중국집 이름
이 괴상하게도 '가울 반점'이었는지……. 그 환상적인 맛의 비

결은 외계 생물의 고기였던 것이다. 어이가 없어 헛웃음이 나왔다. 그러다가 문득 한 가지 의문이 일어났다.

"헌디, 뭣 땜시 요런 걸 다 갈켜 주는겨?"

종만이, 아니 외계인은 망설임도 없이 대꾸했다.

"어차피 죽일 거니까. 정체를 들켰으니 살려 두면 골치 아프거든."

피가 싸늘하게 식는 기분이었다. 종만이의 껍질을 쓰고 있는 이 외계인은 애초에 날 살려 둘 생각이 없었던 것이다. 도망을 쳐야 하나? 그런데 저주스럽게도 손가락 하나 까딱할 수 없었다. 외계인이 내게 다가오기 시작했다.

"고통은 없을 거야. 생명 반응만 정지시킬 거니까. 네 아버지도……."

그때였다. 외계인이 처음으로 인상을 찡그렸다. 물론 그 표정도 마네킹의 그것처럼 조각된 것처럼 보였지만……. 녀석은 잠시 알아들을 수 없는 언어로 뭔가를 중얼거리더니 한숨을 쉬고는 내게 다시 말을 걸었다.

"안 되겠군. 내가 몸을 빌리고 있는 이 개체의 기억이 내 행위를 방해하고 있어. 너희 둘을 죽이기 싫어하는 것 같아."

"뭐여……?"

"물론 널 동정하고 있다는 건 아니야. 이 개체의 기억 대부분은 너에게 육체적 고통을 받았던 것 천지니까."

뜨끔했다. 확실히 종만이의 기억에 내 모습은 시도 때도 없이 자신을 구타하는 동네 깡패, 그 이상일 리 없었다. 외계인의 말은 계속 이어졌다.

"그런데 이 개체의 기억에 의하면 이 개체는 자신과 너를 굉장히 닮았다고 생각해 온 모양이야. 둘 다 한쪽 부모를 잃었고, 남은 부모를 끔찍하게 위한다는 점에서……."

내가 그 정도로 아버지를 위했었나? 뭐, 종만이의 눈에는 그렇게 보였던 모양이다.

"그게 이 개체를 괴롭게 만들고 있어. 내게도 큰 영향을 미칠 정도로……."

외계인은 곰곰이 생각하더니 내게 협상을 제안했다. 물론 사실은 협박이었지만…….

"좋아. 이렇게 하지. 너희를 살려 주겠다. 다만 내일 당장 이 마을을 떠야 해. 그리고 다시는 돌아와선 안 돼. 내 눈에 다시 띄는 일이 있다면 더 이상 생명 반응을 유지시키고 싶지 않다는 뜻으로 받아들이겠어. 이해했나?"

녀석이 마지막 말을 내뱉었을 때 언뜻 눈동자가 노랗게 빛이 난 것 같았지만 나는 따지지 않고 고개를 끄덕였다. 사실, 달리 방법이 없었다. 손가락 하나로 사람을 날려 버리는 외계인 앞에서 뭘 하겠는가?

그렇게 종만이의 탈을 쓴 외계인은 아버지와 날 놔두고 떠나갔다. 한마디를 남긴 채…….

"네 아버지는 두 시간쯤 뒤에 깨어나. 그때까지는 저 상태가 지속될 거야."

내가 그를 비벼 주기 전에
그는 다만 짜장면에 지나지 않았다.
내가 그의 면발을 비벼 주었을 때
그는 나에게로 와…

서늘한 바람이 볼을 때리고 지나갔다. 어두운 새벽의 공동묘지에서 나는 무릎을 꿇고 멍하니 허공을 쳐다보고 있는 아버지를 마주 보고 있었다. 아버지가 깨어나면 심문받았던 기억은 모두 없어질 거라고 했다. 진실만을 말하는 일종의 최면이 풀려 버리는 것이다.

'진실만을 말한다라…….'

나는 한번 시험해 보기로 했다.

"아부지, 나가 담배 피우는 거 알어?"

"알고 있음."

"……근디 왜 말 안 혔어?"

"그 나이 때 나도 피웠음."

"나 몰래 숨겨 둔 비상금은 월매나 돼?"

“통장 한 개, 5백만 원.”

“용도는?”

“너의 대학교 등록금.”

순간 말문이 막혔다.

‘등록금? 진심으로 하는 소린가? 내 성적표를 보고도?’

잠시 침묵이 흘렀고 아버지는 아무런 표정의 변화 없이 허리띠를 쳐다보고 있었다. 아니, 아버지의 눈에 초점 따위는 없었다. 그냥 눈이 그쪽으로 향해 있었을 뿐…….

순간 나는 아직도 아버지가 무릎을 꿇고 있는 것을 깨달았다. 나는 낑낑거리며 아버지의 굳어 있는 몸을 편한 자세로 바꾸었다. 뭐, 어떤 자세를 하고 있든 똑같으려나?

기분이 착잡했다. 잠시 망설이다가 시계를 봤다. 아직 아버지가 깨어나려면 30분이나 남아 있었다. 담배를 꺼내 불을 붙였다. 혹시나 했지만 아버지는 아무런 반응을 보이지 않았다. 정말로 진실만을 말하는 무슨 로봇이라도 된 것처럼 느껴졌다. 담배 한 모금을 빨아들였다. 6년 만에 난생처음으로 아버지 앞에서 담배를 피우고 있었다.

“아부지.”

질문이 아니면 대답하지 않는 모양이다. 그래서 나는 질문을 던졌다.

“주방장 일이 쪽팔린겨?”

“쪽팔림.”

“근디 뭣 땜시 미련하게 붙들고 있는 것이여? 딴 일도 쌔고

쌌는디……."

아버지의 입에서 나온 대답은 예상 밖이었다.

"네 엄마가 좋아했음."

"엄마……? 그 여자가 뭐랬는데?"

"내가 만든 짜장면을 좋아했음. 겉은 시커먼데 속은 새하얀 것이 마치 나를 보는 것 같다 그랬음. 내가 생긴 건 무서워도 속마음은 순하다고 했음."

'이런 빌어먹을. 그 여자가 아버지에게 그딴 말을 했단 말이여?'

외계인의 말은 아무래도 사실인 것 같았다. 만약 아버지의 정신이 조금이라도 남아 있었다면 아들에게 이런 말을 하느니 혀를 깨물었을 테니까. 이제야 내가 고등학교에 들어갔어도 왜 아버지가 고집스럽게 수만리를 떠나지 않고 만리장성에 남아 있는지 알 수 있었다. 가을 반점의 등장에 아버지가 위기감을 느낀 것은 주방장으로서의 패배감이 아니라 더 이상 중국집을 운영할 수 없을지도 모른다는 불안감이었을 것이다.

내 질문은 점점 더 과감해져 갔다.

"엄마는……, 뭣 땀시 도망간 겨?"

"바람나서."

막상 듣고 나니 김새는 기분이었다.

'이럴 수가……. 그냥 바람이었던 거여? 그래서 아버지두 나두 버리고 떠나 버린 겨? 아버지는 미련하게 그런 여자를…….'

이를 악물었다.

‘싸구려 신파구먼. 새로울 것도, 신기할 것도 없는…….’

나는 누구와 바람났는지 물어보려다 그만두었다. 아마 아버지도 모를 것이다. 누군지 알았다면 나는 아버지를 만나러 만리장성이 아니라 교도소를 들락거렸을 테니까.

그때 이상하게 주지 스님의 알아듣지 못할 말이 자꾸만 떠올랐다.

‘이 젓가락이 지금 무슨 생각을 하고 있겠느냐?’

과연, 무슨 생각을 하고 있을까? 그래서 나는 아버지에게 참으로 던지기 힘든 질문을 던졌다. 몇 가지 기괴한 사건들을 겪지 않았더라면 절대 입 밖에도 내지 않았을 그것은 내가 평생동안 그에게 들어야만 했던 단 하나의 질문이었다.

“엄마 보고 싶은 겨?”

그러자 아버지는 천천히 입술을 움직여, 또렷하게 대답했다.

“응. 많이.”

담배가 다 탔다. 나는 아버지의 눈에 보이지 않을 만큼 먼 곳에 꽁초를 버리고 다시 아버지 앞으로 돌아왔다. 육중한 덩치의 아버지가 마치 사탕을 빼앗긴 어린애처럼 두 다리를 쭉 뻗고 털썩 앉아 있는 모습은 우스꽝스러웠지만 웃을 수 없었다. 이제 우리는 수만리를 떠나야 한다. 가을 반점에 숨어 있는 외계인을 피해서…….

‘뭐, 어쩔 수 없구먼. 어차피 이 코딱지만 한 마을, 안 그려도 떠날 때가 됐어. 근디 어디로 간댜?’

잠시 생각하던 나는 이미 내가 답을 알고 있다는 사실을 깨달았다.

"못 말리겄당께."

오래전 아홉 살의 여름, 그때 아버지를 진짜로 분노케 만들었던 건 짱깨라는 말이었을까 아니면 에미가 없다는 말이었을까? 뭐, 이제는 몰라도 상관없었다. 시계를 보니 얼추 아버지가 깨어날 시간이 다가오고 있었다.

"가자."

나는 깊은 한숨을 내쉬고 아버지의 어깨를 붙잡았다. 미련하게 평생 동안 한 곳에 우두커니 앉아 누군가를 기다리고 있는 곰의 어깨를……. 그리고 그가 영원히 떠올리지 못할 한마디를 속삭였다.

"가면 되잖여. 반쪽 젓가락 찾으러……."

※ 2010년 1월 네이버 〈오늘의 문학〉 게재

이빨에 끼인 돌개바람

내 이름은 자무이.

아프리카 케냐의 마사이 초원에서 태어난 전사다. 아홉 살 때 처음으로 소를 모는 법을 배웠고, 열다섯 살 때 영광스런 사자 사냥에 참가했으며, 스무 살 때 부족 최고의 전사로 이름을 떨쳤다. 이후 18년 동안 전혀 늙지 않는 내 육체에 공포심을 느껴야 했다. 전사로서의 '각성'은 서른여덟 살 때였다. 허벅지에 매달린 나일 악어의 턱뼈를 부숴 놓았을 때 내 체세포는 폭발하듯이 내게 내 생존의 이유를 알려 주었다.

그렇다. 자무이는 내 위장용 정체일 뿐, 내 본명은 레미톨뽀냐위다. 지구어로 그 뜻을 번역하자면 '이빨에 끼인 돌개바람', 나는 제8종 은하계의 R17번 행성에 거주하는 위대한 잠입 전투 종족 크레냐위 인 전사다.

현재 나는 이곳 지구에서 크레냐위 인으로서의 성인식을 치르고 있는 중이다.

우리 행성의 성인식은 완벽한 위장 능력과 강인한 전투 능력을 동시에 시험하는 실전實戰에 기반하고 있다. 먼저 전 우주에 펼쳐진 미개 행성들 중에 하나를 골라 서른여덟 명의 크레냐위 소년들을 흩뿌려 놓는다. 그들은 그 행성의 원주민으로 태어나 스무 살이 될 때까지 크레냐위 인이 가지고 있는 강력한 육체적 무기들을 개발시키게 된다. 그리고 지구에 잠입한 지 38년이 되는 해에 자신의 '진정한 소명'을 깨닫게 된다. 그 이후 각양각색의 모양으로 전투 능력을 키워 온 크레냐위 소년들이 하는 일은 같다.

서로를 사냥하는 일이다.

마지막 한 사람이 남을 때까지 멈추지 않는 크레냐위의 성인식, 그것은 매우 오랜 세월 동안 이어질 수밖에 없다. 성인식의 무기는 오로지 원주민 숙주의 육체뿐, 크레냐위 인으로서 누릴 수 있는 문명의 혜택은 아무것도 주어지지 않는다.

우리는 오로지 느낌만으로 서로를 찾아다닌다. 바로 크레냐위 인만이 풍길 수 있고 크레냐위 인만이 감지할 수 있는 '샤다모이'가 그것이다. 지구인들 사이에 숨어 있는 크레냐위 인들의 위장은 지구인들은 알아볼 수 없을 만큼 완벽하다. 그러나 단 한 가지 숨길 수 없는 것이 바로 샤다모이이다. 유전자가 표현하는 일종의 발광 신호와도 같은 그것은 크레냐위 소년들이 서로를 발견할 수 있는 유일한 근거이다.

나는 아프리카를 떠나 샤다모이를 찾아 헤매기 시작했다. 정확히는 내 성인식의 희생자가 될 동족들을 찾아 나선 것이다. 그렇게 나는 아홉 명의 동족들을 만났고 총 아홉 번의 전투에서 모두 살아남았다. 두 번째 상대였던 쿼리스냐위(지구어로 '태양이 선물해 준 코딱지')와 나를 죽음의 위기까지 몰아넣었던 보팍시냐위(지구어로 '숭고하게 익사하는 머리카락')는 그중에서도 만만치 않은 상대였다. 쿼리스냐위는 중국 소림사의 나한십팔장이란 무술로 나를 괴롭혔었고, 보팍시냐위는 그리스 판크라치온(Pankration)의 달인이었다. 하나 무기 없이 순수하게 육체만으로 서로를 죽여야 하는 크레냐위 성인식에서 맨손으로 백예순일곱 마리의 사자를 때려잡은 내 상대는 존재하지 않았다.

결국 나는 내 최후의 상대를 찾아 동방의 작은 나라에까지 흘러들어 왔다. 내가 아프리카 유학생 자무이라는 이름으로 완벽하게 위장하고 있는 이곳은 대한민국 인천에 위치한 용현동이란 작은 마을이다.

"여기 생삼겹 2인분 추가!"

한 지구인이 나를 향해 손을 흔들며 명령하고 있다. 내가 마음만 먹으면 12초 안에 그의 모든 손가락 마디를 꺾어 버릴 수 있다는 사실을, 저 지구인은 과연 알고 있을까? 내가 멀뚱히 쳐다보고만 있자 지구인은 안면을 일그러뜨리기 시작했다.

"어이, 부시맨! 안 들려?"

나는 참기로 했다. 아직 최후의 상대를 찾아내지 못했다. 괜한 원주민 살생으로 내 정체를 노출할 필요는 없다. 나는 앞치마에 꽂힌 펜을 들고 그 지구인을 향해 걸음을 옮겼다. 도중에 3번 테이블에서 떨어지는 백세주 병을 왼쪽 다리로 차 올려 원위치시켜 놓으면서……. 그리고 지구인을 향해서 온 얼굴 근육을 총동원해 미소를 지었다.

"쌈켭살 2인푼 말입니카, 손님?"

어쩔 수 없다. 나는 지금 한국의 한 삼겹살 집의 아르바이트생으로 위장하고 있는 것이다. 긍지 높은 크레냐위 전사의 품격을 있는 대로 깎아 먹으면서…….

2

무언가가 잘못되어 간다는 느낌을 받은 것은 아홉 번째 상대였던 히올리냐위(지구어로 '천둥에 돋아난 여드름')와의 대결 직후였다. 베트남 하노이의 바닷가에서 벌어진 다섯 시간 동안의 격투 끝에 오른쪽 정강이뼈가 부서진 히올리냐위가 패배를 인정한 그 순간이었다.

"너는 정말로 강하군. 아무래도 내 명은 여기까지인가 보다."

히올리냐위는 피와 땀으로 얼룩진 입술을 씰룩이며 말했다. 나는 고개를 가로저었다.

"내게도 사활을 건 승부였다. 네가 보여 준 그 격투술은 뭐지?"

"무에타이. 최강의 무술이라 생각했는데 너의 용맹함에는 닿지 못했다."

하노이의 습기를 가득 머금은 바람이 잠시 동안 나와 히올리냐위 사이를 스쳐 지나갔다. 우리 둘은 잠시 말이 없었고, 나는 조용히 오른쪽 손바닥을 날카롭게 펴 히올리냐위의 목을 겨냥했다. 마무리를 지을 때였다.

"남길 말은?"

히올리냐위는 잠시 생각하더니 내 눈을 똑바로 올려다보며 말했다.

"이번 크레냐위 성인식에는 변종이 태어났다."

"변종?"

"그렇다. 그의 이름은 아프라냐위(지구어로 '변기를 잃어버린 뱃사공'). 나는 최고조의 컨디션으로 그와 격돌했지만 단숨에 참패했다."

히올리냐위가 보여 준 하체 공격은 변화무쌍하고 날카로웠다. 그는 믿기 힘든 내구력의 정강이도 보유하고 있었다. 그런 그가 맥없이 당했다니, 나는 아프라냐위라는 자가 얼마나 강한지를 짐작해 보려다 순간 그의 말에서 중대한 오류를 발견했다.

"잠깐! 승부에서 졌는데……, 살아남았단 말인가?"

히올리냐위는 힘없이 고개를 끄덕였다.

"그가 날 살려 주었다. 어째서인지는 모르지만 그는 이 성인식이 끝나지 않기를 바라는 눈치였지."

그 말에 나는 버럭 목소리를 높였다.

"전투 종족인 크레냐위 인이 어찌 그럴 수 있단 말이냐!"

"그래서 변종이라고 말하는 것이다."

"헛소리다. 만약 그런 녀석이 실제로 있다고 해도, 죽여 버린 뒤 내가 이 성인식을 끝내면 그만이다."

내 말이 우스웠는지 히올리냐위가 키득거리기 시작했다. 내 손은 아직 그의 목을 정확히 겨냥하고 있었다. 생각 같아서는 단숨에 그의 멱을 따 버리고 싶었지만 참았다. 아직 듣고 싶은 말이 있었기 때문이다.

"왜 웃는 거지?"

"변명처럼 들릴지 모르지만, 나는 아프라냐위와의 싸움에서 얻은 부상 때문에 급격히 약해져 있었다. 네가 나보다 강한 것은 인정하지만 아마도 아프라냐위에겐 당해 낼 수 없을 것이다. 그는 아시아의 작은 나라 대한민국에 있다. 자신 있으면 찾아가 보라."

그는 이미 모든 것을 단념한 듯한 표정이었다. 나는 그를 향해 분노를 표출하는 것이 전사다운 행동인지 아닌지 고민해야만 했다.

"승부가 어떻게 끝나든지 간에 이번 크레냐위 성인식은 전혀 의외의 결말을 낳을 것이다."

그는 이제 미련이 없다는 듯 지그시 눈을 감았고 나는 오른손을 휘둘렀다. 내가 만난 아홉 번째 크레냐위 전사의 장렬한 최후였다.

3

히올리냐위의 말은 틀리지 않았다. 그를 쓰러트린 뒤로 지구의 구석구석을 돌아다녔지만 나는 그 어떠한 샤다모이도 맡을 수 없었다.

내가 아홉 명의 크레냐위 전사들을 쓰러트리는 동안에 다른 곳에서도 생사를 건 전투가 벌어졌을 것이다. 그리고 분명 나와 같이 수차례의 전투에서 살아남은 용맹한 전사들이 존재할 것이다. 단련될수록 강해지는 샤다모이의 특성상 분명 그런 자들은 아주 먼 거리에서도 알아차릴 수 있을 정도의 샤다모이를 풍길 것이 틀림없었다. 그런 자들은 지나간 길에서조차 샤다모이의 흔적이 강렬하게 남는 법이다.

한데, 그 어느 곳에서도 샤다모이를 맡을 수가 없었다. 간혹 발견되는 샤다모이는 내가 쓰러트린 자들의 것이거나 아니면 다른 자에게 패해 죽은 이의 것이었다. 물론 내가 최후의 생존자가 된 것도 아니었다. 내가 최후의 생존자라면 분명 R17번 행성에서 '호출'이 올 것이기 때문이다.

결론은 하나였다. 나를 제외한 단 한 명만이 이 지구에 남아 있고, 그는 한곳에서 오랫동안 움직이지 않고 있는 것이다.

결국 나는 성인식에 참가한 지 182년 만에 처음으로 움직이지 않는 타깃을 찾아 이동하기 시작했다. 히올리냐위가 언급했던 대한민국이란 나라를 향해서……

4

나는 대한민국에서 정확히 6개월을 헤매었다. 그리고 대지에서 미약하게 느껴지는 샤다모이를 추적하여 급기야 이곳 인천 용현동에 도착했다. '주경야돈'이라는 한 삼겹살 집 앞에서 내가 느낀 것은 구역질이 날 만큼 명징하게 느껴지는 샤다모이였다.

'제대로 찾았군.'

노란 간판에 붉은 글씨로 휘갈겨진 '주경야돈'의 '돈' 자를 노려보고 있던 내게 불의의 습격이 찾아왔다.

촤아아악!

무언가 차갑고 불쾌한 것을 흠뻑 뒤집어 쓴 나를 향해 멍하게 생긴 지구인 남자가 눈을 뻐끔거리고 있었다.

'지금 이놈이 나를 향해 물을 뿌린 건가?'

나는 머릿속으로 이러한 상황에 사용되는 한국어를 재빨리
뒤져 보기 시작했다. 그리고 포효했다.

"죽고 싶냐!"

내가 두 눈을 부라리자 녀석은 황급히 두르고 있던 앞치마
에서 안경을 꺼내어 썼다. 밋밋한 녀석의 얼굴에 그제야 뭔가
허전함이 메워지는 느낌이었다. 녀석은 내 모습을 보고 황급히
고개를 조아렸다.

"죄, 죄송합니다! 거기 서 계신 줄 몰랐어요."

발끝으로 녀석의 면상을 걷어차 저 간판의 '주' 자 옆에 목을
걸어 버릴까 생각하던 내 머릿속을 찰나에 스쳐 가는 생각이
있었다. 단순한 손가락 관절기로도 제압할 수 있을 것 같은 이
놈이 만약 내가 찾는 최후의 상대라면? 어쩌면 이것은 기선 제
압일 수도 있었다. 혹은 고도의 심리 전술일 수도 있었다.

내 민감한 본능이 감지하지 못할 정도로 전혀 '살기'가 느껴지
지 않았던 물세례, 그것의 목적이 선제공격이라면 나는 엄청난
고수와 대면하고 있는 걸지도 모른다. 온몸의 세포를 하나하나
일깨우기 시작했다. 긴장하자. 지금 이곳에서 녀석과의 격전이
벌어진다 해도 일말의 주저함 없이 주먹을 뻗을 수 있도록…….

"야, 인마! 테이블도 안 닦고 여기서 뭐 하는 거야?"

그때 예상치 못했던 일이 벌어졌다. 어디선가 나타난 파마
머리의 남자가 안경잡이의 뒤통수를 딱 하고 후려치는 것이 아
닌가. 군더더기 없이 효율적이고 깔끔한 동작에 나는 또다시
긴장해야만 했다. 브로콜리 모양의 머리에서 흉악한 인상이 그

대로 배어 나왔다.

'예사롭지 않은 인물이 한둘이 아니군.'

"지금 바로 하겠습니다, 매니저님!"

안경잡이는 브로콜리를 향해 꾸벅 인사하더니 가게 안으로 들어가 버렸다. 순식간에 도로에는 나와 브로콜리 둘만 남게 되었다. 어디선가 울려 퍼진 자동차 경적이 우리 사이를 통과해 지나갔다. 그는 내 몰골을 위아래로 훑어보더니 관심 가질 것 없다는 듯 말했다.

"알바 자린 다 찼어. 딴 데 가서 알아 봐. 뭐야, 게다가 깜둥이잖아."

'알바? 저 안경잡이와 같은 종업원을 가리키는 건가?'

브로콜리는 내가 아무런 대답이 없자 별 희한한 녀석 다 보겠다는 듯이 노려보기 시작했다.

'이놈이 내 최후의 상대일까?'

현재로선 알 수 없었다. 아까의 안경잡이 녀석도 그냥 지나칠 수는 없었다. 다행인 것은 상대방에게 아직 내 정체도 탄로 나지 않았다는 것이었다. 나는 지속적으로 이곳을 관찰해야 할 필요성을 느꼈다.

'이거, 선택의 여지가 없군.'

나는 브로콜리를 향해 주먹을 불끈 쥐었다.

"뭐튼 씨켜만 추십시오!"

물론 그것만으로 내가 이 삼겹살 집에 채용된 것은 아니었다. 브로콜리는 더 이상의 종업원은 필요하지 않은 데다가 한국에서 흑인 종업원은 위화감을 조성할 수 있다는 이유를 들어 한사코 나를 내치려 했다. 그 순간에 내가 기지를 발휘하지 않았다면 나는 최후의 상대와 대면할 기회조차 갖지 못했을 것이다.

"어, 어떻게 한 거야?"

공중에 던진 삼겹살을 신들린 가위놀림으로 36등분한 뒤 손을 툭툭 털자 브로콜리는 쩍 벌어진 입을 다물지 못하고 감탄했다. 물론 나의 행동에는 브로콜리를 떠 보려는 속셈도 포함되어 있었기에 그가 악수를 청하며 당장 함께 일하자고 말했을 때는 적잖이 실망하기도 했다. 만약 그가 최후의 상대였다면 나의 범상치 않은 솜씨를 보고 내가 크레냐위 인이라는 것을 깨달았을 것이고, 그 순간 크레냐위 성인식은 최종막을 맞이했을 것이기 때문이다. 아무래도 브로콜리는 아프라냐위가 아닌 모양이었다.

어쨌든 그 후로 나는 '삼겹살 토막 내는 부시맨'으로 이곳의 매출 신장에 큰 기여를 하기 시작했다. 처음에는 새카만 피부의 아프리카 인을 경계하던 이들도 곧 나에게 익숙해졌다.

'주경야돈'의 종업원으로 위장한 뒤, 나는 내 최후의 상대가 얼마나 용의주도한 녀석인지 깨달을 수 있었다. 매우 오랜 세월 동안 아프라냐위라는 녀석은 이곳에서 미동도 하지 않은 모양이었다. 가게 내부에 뭉쳐 있는 샤다모이의 양은 숨이 막힐 지경이었다.

하나, 그것은 내게도 반가운 사실이었다.

나 자신에게서 풍기는 샤다모이 역시 아프라냐위가 깨달을 수 없기 때문이다. 결국 이것은 진흙탕 속에서의 싸움이었다. 누가 먼저 샤다모이의 도움 없이 상대방의 정체를 간파해 내느냐, 그것이 이 싸움의 분수령이 될 것이다.

5

첫 번째 타깃은 당연히 안경잡이였다. 소심하기 그지없는 데다가 매일 브로콜리에게 줄곧 야단만 맞는 허약 체질인 것 같지만 녀석이 내게 물세례를 끼얹은 것은 간과할 수 없는 사실이었다. 근처에 있는 고등학교에서 수업을 마치면 곧장 가게로 향한다는 녀석의 이야기를 들은 뒤, 나는 퇴근하는 녀석의 뒤를 미행하기 시작했다. 잠입과 은둔의 명수인 나지만 상대방의 수준을 고려해서 각별히 신경을 썼다.

"저것 봐, 흑인 아저씨가 방금 쓰레기통 안으로 들어갔어!"

물론, 그것은 피를 말리는 고된 작업이었다.

그러던 어느 순간 안경잡이가 갑자기 이상 행동을 보이기 시작했다. 상가 밀집 지역에서 주위를 두리번거리더니 어느 허름한 골목으로 쏙 하고 사라진 것이다.

‘저거다!’

나는 본능적으로 녀석이 무언가 계획하고 있음을 깨닫고 안경잡이의 뒤를 따라잡았다.

골목 안에는 안경잡이와 또래의 남자 녀석들 대여섯이 몰려 있었다.

‘극비리에 원주민 부하들을 훈련시키고 있었던 건가? 비겁한 녀석, 보조 전투원을 동원하겠다는 거냐?’

그런데 전봇대 뒤에 숨어 상황을 지켜보던 나는 뭔가 이상한 것을 깨달았다. 아무리 봐도 안경잡이가 그놈들을 훈련시키는 것 같지는 않았다. 만약 그렇다면 안경잡이가 뺏긴 가방으로 머리를 얻어맞고 있지는 않겠지.

“아나, 이 새끼. 개념 없는 거 봐라.”

그중 가장 덩치가 크고 교복을 거칠게 풀어 헤친 녀석이 안경잡이를 두드려 패기 시작했다.

‘뭐지? 상황이 어떻게 돌아가는 거야?’

“분명히 이번에는 두 배로 가져오라고 했지? 뒈질래? 강냉이를 몽땅 뽑아다가 목걸이로 만들어 줄까?”

안경잡이는 온몸을 흠씬 두들겨 맞으면서도 대꾸했다.

“워, 월급이 안 오른단 말이야. 욱! 나도……, 다 가져온 거야.”

“좀만아. 너는 대한민국 노동법도 모르냐? 최저임금제 안 들어 봤어? 월급이 적으면 사장을 고발하든가!”

녀석은 안경잡이를 때리는 손에 더욱 힘을 가하기 시작했다. 그 순간 나는 지구의 문화에 대해서 새로운 사실을 배웠다.

이곳에서는 최저 기준도 지키지 않는 고용주들이 득시글하다는 것과 그렇게 겨우 모은 푼돈을 허무하게 채어 가는 녀석들이 존재한다는 것이었다.

조용히 확신했다. 안경잡이는 아프라냐위가 아니라고……. 만약 내가 저 상황에 처한다면 4.5초 안에 골목 안을 피범벅으로 만들 자신이 있었다. 그리고 그것은 아프라냐위도 마찬가지일 것이다.

안경잡이는 녀석들에게 양념에 잰 갈빗살처럼 다져진 뒤 빈털터리가 되어 골목 어귀로 사라졌다. 물론 크레냐위 인의 기준으로 봤을 때 잘못은 아무런 저항도 하지 못하고 맞기만 한 안경잡이 녀석에게 있었다. 살인술은커녕 자신을 지키기 위한 기초적인 방어법도 익히지 못한 나약함이 그의 잘못이었다. 그러나 이런 상태가 계속되다가 안경잡이가 무단결근이라도 하게 되면 안경잡이에게 근무 요령을 배우고 있는 나에게도 결코 이롭지 않은 상황이 발생할 것 같았다.

잠시 고민하던 나는 전봇대 뒤에서 걸어 나왔다. 이런 상황에서는 무엇보다 기선 제압이 중요하다.

"촘만 한 쉐키들!"

녀석들은 움찔했다. 안경잡이에게서 뺏은 돈을 나누다가 느닷없는 흑인의 등장에 당황한 눈치였다. 하지만 곧 내가 혼자라는 것을 깨닫자, 덩치 큰 녀석이 기죽지 않고 나에게 위협적인 시선을 보내었다.

"뭐야, 시커먼스. 우리한테 볼일 있어?"

“안켱찹이는 내 통료다. 컨트리면 카만 두지 않켔타.”

“안경잡이? 아아, 박원석이? 그게 뭐?”

‘박원석, 그게 안경잡이의 본명이었나 보군.’

새롭게 알게 된 사실에 고개를 끄덕이고 있는데 덩치 큰 녀석이 내게 성큼성큼 걸어오기 시작했다. 입가에 문 담배에서 연기가 뻐끔거리며 피어오르고 있었다. 스스로 폐활량과 산소 운반 능력을 약화시키는 저런 물건을 달고 다니다니, 미련하기 짝이 없는 원주민이었다. 어쨌든 녀석은 내 코앞까지 다가와 빈정대기 시작했다.

“어쩔 거냐고, 병신아? 건드리면 뭐? 응?”

뒤에 있던 놈들도 킬킬거리기 시작했다.

‘어떻게 할까?’

녀석의 이마와 뒤통수를 잇는 숨구멍을 만들어 주는 것도 좋겠지만, 그 방법은 쓰지 않기로 했다. 효율적으로 정체를 숨기려면 시끄러운 일이 벌어지는 것은 피해야 했다. 마음을 정한 나는 손바닥을 날카롭게 세워 무심한 동작으로 오른쪽의 전봇대를 향해 찔렀다.

푸욱.

손목 부근까지 파고 들어간 손을 천천히 다시 빼자 시멘트 가루가 우수수 떨어졌다.

툭!

덩치 큰 녀석이 자기도 모르게 물고 있던 담배를 떨어트렸다. 전봇대에 난 구멍을 보고 주저앉은 녀석도 있었다. 나는 무

심한 얼굴로 쓰윽 녀석들을 둘러본 뒤 손바닥을 툭툭 털며 말
했다.

"이러케 된다."

녀석들이 줄행랑치는 속도는 인정해 줄 만했다. 담배만 피
우지 않았더라면 더욱 빨랐을 터인데……. 비록 승산은 없더라
도 근성으로라도 덤비는 놈이 하나도 없다니, 역시 지구인들은
아둔하기 짝이 없는 허약 종족임에 틀림없다.

"자무이, 거기 가위 좀 줄래?"

통통 부은 얼굴로 안경잡이가 나를 향해 말했다. 금이 간 안경알 뒤로 보이는 피멍이 든 눈자위가 참으로 신경에 거슬렸다. 주방에서 가위를 꺼내 녀석에게 건네주며 말했다.

"타음번엔 이컬로 눈을 칠러라."

안경잡이는 무슨 말인지 알아듣지 못하는 듯했다.

"뭐?"

"아니타. 그나처나 이 칩에 타른 남차는 없나? 너랑 브로콜……, 아니 매니처님 말코?"

안경잡이가 내 말에 곰곰이 생각하더니 무슨 말인가 입 밖으로 꺼내려는 순간 가게 입구가 소란스러워졌다. 홀로 나가 보니 한 노인이 테이블과 함께 나동그라져서 낑낑대며 일어나려 하고 있었다. 자기 몸도 가누지 못하는 것처럼 보였다.

"제길, 어떤 자식이여? 히꾹!"

노인은 마치 테이블이 사람인 것처럼 걷어차며 화풀이를 하고 있었다.

알코올 중독자, 약물이나 화학 용품이 만들어 내는 감각에 취해 사는 종자, 지구인들 중에서 가끔 목격되는 인간쓰레기들이었다. 어쨌거나 영업에 방해되는 모든 요인들을 쫓아내라는 브로콜리의 지시를 상기하며, 나는 노인의 앞에 섰다.

"이러시면 콘란합니타. 나카 주십시오."

노인은 술에 취해 벌게진 얼굴을 내 앞에 들이밀었다. 알코올 냄새가 그의 온몸을 타고 올라오는 것 같았다.

"히꾹! 넌 또 뭐야? 무하마드 알리냐?"

그를 밀치기 위해 손을 내뻗었다. 만약 그 순간 브로콜리가 뛰쳐나오지 않았다면 노인은 몇 미터 뒤로 비행하는 경험을 했을 터였다. 그러나 그런 일은 일어나지 않았다. 브로콜리가 전혀 의외의 말을 외쳤기 때문이다.

"아이고, 사장님! 오셨습니까?"

이럴 수가……. 내가 내쫓으려 했던 알코올 중독자는 이곳 '주경야돈'의 사장이었다. 나는 가까스로 해고의 위기에서 벗어났다는 것을 깨달았고, 멍한 얼굴로 브로콜리가 휘적휘적 걷는 그를 부축해 가게 내부의 방으로 들어가는 것을 바라보았다. 안경잡이가 내 뒤에서 말했다.

"항상 저렇게 취해 계셔. 가게에는 가끔 오시고……. 어라,

사모님도 오셨네요?"

'사모님?'

또 다른 호칭에 나는 등 뒤를 돌아보았다. 그곳에는 등에 보따리를 메고 테이블을 일으켜 세우고 있는 중년 여자가 있었다. 한국인들이 흔히 아줌마라고 일컫는 종류의 인간이었다. 그녀는 안경잡이와 함께 낑낑대며 테이블을 세우더니 나를 보며 미소 지었다.

"새로운 알바생인가? 반가워요."

나는 얼떨결에 그녀의 인사를 받았다.

"이놈의 며느리는 어디 갔어? 히꾹! 안 들어오고 뭐 해?"

순간 방 안에서 사장의 목소리가 들려왔고 며느리라 불린 여자는 허겁지겁 방으로 달려 들어갔다. 나는 그 뒷모습을 멍하니 바라보고 있었다. 그때 일단의 지구인들이 가게 안으로 들어와 나는 새로운 사람들에 대한 궁금증을 일단 미뤄 두었다. 한 차례 파도와 같은 지구인들의 행렬이 지나가고, 잠시 짬이 생기자 나는 다시 안경잡이를 붙잡고 물어보았다.

"아카 그 여차는 누쿠? 사창의 푸인인가?"

안경잡이는 뭐가 우스운지 고개를 저으며 말했다.

"아니야, 자무이. 사장님 아들의 부인이야. 즉 며느리야, 며느리. 편의상 사모님이라고 부를 뿐이지."

"크런가. 그럼 남편은?"

"남편? 사장님의 아들을 말하는 거야? 그분은 2년째 해외에 나가 있다고 했어. 그래서 지금은 사장님과 같이 살고 계시는 거야.”

　지구인들의 가계도는 실로 골치 아플 정도로 복잡했다. 미개한 양성 생식 때문이다. 두 성性이 만나야 새로운 생명을 잉태시키는 지구인들의 번식 방법은 그야말로 많은 문제를 야기하고 있었다. 우리 크레냐위 인들은 다르다. 위대한 모체 닝기스냐위(지구어로 ‘옆구리 터진 무지개’)가 끊임없이 새로운 크레냐위 전사들을 부화시킨다. 두 개의 성으로 나뉘어 분열하고 있는 지구인과는 메커니즘의 수준이 다른 것이다.

　어쨌든 2년 동안의 부재라니, 그렇다면 며느리의 남편이라는 작자 또한 내 최후의 상대가 아님이 분명했다. 아프라냐위가 2년 동안 이곳을 비웠다면 이곳의 샤다모이가 텅텅 비어 있었을 것이다.

　‘설마 알코올 중독자가 아프라냐위라는 건가? 자기 몸도 가누지 못하는 그런 힘없는 늙은이가?’

　그때 문득 나의 뇌리를 스치는 생각이 있었다. 어쩌면 좀 전에 내게 보여 준 우스꽝스러운 행동들은 모두 위장일지도 모른다. 힘없는 노인네인 척하고 있지만 엄연히 이 가게의 주인이다. 그리고 알코올의 힘을 빌려 전투력을 증진시키는 ‘취권’이라는 무술이 존재한다는 얘기도 어디선가 들은 적이 있다.

　타깃을 정했으니 확인해 봐야 했다. 나는 조심스럽게 기회를 포착했다. 며느리가 잠시 자리를 비운 사이 사장 혼자 있는 방에 잠입한 것이다. 사장은 빈 술병을 꼭 끌어안은 채 잠꼬대를 하고 있었다. 나는 그를 향해 당당하게 외쳤다.

"네 정체는 들통 났다, 아프라냐위. 당당하게 나와 겨루라!"

느닷없는 외침에 사장은 뒤척이며 잠에서 깨더니 경직된 내 얼굴을 발견하고는 피식 웃었다.

"오호라, 무하마드 알리. 나랑 한번 해 보자는 거냐?"

비틀거리며 사장이 일어서기 시작했다. 허술하고 빈틈투성이인 동작이었지만 나는 긴장했다. 만약 그가 내 최후의 상대라면 어디서 어떻게 공격이 치고 들어와도 이상할 것이 없었다. 그는 두 팔을 들어 권투 흉내를 내기 시작했다.

"덤벼, 짜샤. 히꾹! 내가 이래 봬도 월남전에서 베트콩 애들 좀 팼다 이거야."

그러다가 그는 자기 발에 자기가 걸려 우당탕 넘어지고 말았다. 볼썽사나운 모습이었다.

"아야야. 이 자식, 갑자기 어퍼컷을 날려? 히꾹! 카운트 세지 마라. 조금만 기다려."

술에 절어 버둥거리는 그 모습에 현혹되지 않으려고 최대한 애를 써야 했다. 그리고 준비해 온 공격을 착실히 실행에 옮겼다. 나는 오른손 엄지과 중지 사이에 끼운 마늘을 사장의 정수리를 향해 겨냥했다.

피융!

거친 파공음을 내며 날아간 마늘이 누워 있는 사장의 귀밑을 스치고 방바닥에 푹 하고 박혔다.

도발은 통하지 않았다. 그가 아프라냐위라면 마늘을 맨손으로 잡든지 되받아치든지 어떤 반응을 보였을 것이다. 하나 사장은 어느새 다시 곯아떨어진 모습이었다.

젠장, 일이 점점 어려워지고 있었다.

'안경잡이도, 브로콜리도, 알코올 중독 사장도 아니라면 대체 아프라냐위는 누구란 말인가? 이 삼겹살 가게의 모든 관계자들을 몰살시키고 이곳을 떠야 하나?'

나는 막다른 골목에 몰린 기분이었다.

그런데 그때 홀에서 누군가의 찢어지는 비명이 들려왔다.

7

“뭡니카?”

방에서 홀로 뛰쳐나간 내 눈에 부들부들 떨고 있는 며느리가 들어왔다. 그녀는 힘겨운 동작으로 손가락을 들어 홀의 냉장고 뒤를 가리켰다. 주먹만 한 생쥐 한 마리가 찍찍거리고 있었다.

‘뭐야? 겨우 저 미개한 생명체를 보고 두려움에 떤단 말인가?’

“저, 저것 좀 잡아 줄래? 냉장고 뒤를 정리하다가 갑자기 뛰어나와서…….”

며느리는 정말로 울 듯한 표정이었다. 지구인 여자들의 나약한 전투력은 알아줘야 한다. 어쨌든 나 역시도 가게의 위생 상태에 적신호가 될 생쥐를 내버려 둘 수는 없었다. 나는 카운터에 비치된 이쑤시개 하나를 집어 들었다. 그리고 번개와 같은 속도로 생쥐를 향해 내던졌다.

찍!

이쑤시개에 관자놀이를 관통당한 생쥐는 단번에 즉사했다. 기계 같은 동작으로 생쥐를 주워 담아 쓰레기통에 버리는 나를 보며 며느리는 매우 놀란 듯이 말했다.

"어머나. 그런 건 어디서 배웠니, 자무이?"

"나는 어렸을 태부터 사차를 잡으면서 컸어요. 생취 타원 우습치도 않습니타."

그제야 안경잡이가 얼굴을 내밀었다.

"사모님, 왜 나와 계세요? 냉장고 뒤는 저희가 치워야죠. 왜……?"

며느리가 웃으며 대답했다.

"삼동이가 오늘 휴가를 나오잖니. 백 일 만인데 가게가 조금이라도 깨끗해야지. 좀이 쑤셔서 가만있을 수가 없었단다."

순간 원형 불판으로 얻어맞은 것처럼 머리가 어지러웠다. 이 가게에는 아직 내가 만나지 못한 또 한 사람이 있었던 것이다! 그의 이름은 삼동, 백 일 만에 이곳을 다시 찾는 모양이었다. 이럴 수가, 계속 허탕을 칠 수밖에 없는 이유가 있었던 것이다. 내 본능이 말하고 있었다. 틀림없다.

'그놈이 바로 아프라냐위다.'

"해평태?"

나의 질문에 안경잡이는 상추를 씻어 내며 대답했다.

“응, 해병대. 우리나라 군대 중에 가장 대단한 곳이지.”

“뭐 하는 콧인데?”

내 질문에 안경잡이는 해병대에 대해 친절하게 설명하기 시작했다. 머느리의 아들인 황삼동은 백 일 전 해병대라는 곳에 입대했다. 강인한 정신과 압도적인 체력을 배양해 군사 훈련을 시키는 곳, 그곳이 바로 해병대였다. 게다가 그들에겐 ‘귀신 잡는 해병’이라는 별명까지 붙어 있었다.

‘귀신, 그것은 물리력으로 어쩔 수 없는 플라즈마 에너지의 집합체 아닌가. 해병대라는 곳은 그런 귀신조차도 제압할 수 있는 전투 기술을 가르쳐 준다는 건가? 아프라냐위, 교활한 놈! 체계적으로 살인 능력을 배양시키고 있었다니……. 역시 내 최후의 상대답구나.’

나는 등에 소름이 끼치는 것을 느꼈다.

“자무이, 왠지 눈빛이 무서워졌어. 왜 그래?”

안경잡이의 말에 나는 다시 현실로 돌아왔다. 손에서 빠져나간 깻잎들이 싱크대 위에 둥둥 떠다니고 있었다.

‘그래, 어차피 아프라냐위는 몇 시간 뒤에나 도착할 것이다. 벌써부터 전의를 불태울 필요는 없지.’

나는 깻잎들을 도로 주워 담으며 대답했다.

“별커 아니다. 크나저나 너는 언제카지 이 일을 켸속할 생각이지?”

안경잡이는 고무장갑을 낀 팔꿈치로 안경을 올리며 대답했다.

"글쎄. 사실 지금은 돈을 벌어야 할 이유가 조금 불분명해졌어. 날 괴롭히던 놈들이 웬일인지 며칠 전부터 코빼기도 안 보이거든."

그놈들을 내가 겁줬다는 사실을 안경잡이는 여전히 모르고 있었다. 그는 약간 주저하더니 계속 말을 이었다.

"사실 내 꿈은 소설가야. 언젠가 『해리 포터』나 『다빈치 코드』 같은 세계적인 베스트셀러를 쓰는 게 내 꿈이지."

"소설카?"

"응, 소설가. 뭐, 그렇게 쉽지만은 않겠지. 소설을 쓰려면 머리도 좋아야 하고 재치도 넘쳐야 하잖아. 그런데 난 그렇지 못해서 내가 쓰는 소설은 따분한 이야기들뿐이거든."

나는 말없이 그의 말을 듣고 있다가 무언가를 결심하고 입을 열었다.

"원석, 난 사실 아프리카 인이 아니야. 내 본명을 지구어로 번역하면 '이빨에 끼인 돌개바람'이지. 제8종 은하계의 R17번 행성에서 살고 있는 전투 종족 크레냐위 인이야. 지금은 성인식을 치르기 위해 지구에 와 있는 거지. 우리의 성인식은 서로를 찾아내어 죽이는 일인데, 러시아의 삼보(Sambo)에서부터 남미의 카포에이라(Capoeira)까지 여러 무술의 달인으로 위장한 크레냐위 동족들과 싸워서 지금까지 살아남았어. 이곳에 내 마지막 사냥감이 있다는 사실을 깨닫고 아르바이트생으로 잠입한 거야. 오랫동안 정체를 들키지 않고 살아남을 정도로 강하고 대단한 녀석이지. 누가 이길지는 모르지만 살아남은 생존자에게는 R17번 행성에서 '호출'이 와. 그리고 성인식이 끝나는 순간, 이 별은 통과자를 필두로 한 크레냐위 인들의 식민지가 되는 거야. 그 결판의 순간은 머지않았어. 그러니 미안하다는 얘기를 먼저 해야겠군. 네 꿈은 이루어지지 않을 거다. 내가 아프라냐위라는 놈을 이기면 이 별은 '이빨에 끼인 돌개바람'의 손아귀에 들어오는 것이니까."

안경잡이는 멍하니 입을 벌린 채 내 이야기를 듣고 있었다. 크게 놀란 눈치였다. 뭐, 이제 와서 녀석이 내 정체를 눈치 챘다고 해서 달라질 것은 없다. 내 기나긴 여정은 오늘 결판이 날 것이고, 여차했을 땐 안경잡이쯤이야 제거해 버리면 그만이니까. 그런데 안경잡이는 전혀 의외의 반응을 보였다. 고무장갑을 낀 손으로 내 등을 툭 치며 웃어 버린 것이다.

"고맙다, 자무이."

"뭐?"

"내 꿈이 소설가라니까 그런 이야기를 즉석에서 들려주고 말이야. 이빨에 끼인 돌개바람이라니, 어디서 그런 아이디어가 생긴 거야? 하하, 내가 소설가가 되면 꼭 이 이야기를 소설로 만들어 볼게."

"그, 그게 무슨 소리냐? 내 이름은 이빨에 끼인……."

"알았어, 알았다고. 고맙다고 했잖아. 이제 그만해도 돼. 그나저나 너 한국말 되게 잘한다? 그렇게 유창하게 말할 수 있는 줄 몰랐어."

지금까지 나는 외국인 아르바이트 종업원 행세를 하기 위해 최대한 어설픈 언어 실력으로 위장하고 있었다. 그러다 진짜 이야기를 터놓다 보니 자신도 모르는 새에 유창하게 말해 버린 것이다.

안경잡이는 내 말을 하나도 믿지 않았다. 나는 어처구니가 없어 실실거리는 안경잡이의 옆모습을 쳐다보고만 있을 뿐이었다.

"뭐 해, 돌개바람? 난 거의 다 씻었는데…… . 늑장 부리면 매니저님한테 혼날걸."

녀석은 무엇에 신이 났는지 휘파람까지 불며 상추를 씻었다. 도중에 "크레냐위 인들의 성인식이라……, 괜찮은데?" 하며 되새김질까지 하고 있었다. 내 앞에는 아직 씻지 않은 깻잎들이 넘실대고 있었다. 나는 멍하니 그 모습을 바라보다가 퍼뜩 정신을 차리고 깻잎을 씻기 시작했다.

'이런, 벌써 눅눅해졌군.'

8

"아이고, 삼동아!"

가게를 닫을 무렵, 방에서 총알같이 며느리가 뛰쳐나왔다. 나는 올 것이 왔다는 심정으로 주방에 서서 며느리와 얼싸안고 있는 지구인을 노려보았다.

아프라냐위, 현재 삼동이란 지구인으로 위장하고 있는 크레냐위 인은 예상대로 박력 있는 모습을 하고 있었다. 희한한 색깔의 복장과 우스꽝스러운 머리 모양을 하고 있었지만 내 눈에는 우악스럽게 단련된 근육의 모습이 훤히 들여다보였다.

"필승! 신고합니다, 어머니."

며느리는 아들의 얼굴을 이리저리 만져 보며 감격의 눈물을 흘리고 있었다. 물론 나는 그런 것에 속지 않았다. 그는 며느리의 진짜 아들이 아니다. 성장의 어느 과정에서 자신이 외계인이라는 것을 깨달은 전투 종족일 뿐인 것이다.

'그래, 그렇게 웃고 있어라. 이제 곧 너는 나와 최후의 승부를 벌여야 할 테니까.'

해병대의 백일 휴가라는 것은 4박 5일에 불과했다. 뒤늦게 그 사실을 안 나는 여유 부릴 때가 아니라는 것을 깨달았다. 닷새 안에 결판을 내야 하는 것이다. 아프라냐위가 다시 해병대라는 곳으로 들어가 버리면 나는 수많은 아군을 등 뒤에 둔 녀석에게 덤벼들어야 할 테니까. 그러나 뜻대로 하기가 쉽지 않았다. 며느리와의 상봉 때에는 분명 하루 종일 붙어 있을 것처럼 굴던 녀석이 줄곧 바깥으로만 쏘다니고 있었다. 가게에 남아 있는 시간은 손에 꼽을 정도였다. 물론 일을 내팽개치고 뒤쫓아 볼까도 생각했지만 너무 위험한 도박이었다. 그런 행동을 보였다간 이상함을 눈치 챈 녀석이 먼저 기습을 가할 수도 있는 것이다.

그렇게 어느새 닷새가 다 지나 버렸다. 닷새째 되는 날 아프라냐위는 부대로 복귀해야 한다면서 다시 그 칙칙한 색깔의 옷을 차려입었다. 낭패였다. 이렇게 허무하게 녀석을 보낼 수는 없었다. 나는 사장과 브로콜리에게 작별 인사를 하는 아프라냐위의 뒷모습을 살기에 넘치는 눈빛으로 쏘아보았다.

'이곳이 아수라장이 되는 것을 감수하고 지금 덤벼야 할까?'

주먹은 어느새 땀으로 범벅이 되어 있었다.

그때 며느리가 내 어깨에 손을 얹었다. 나는 황급히 살기를 거두었다.

"자무이, 부탁 하나 해도 될까?"

"뭐, 뭡니까?"

"삼동이를 터미널까지 데려다 주고 시장에 들르려고 하는데 짐을 들어 줄 사람이 필요해서 말이야. 같이 가 주지 않겠니?"

지금 며느리는 내게 아프라냐위와 함께 가자고 말하고 있었다. 이런 절호의 기회가 어디 있단 말인가. 망설일 이유가 없었다.

"맡켜 주십시오, 싸모님."

인천고속터미널은 이곳저곳에서 몰려든 사람들로 북적이고 있었다. 아프라냐위는 며느리의 손을 꼭 부여잡은 채 도란도란 얘기를 나누고 있었다. 나는 안중에도 없다는 듯한 모습이었다.

'가증스런 놈!'

나는 당장이라도 달려들어 녀석의 목을 꺾어 놓고 싶었지만 참았다. 버스 시간은 아직 40분이나 남아 있었다. 기회는 분명히 온다. 아직은 때가 아니다.

내 기다림은 보상받았다. 아프라냐위가 화장실에 다녀오겠다며 자리에서 일어난 것이다.

"처도 타녀오겠습니다."

나는 의심받지 않을 정도의 간격을 두고 아프라냐위의 뒤를 따랐다. 터미널의 외진 곳에 붙은 화장실에는 다행히 아무도 없었다. 녀석은 흥겨운 듯이 노래를 부르며 볼일을 보고 있었다. 나는 주변을 둘러본 뒤 조용히 화장실의 문을 잠갔다.

딸깍.

거울로 나를 확인한 녀석이 입을 열었다.

"자무이……라고 했나? 아프리카 유학생은 처음 보는데, 고생이 많겠네."

나는 녀석의 등 뒤를 향해 천천히 다가갔다. 아프라냐위는 완전히 무방비한 자세로 말을 이었다.

"스무 살이라고? 그럼 내가 두 살 형이네. 우리 가게 잘 부탁해. 할아버지가 약주를 좀 지나치게 좋아해서 탈이지 사실은……."

'스무 살이라니……. 백여든두 살이다.'

나는 녀석의 몇 발자국 뒤에서 걸음을 멈췄다. 아프라냐위는 여전히 떠들어대고 있었다. 2세기 가까이 끌어온 나의 성인식, 드디어 끝을 낼 때가 왔다. 나는 천천히 손바닥을 날카롭게 펴기 시작했다. 언제라도 녀석의 몸을 꿰뚫을 수 있도록…….

"이제 피할 곳은 없다, 아프라냐위."

아프라냐위는 소변기 앞에서 천천히 몸을 돌렸다. 얼굴에는 영문을 모르겠다는 표정이 떠올라 있었다.

"무슨 말을……, 하는 거야?"

"역시 변종이군. 정체가 탄로 났는데도 전투 준비를 하지 않다니……. 정 그렇다면 내가 먼저 공격하겠다."

"뭐? 도대체 무슨……?"

나는 허리를 돌려 아프라냐위의 턱을 강하게 쳐올렸다.

퍽!

녀석은 내 공격을 받고 천장에 부딪힌 뒤 맥없이 쓰러졌다. 나는 맹렬한 반격을 예상하고 서둘러 뒤로 물러났다. 그런데 뭔가 이상했다. 몇 초가 지났는데도 주먹질이나 발차기는커녕 아무런 반응이 없었던 것이다.

"연극은 지금까지로 충분하다, 아프라냐위. 전사답게 일어나서 덤벼라!"

나는 전투 자세를 유지하며 고개를 숙이고 있는 아프라냐위를 향해 소리쳤다. 그래도 녀석은 요지부동이었다. 누가 봐도 기절한 것처럼 보였다. 뭔가 잘못되었다는 직감이 머리를 스쳐 지나갈 때쯤 믿기 힘든 광경이 벌어졌다. 내가 서 있는 화장실의 왼쪽 벽면에 보이지 않는 속도로 금이 가기 시작한 것이다.

쩌저저적!

'뭐지?'

고막이 터질 정도의 폭발음을 일으키며 화장실의 한쪽 벽이 와르르 무너져 내렸다. 그리고 허공에서 떨어지는 그 돌덩이들 사이를 헤치고 시커먼 무언가가 맹렬한 속도로 나를 향해 돌격해 왔다.

'아뿔싸!'

완벽한 무방비 상태였다. 나는 왼쪽 어깨에 무지막지한 일격을 맞고 몇 미터를 날아갔다. 바닥에 쓰러져 엄청난 고통을 느끼면서도 나는 무슨 일이 일어나고 있는지 깨닫지 못하고 있었다. 힘겹게 고개를 들어 기절한 아프라냐위의 앞을 가로막고 서 있는 며느리의 모습을 발견할 때까지는······.

9

나는 내 눈을 의심했다.

'단 한 번의 일격으로 나를 나가떨어지게 만든 장본인이 저 아줌마라고?'

부릅뜬 내 눈을 지그시 바라보던 며느리가 천천히 입을 열었다.

"이렇게 되지 않기를 간절히 바랐다, 레미톨뽀냐위."

며느리는 분명 나의 본명을 부르고 있었다. 그것도 크레냐위 인의 발음으로……

나는 열리지 않는 입을 가까스로 벌려 말을 꺼냈다.

"네가 바로……, 아프라냐위냐?"

며느리, 아니 아프라냐위는 고개를 끄덕였다. 입에서 바람 새는 소리가 나왔다. 나도 모르게 웃음이 터져 나온 것이다.

'이럴 수가……. 아프라냐위의 정체가 여자였다니……. 쥐새끼 한 마리 잡지 못하는 열등한 종족, 여자. 그것도 아줌마의 몸이라니…….'

내 웃음에 담긴 의미를 알아챈 아프라냐위가 입을 열었다.

"왜? 내 모습이 전사로서 적합지 않아 우스운가?"

"그렇다."

"그렇다면 덤벼 보라. 그대의 강함을 내게 몸으로 역설하라."

언제나 미소를 띠며 말하던 며느리의 얼굴이 결코 아니었다. 그것은 같은 전사를 대하는 전사의 표정이었다.

'그래. 언제부터 크레냐위 인이 입으로 싸웠단 말인가?'

나는 신음을 흘리며 몸을 일으켰다. 어깨의 부상이 생각보다 심각했지만 나는 내색하지 않으려 애쓰며 자세를 다잡았다. 아프라냐위는 기절한 삼동이를 등 뒤에 둔 채 움직이지 않고 있었다.

먼저 움직인 것은 나였다. 멀쩡한 오른쪽 주먹으로 녀석의 안면을 노렸다. 바닥에 널려 있는 부서진 벽의 잔해들이 바람에 떠오를 정도의 위력이었다. 그런 회심의 일격을 아프라냐위는 몸을 살짝 비트는 것만으로 가볍게 피했다. 이후로도 나는 녀석에게 지구인의 눈에는 바람으로밖에 보이지 않을 주먹세례를 퍼부었지만 놈은 모두 막아 내거나 피해 냈다. 믿을 수가 없었다. 그것은 내 움직임을 모두 읽지 않고서는 불가능한 일이었다.

연이은 공격이 무위로 돌아가자 나는 곧 빈틈을 보였고, 아프라냐위는 그것을 놓치지 않고 살짝 그러모은 손바닥으로 나의 턱밑을 올려 쳤다.

퍽!

순간 시야가 보이지 않을 정도로 강렬한 충격이었다.

다시 정신을 차렸을 때 나는 화장실 바닥에 볼품없이 널브러져 있었다. 몸은 이미 말을 듣지 않을 정도로 지쳐 있었다. 그 짧은 공방전 동안 녀석은 내 체력을 급속히 소진시킨 데다가 치명적인 반격까지 날린 것이다.

"비, 빌어먹을……."

완패였다. 지금의 내 전투력으로는 도저히 이길 수 있는 상대가 아니었다. 분한 마음에 바닥을 내리쳤다. 화장실의 타일 두 장이 쪼개지면서 솟구쳤다. 머리 위에서 아프라냐위의 목소리가 들려왔다.

"너는 결코 약한 전사가 아니다, 레미톨뽀냐위. 스스로를 깎아내리지 마라."

"닥쳐라! 어쨌든 나는 패했다. 승자가 패자에게 베풀 것은 안식밖에 없다."

나는 입술을 깨물며 말을 이었다.

"죽여라, 어서……."

이번 성인식의 통과자는 아프라냐위다. 원통하고 분했지만 나는 인정할 수밖에 없었다. 나는 눈을 질끈 감고 최후의 일격을 기다렸다. 그런데 한참이 지나도 내 목숨을 앗아 가려는 공격이 느껴지지 않았다. 아니, 오히려 내게서 멀어지는 발소리만이 들렸다. 눈을 뜨자 기절한 황삼동을 품에 안고 있는 아프라냐위의 모습이 보였다.

나는 피를 토하는 심정으로 외쳤다.

"무슨 짓이냐! 어서 죽이란 말이다!"

내 절규에도 아랑곳하지 않고 녀석은 황삼동이 숨을 쉬는지를 확인하고 있었다. 그리고 안도의 한숨을 내쉬며 기뻐했다.

'도대체 저게 무슨 짓이지?'

내 이성으로는 이해할 수 없는 일이 눈앞에서 일어나고 있었다. 아프라냐위가 천천히 고개를 돌려 나를 바라보았다.

"나는 변종이다. 크레냐위 성인식에 참가한 서른여덟 명 중에서 어떤 실수가 있었던 건지 나 혼자만 다른 형태로 태어났다."

"여자……로 말이냐?"

아프라냐위는 고개를 끄덕였다.

"처음에는 내 처지를 비관했다. 남자에 비해 너무나도 열등한 신체 조건으로는 아무것도 할 수 없었지. 여자의 몸으로는 크레냐위 인의 초인적인 전투력을 제대로 각성시킬 수조차 없었다. 성인식의 통과는커녕 생존조차 힘들다고 생각했지."

녀석의 이야기는 내가 지난 182년 동안 보아 왔던 여자들의 그것과 다르지 않았다. 여자들은 보다 더 강한 육체적 능력을 지닌 남자들에게 유린당하고 지배당했다. 간혹 뛰어난 용맹을 보이는 여자들도 존재했지만 남자에게는 역부족이었다. 그렇기에 크레냐위 인의 선택은 당연히 남자여야만 했다.

"나는 크레냐위 인들을 피하며 살아야 했지. 언제 죽을지 모르는 불안한 날의 연속이었다. 그러다가 나는 크레냐위 인으로서는 가질 수 없는 감정을 가지게 되었다. 지금의 남편을 사랑하게 된 거지."

"웃기지 마라. 전투 종족인 크레냐위 인이 이타적인 감정을 가질 수 있을 리가……."

"말하지 않았는가. 나는 변종이다. 나는 크레냐위 인으로서의 각성 자체가 불완전했고, 그 때문에 지구인으로서의 특성이 유전자 속에 매우 많이 남아 있었을지도 모른다. 어쨌든 나는 남편과 결혼했고, 내 개체적 속성에 중대한 변화를 겪게 되었다."

아프라냐위는 황삼동의 머리를 쓰다듬었다.

"지구인의 자식을 낳게 된 거지. 즉, 삼동이는 지구인과 크레냐위 인 사이의 최초의 혼혈아이다."

"말도 안 돼! 크레냐위 인에게는 성의 구분이 없……."

나는 순간 어떠한 깨달음에 말을 멈췄다.

변종! 지금 내 눈앞에 있는 것은 크레냐위 역사상 단 한 번도 존재하지 않았던 새로운 존재인 것이다. 아무리 가능성이 희박하다고 해도 이미 내 눈앞에서 일어나고 있는 이상 부정하는 것은 의미가 없었다. 내 행동의 의미를 이해했는지 아프라냐위가 계속 말을 이었다.

"그 순간 내게 말도 안 되는 일이 일어나기 시작했다. 나를 발견한 크레냐위 인들을 손쉽게 무찌르게 된 거지. 여자의 몸으로는 도저히 가질 수 없는 전투력을 갖게 된 거야. 바로 좀 전에 네가 겪은 그것 말이다."

너무나도 일방적인 전투였다. 나는 다시 소름이 돋으려는 것을 참아야 했다. 대체 어떻게 그런 일이 있을 수 있는 것일까? 여자의 몸으로 크레냐위 전사들을 제압하다니…….

아프라냐위는 삼동이를 번쩍 둘러업으며 말했다.

"어쨌든 나는 널 죽이지 않겠다. 그러면 이 성인식 또한 영원히 끝나지 않겠지."

"나를 살려 준다고? 나는 언젠가 반드시 네 녀석을 죽일 것이다. 나한십팔장도, 판크라치온도, 무에타이도 내 상대가 되지 못했다. 더욱 강력해진 무술로 다서 널 찾아갈 것이다. 진정한 전사는……."

아프라냐위는 묵묵히 내 말을 듣고 있었다. 그 태연한 모습에 나는 무언가가 더욱 복받쳐서 외쳤다.

"파괴해야 할 대상이 있을 때 가장 강한 법이다!"

손에 쥔 타일의 잔해가 으스러졌다. 그런 내 전의戰意를 무시하듯 아프라냐위는 걸음을 옮기며 대답했다. 여전히 깨어나지 않는 황삼동을 등에 업은 채…….

"틀렸다, 레미톨뽀냐위. 진정한 전사는 지켜야 할 대상이 있을 때 가장 강한 법이다."

아프라냐위는 화장실의 문을 열고 밖으로 나가려다가 멈춰섰다.

"아, 맞다."

그, 아니 그녀는 천천히 고개를 돌려 내 얼굴을 바라보았다. 크레냐위 전사의 얼굴이 아니었다. 그것은 분명 며느리로서 내게 보여주던 환한 미소였다.

"자무이, 무단결근은 하루치 감봉인 거 알지?"

화장실 문을 열어 놓은 채로 아프라냐위는 눈앞에서 사라졌다. 몸을 일으킬 생각조차 하지 못하고 나는 계속 엎드려 있었다. 그녀의 얼굴이 뇌리에서 떠나지 않았다. 싸울 힘도, 싸워야 할 이유도 왜인지 솟아나지 않았다. 화장실 밖에서 바람이 불어 와 얼굴에 살짝 부딪혔다.

이빨에 끼인 돌개바람의 성인식은 어느새 엉망이 되어 버린 채였다.

작가의 말

　여름방학 미술 숙제를 하는 초등학생, 대기업과 거래를 성사시키려는 바이어, 인간계를 수호하는 마법사, 그리고 작가의 말을 써야 하는 소설가의 입에서 공통적으로 회자되는 말이 있다.

　"아, 세상에 쉬운 게 없구먼."

　원래 『마법사가 곤란하다』는 2008년 쓰인 짤막한 단편 소설이었다. 그러다 파란미디어의 박대일 대표님이 '이 소설을 장편으로 만들어 보지 않겠냐'는 거침없는 제안을 해 왔다. 난 동네 약수터에서 새도복싱을 하다가 후덕한 명트레이너로부터 '나와 함께 챔피언 벨트를 노려 보지 않겠냐'는 애기를 들은 소년 복서의 기분이 되었다.

소년은 트레이너의 손을 덥석 잡았다. 원래 이 소설은 싸우기 위해 태어난 복서였고 더 큰 링을 갈구하고 있었기 때문이다.

3년의 세월이 흘러 이제 막 라커룸을 벗어나 결전의 무대로 향하는 복서의 기분으로 소설을 탈고했다. 때로는 얻어터지고 부러져도 이 소설을 읽는 누군가의 가슴에 시원한 훅 한 방을 꽂아 넣을 수 있기를 바란다.

『마법사가 곤란하다』에 등장하는 마법사들은 그다지 멋있지 않다. 악수로부터 세상을 구하는 일은 '할 줄 아니까 할 수밖에 없는' 일일 뿐이며 때로는 작은 것에 집착하고 별것 아닌 것에서 의미를 찾으려 하는 소시민들이다.

나는 '영웅'의 이야기보다는 '사람'의 이야기를 쓰고 싶었다. 지금 이 순간의 처지가 피할 수 없는 운명이라는 걸 알면서도 당차게 발버둥치는 '우리 이웃'의 삶을 그리고 싶었다.

마법사 조합 서울 지부의 친구들과 함께한 시간이 나는 무척이나 행복했다. 물론 좀처럼 말을 듣지 않는 녀석들이라 때로는 나를 곤란하게도 하고, 피 마르게도 했지만 말이다.

『마법사가 곤란하다』가 세상의 빛을 보길 작가 못지않게 기다려 준 분들이 너무도 많다. 작가의 말을 적는 심정이 자꾸만 반성문을 작성하는 심정이 되는 이유인 것 같다.

재촉하지 않고 믿어 주신 파란미디어의 박대일 대표님과 임수진 편집장님께 거듭 감사드리며, 합평모임 '절판서에 바치는 장미'와 소설창작학회 '황토' 식구들에게도 고마움을 전하고 싶다.

그리고 『마법사가 곤란하다』가 나올 때까지 내 곁을 스쳐 지나간 모든 이들에게 그리움을 적어 보낸다.

2012년 2월 임태운